1. Kapitel

Mallorca

Wenn das eigene Leben nicht so spielt wie erhofft, ist es dann möglich, neu anzufangen? An einem anderen Ort – zum Beispiel auf einer wunderschönen Insel?

Das Meer vor ihr glitzerte in der Sonne, als tanzten viele kleine Sterne darauf.

»Kommen Sie sofort zurück, das ist gefährlich!«, hörte Hannah eine Männerstimme unwirsch rufen.

Gefährlich? Leb wild und gefährlich, heißt es doch. Am liebsten hätte sie zurückgerufen: »Das ist doch fantastisch, dass mein Leben endlich wieder aufregend wird!« Stattdessen ignorierte Hannah den Mann in ihrem Rücken. Sie stand am vordersten Punkt einer Felszunge, die mindestens fünf Meter hoch aus dem Meer ragte. Das Wasser unter ihr funkelte in der Nachmittagssonne, der blaue Himmel Mallorcas spiegelte sich in dem glasklaren Nass, die Sonne tauchte die von Felsen umrandete Bucht in ein magisches Licht.

Sollte sie hier ein neues Leben anfangen, das tun, wovon so viele immer nur träumten? Auch ihr Vater hatte vom Aussteigen geträumt – der kleine Schneider, der in einer Fabrik arbeitete.

Spartanische Urlaube auf dieser Insel, das hatten sich ihre Eltern in ihrer Kindheit hier geleistet. Mallorca hatte ihn so fasziniert, dass er sein weniges Geld für diese zwei Wochen im Jahr mit der Familie zusammenkratzte.

Ihr naturweißer Plisseerock hatte beim Klettern einen Fleck bekommen, wie sie jetzt sah. Der Samt an den Absätzen ihrer roten Riemchensandaletten war durch die scharfkantigen Steine abgeschabt worden. Noch vor ein paar Tagen hätte sie das geärgert, da sie Stoffe und Kleidung liebte – wie ihr Vater –, aber jetzt, hier mit Blick auf das Meer, nach all dem Erlebten, war es ihr plötzlich gleichgültig. Einzig ihre Handtasche hielt sie fest am Griff, so fest, wie ihr Alltag in Berlin sie im Griff gehabt hatte.

Der Blick in die Weite lohnte die Mühe, bis an den äußersten Punkt geklettert zu sein, was mit Mitte dreißig und Absätzen nicht mehr so schnell ging wie mit fünfzehn in Ballerinas. Zu wenig Sport hatte sie die letzten Jahre betrieben, stattdessen zu viel gearbeitet – und gedankt hatte es ihr in dieser Branche der Schönen und Reichen niemand. Nicht ihr, der Frau mit dem verrückten, eigenwilligen Kleidungsgeschmack, die aus einfachem Elternhaus stammte und die gedacht hatte, sie könne es schaffen in dieser glamourösen Welt, in der vor allem Marken zählten. Einer Welt, die sich als weitaus weniger aufregend herausgestellt hatte als erwartet. Im Gegenteil. Ihr mangelte es an Charakter. Und noch mehr an Mitmenschlichkeit. Kinder in Indien oder Bangladesch färbten die Stoffe und niemanden interessierte es wirklich. So bekam das »bunt« eine andere Bedeutung.

Hannah sog die warme Luft ein. Das erste Mal seit Wochen fühlte sie sich wieder lebendig.

»Sind Sie verrückt?! Der Fels da ist extrem brüchig! Kommen Sie zurück!«, hörte sie erneut den Mann rufen. Seine Stimme klang jetzt deutlich näher. Hannah drehte sich nach

ANJA SASKIA BEYER

Das kleine Café am Meer

ROMAN

TINTE & FEDER

Deutsche Erstveröffentlichung bei
Tinte & Feder, Amazon Media EU S.à r.l.
38, avenue John F. Kennedy, L-1855 Luxembourg
März 2019

Umschlaggestaltung: semper smile, München, www.sempersmile.de
Umschlagmotiv: © Foxys Forest Manufacture / Shutterstock;
© Celig / Shutterstock; © Iryna Denysova / Shutterstock;
© Evgeny Karandaev / Shutterstock; © Jiri Hera / Shutterstock;
© MosayMay / Shutterstock; © ANCH / Shutterstock
Lektorat und Korrektorat: Verlag Lutz Garnies, Haar bei München,
www.vlg.de
Gedruckt durch:
Amazon Distribution GmbH, Amazonstraße 1, 04347 Leipzig /
Canon Deutschland Business Services GmbH, Ferdinand-Jühlke-Straße 7,
99095 Erfurt /
CPI books GmbH, Birkstraße 10, 25917 Leck

ISBN 978-2-91980-718-5

www.tinte-feder.de

dem Störenfried um und bei dieser Bewegung lockerte sich der Stein unter ihr. Ein Brocken brach unter ihrem Fuß ab, fiel senkrecht mit einem lauten Platsch ins Meer. Erschrocken trat Hannah einen Schritt zurück, doch mit ihren Sandaletten, die eher für eine Abendveranstaltung gemacht waren, rutschte sie ab, fand keinen Halt und fiel mit dem Hintern auf einen spitzen Stein. »Autsch!« Zum Glück war ihr Po ganz gut gepolstert.

Doch durch ihr Gewicht lockerte sich noch ein Brocken, Hannah rutschte weiter ab, versuchte, sich mit den Händen an einem Vorsprung festzuhalten, aber ihre Finger glitten ab. Sie spürte einen stechenden Schmerz in den Fingerkuppen, Panik. An einem weiteren Vorsprung konnte sie sich gerade noch festklammern. Mit den Füßen nach unten hing sie vier Meter über dem Meer, spürte, wie die Kraft in ihren Fingern – die zwar geschickt nähen konnten, aber nicht trainiert waren, ihr Körpergewicht zu halten – ganz schnell nachließ. Bitte nicht! Ihre Finger gaben nach und sie plumpste wie ein nasser Sack senkrecht in die Tiefe.

»Das war es also. Mein Leben«, durchschoss es sie im freien Fall in der Erwartung, jeden Moment auf einen der kleineren Felsen aufzuschlagen, die rundum aus dem Wasser ragten. Und dass es das längst nicht gewesen sein konnte. Nicht durfte. Dass sie doch noch so viel erleben wollte, auch wenn das Leben nicht immer nur Glück und Happiness bedeutete. Zumindest nicht ihres.

Kühles Wasser umschloss sie, nahm ihr den Atem, aber sie schien genau zwischen zwei Felsen gefallen zu sein. Erst auf dem Meeresgrund prallte sie – vom Wasser entschleunigt – gegen einen Stein, der am sandigen Boden lag. Mit weit aufgerissenen Augen entdeckte sie verschwommen eine Felswand an ihrer Seite, von oben fiel ein heller Strahl herab. War sie doch tot und wandelte nun durch diesen vielbesagten hellen Tunnel hinauf zur Quelle allen Lichts? Und wäre das wirklich so schlimm? Wer würde sie vermissen? Constantin ganz eindeutig nicht – aber ihre Freundinnen, die ganz bestimmt.

Ihre Arme und Beine fühlten sich durch die Kälte wie gelähmt an, als hätte jemand jegliche Energie aus ihnen gezogen und sie in einem Schraubstock festgebunden. Schon als Kind konnte Hannah lange die Luft anhalten, ihre Atmung für eine ganze Weile einstellen. Wie ruhig und friedlich es sich hier anfühlte. Ein Fisch schwamm vorüber, glotzte sie an und sie starrte zurück. Doch dann wurde der Sauerstoff knapp. Gerade als sie sich mit den Füßen, die sie plötzlich wieder unter Kontrolle bekam, vom Boden abstoßen wollte, klatschte genau neben ihr etwas ins Wasser, wirbelte den sandigen Grund auf, sodass sie sich vor Schreck verschluckte und in Panik geriet. Jemand packte sie fest am Oberarm, zog sie nach oben, und ehe Hannah realisieren konnte, wie ihr geschah, kam sie an die Oberfläche und schnappte prustend nach Luft.

Neben ihr tauchte ein Kopf aus dem Wasser auf. Ein Mann, der sie mit dunklen Augen wütend anfunkelte und schrie: »Das machen Sie nie wieder, verstanden?!«

Entrüstet fauchte Hannah zurück: »Wie bitte? Was schreien Sie mich so an? Und überhaupt, was soll ich nie wieder machen?«

»Das wissen Sie ganz genau.«

Hannah dachte einen Moment nach, während sie auf der Stelle schwamm.

»Nein, weiß ich nicht.«

Der Mann verdrehte die Augen, kraulte mit kräftigen Zügen davon, etwas nach rechts, zum Ufer, kletterte aus dem Wasser und stellte sich, die Arme in die Hüften gestemmt, wassertriefend und wartend dorthin.

Fassungslos betrachtete Hannah ihn genauer. Er sah braun gebrannt aus, als lebte er schon länger in der Sonne, vermutlich Anfang vierzig, dunkles Haar, das ihm nass am Kopf klebte,

Dreitagebart und ein sehr männlich markantes Kinn. Er trug Shorts und ein ärmelloses weißes, vor Nässe fast durchsichtiges T-Shirt, beides haftete äußerst vorteilhaft an seinem athletischen Körper. Alle Badegäste, die schon im Frühling in der Bucht lagen – und es waren nicht wenige, wie Hannah jetzt beschämt registrierte –, blickten sensationslüstern zu ihr herüber – fast schon enttäuscht, dass sie so lebendig und unversehrt wiederaufgetaucht war.

»Jetzt kommen Sie schon aus dem Wasser!«, rief er mit gepresster Stimme.

Was für ein ungehobelter Kerl. Hannah schwamm in ein paar Zügen zum Strand, humpelte das letzte Stück durchs seichte Wasser. Sie bemühte sich um Eleganz, denn der Absatz ihrer rechten Sandalette schien im Meeresboden stecken geblieben zu sein. Endlich stand sie in ihren klatschnassen, triefenden Klamotten frierend vor ihm. Natürlich spürte sie seinen Blick die ganze Zeit ganz genau, sah ihn aber extra nicht an, sondern heftete ihren Blick auf den Boden. Was musste sie für ein jämmerliches Bild abgeben. Wie ein nasser Sack. Genauso fühlte sie sich. Seit Wochen. Um genau zu sein, seit drei Wochen so richtig.

Ein paar Badegäste tuschelten und lachten, widmeten sich dann wieder ihren Smartphones oder E-Book-Readern oder schlossen die Augen, um die Märzsonne zu genießen. Das Spektakel war vorüber. Aber leider nicht für Hannah, die dastand wie ein begossener Pudel.

»War es das?«, fragte er unwillig.

»Was?« Jetzt sah sie ihn an. Den dunklen Augen und Haaren nach könnte er ein Mallorquiner sein, der sehr gut Deutsch sprach. Was kein Wunder war bei den vielen Deutschen, die in Scharen auf diese traumhafte Insel kamen oder sich dauerhaft hier aufhielten. Was hatte sie diesem Typen getan? Was meinte er?

»Sie machen das nie wieder, verstanden? Es gibt immer einen Ausweg.«

Erst jetzt dämmerte Hannah, dass er gedacht haben musste, sie wolle sich das Leben nehmen. Wie lächerlich, wie absurd.

Sie lachte kurz auf. Aber es klang nicht fröhlich. Im Gegenteil.

»Ich kann sehr gut schwimmen, ich bin sogar Rettungsschwimmerin, seit ich sechzehn bin. Ich hatte nicht vor …« Sie schüttelte den Kopf, strich sich eine nasse Strähne ihrer langen braunen Haare aus dem Gesicht. »Ich wollte nur …« Ja, was wollte sie auf diesem Felsen? Die Erinnerung an ihre Kindheit heraufbeschwören, an ihre verstorbenen Eltern, mit denen sie dort immer am ersten Ferientag saß? Oder nach dem turbulenten Flug einfach einen Moment alleine sein, auf »ihrem« Felsen, bevor sie ihre Freundin Lucia gleich in deren kleinem Café treffen würde?

In dem Moment registrierte sie schockiert, dass sie ihre Handtasche verloren hatte. »So ein Mist!«

»Was ist?«

»Meine Handtasche. Sie muss auf dem Meeresboden liegen. Da ist der Autoschlüssel des Mietwagens drin und mein Perso, alle meine Karten. Und es ist nicht meine … äh, ich wollte sagen, es ist eine sehr teure Designertasche.«

Sein Blick sagte alles. Gut, vielleicht hätte sie das mit der Designerhandtasche nicht sagen sollen, aber sie gehörte nun mal nicht ihr, sie hatte sie nur geliehen. Und wenn sie die Tasche nicht heil zurückbringen würde, gäbe es Riesenärger auf der Arbeit. Aber das war alles viel zu kompliziert, das wollte sie diesem Kerl jetzt nicht erläutern. Andererseits brauchte sie ihn, denn sie hoffte sehr, dass er sich noch mal für sie in die Tiefe begeben würde, um ihre Handtasche zu suchen. Ganz Gentleman.

»Was sehen Sie mich so an? Ich denke, Sie sind Rettungsschwimmerin. Dann können Sie doch Ihre Tasche selbst retten, oder nicht?«

Fassungslos starrte Hannah ihn an. Das durfte ja wohl nicht wahr sein. Selbst Constantin hätte versucht, nach ihrer Handtasche zu tauchen. Aber Constantin war nicht mehr da.

»Allerdings kann ich das selbst«, entgegnete sie aufgebracht und schlüpfte aus ihren malträtierten Sandaletten. Ohne ein weiteres Wort drehte sie sich um, stapfte barfuß zurück ins tiefere Wasser und schwamm zu der Stelle unter dem Felsen. Der nasse Rock zog nach unten. Wieso nur hatte sie ihn nicht auch am Strand gelassen. Angestrengt spähte sie in Richtung Meeresboden, doch so klar das Wasser wirkte, so wenig konnte man wegen der leichten Wellen, die sie verursachte, erkennen. Sie warf einen kurzen Blick zum Ufer. Der Kerl beobachtete sie ganz offensichtlich amüsiert, auch wenn er versuchte, ernst zu bleiben. Entschlossen öffnete sie den Reißverschluss des Rocks, entledigte sich des lästigen Kleidungsstücks und ließ es einfach sinken. Dann tauchte sie ein wie ein Delfin – zumindest hoffte sie, dass es so aussah – und erreichte mit ein paar kräftigen Schwimmbewegungen den sandigen Grund. Mit offenen Augen suchte sie den Boden nach ihrer Tasche ab, doch sie konnte sie nirgends ausmachen. Ob ein großer Fisch eine Tasche am Henkel mitschleppen konnte? Was für ein absurder Gedanke. Hannah stieß sich wieder vom Boden ab und tauchte auf, um Luft zu holen.

Da sah sie ihn. Er stand jetzt dort, wo die Felszunge vom Ufer aufs Meer hinausging, hielt ihre Handtasche hoch und schwenkte sie lächelnd.

»Suchst du nach dieser?«

Sie registrierte sofort, dass er sie jetzt duzte, und presste ein ärgerliches »Ja« heraus. Wenigstens war die Tasche nicht nass geworden, wenigstens das. Dann würde sie keinen Ärger bekommen. Und diesem selbstherrlichen Typen würde sie auf der Insel hoffentlich nie wieder begegnen.

Bemüht anmutig stieg Hannah kurz darauf in nassem Unterhöschen und Bluse aus dem Wasser, ging zu ihm und nahm ihm zitternd vor Kälte die Handtasche ab. »Danke.«

»Gern.« Er lächelte dabei, und wäre sie gerade nicht so sauer auf ihn, im Grunde am meisten auf sich selbst, hätte sie jetzt auch gelächelt.

Mit einem kurzen Blick erhaschte sie, dass ihre Bluse an ihren Brüsten klebte. Er bemühte sich zwar ganz offensichtlich, nicht hinzusehen, aber sie wusste genau, dass er es längst getan hatte. Ihre Brüste waren im Verhältnis zu ihrer sonst recht zierlichen Figur eher als groß zu bezeichnen und zogen seit jeher die Blicke der Männer an. Als junges Mädchen litt Hannah unter ihrer Oberweite und ihrem festen Hintern, aber seit sie von ihren Freunden immer versichert bekommen hatte, dass ein großer Busen und ein knackiger Hintern etwas sehr Schönes seien, hatte sich das gelegt. Hannah hatte mit den Jahren begriffen: Jede Frau sollte sich in ihrem Körper wohlfühlen und sich selbst lieben, denn egal, wie man gebaut war, es gab nichts Einzigartigeres als die eigene Figur. Trotzdem fühlte sie sich im Moment in ihrem unfreiwilligen Wet-look vor diesem Mann unwohl. »Was siehst du mich so an?«, entfuhr es ihr.

»Ich? Du siehst mich an.«

»So ein Quatsch. Das bildest du dir ja wohl ein.«

»Ich bilde mir nichts ein.« Er deutete auf ihre Beine. »Was ist mit deinem Rock, soll ich danach tauchen?«

»Nein danke. Den muss ich nicht zurückgeben«, erwiderte sie.

»Brauchst du trockene Kleidung? Du musst frieren.«

»Im Mietwagen ist mein Koffer, ich hab noch mehr Röcke und Kleider dabei.« Sie hatte sie bei der letzten Show von diesem herrischen Designer geschenkt bekommen. Ab und zu kostenlose Klamotten, das war das Gute an ihrem Job. Das einzig Gute. »Tschüss«, sagte sie rasch, bevor ihr Blick auf ihre nassen Sandaletten fiel, die der Kerl offensichtlich mitgebracht und hier abgelegt hatte. Überrascht bückte sie sich danach, drehte sich mit einem kurzen »Danke« um und ging, ohne Rock, den Griff ihrer Tasche fest in der Hand, den sandigen Weg in Richtung Parkplatz davon. Sie war vorhin vom Flughafen in Palma direkt hierher in diese Bucht im Norden der Insel gefahren, der Mietwagen stand oben am Parkplatz in der Sonne.

»Bis dann«, hörte sie ihn in ihrem Rücken und spürte, wie sich beim Klang seiner Stimme ihre Nackenhärchen aufstellten. Außerdem ahnte sie seinen Blick auf ihren nackten Beinen und ihrem Hintern.

2. Kapitel

Berlin – drei Wochen zuvor

»Schatz, du siehst aus wie eine Wasserleiche.« Greta brachte Dinge immer auf den Punkt, weshalb man ihren Äußerungen – und Komplimenten, sofern es sich um solche handelte – auch glauben konnte. Die Fashionshow lag hinter ihnen, und jedes Mal fühlte sich Hannah danach so schwach wie eines dieser blassen Magermodels, die jeden Moment umkippen konnten, nur dass sie nicht so mager war und es auch nicht sein wollte. Dass sie gerade keine Luft mehr bekommen hatte und Herzrasen verspürte, als stecke sie in einem Fahrstuhl mit dreißig Leuten fest, wollte sie ihrer Freundin nicht sagen. Das war also eine Panikattacke, eindeutig. Noch nie hatte sie eine heimgesucht, doch jetzt sandte ihr Körper ihr eindeutige Signale. Stopp, Schluss, es reicht. Wie so oft nach einer Show saßen die beiden Freundinnen in ihrer Lieblingsbar, dem »Blue«, und schlürften an einem Aperol Spritz. Das gedämmte Licht gab dem kleinen Lokal etwas Gemütliches, hinter der Bar standen zahlreiche Spirituosen, ein großer goldumrahmter Spiegel hing in der Mitte. Hannah warf einen Blick hinein und zuckte zusammen.

Sie hatte die letzten Wochen kaum geschlafen, viel gearbeitet, sich schlecht ernährt, nicht auf sich geachtet.

»Kein Wunder. Dieser arrogante van der Loon hat mich echt an den Rand des Wahnsinns gebracht. Vielleicht ist er ein guter Designer, aber menschlich ein Idiot vor dem Herrn. Für den arbeite ich nicht mehr.«

»Und ich nur noch, bis mein Vertrag zu Ende ist«, pflichtete Greta ihr bei. »Soll er doch mit seinen holländischen Käsefüßen anderen Tritte in den Hintern verpassen. Der hat sich über mein Make-up aufgeregt, als ob ich eine Anfängerin wäre. Und das vor allen.«

»Oh, oh, und was hast du ihm an den Kopf geknallt?«

Greta arbeitete seit vielen Jahren als Make-up-Artistin, aber der Grund, warum sie nicht zu den Topleuten zählte, war, dass sie ihren Mund nicht halten konnte. Das sprach sich in der Branche natürlich herum. »So ein freches Weibsbild hab ich ja noch nie erlebt«, hatte mal ein russischer Designer zu ihr gesagt. »Aber sie ist gut, verdammt gut. Was für ein Jammer.«

»Ich hab ihm geantwortet, dass er keine Ahnung von Frauen hat. Erst recht nicht davon, was Frauen gefällt. Sein Gesicht hättest du sehen sollen.« Die beiden kicherten.

Hannah arbeitete seit Jahren als Assistentin verschiedener Designer, fühlte sich ausgenutzt, schlecht bezahlt, in einer beruflichen Sackgasse mit befristeten Verträgen, und das mit Mitte dreißig. Nach ihrem Modedesignstudium hatte sie gedacht, es bestimmt bald geschafft zu haben. Ein, zwei harte Jahre als Assistentin und dann der Durchbruch. Ein eigenes Label. So weit der Plan. Aber Pläne konnten sich in Luft auflösen, zumindest in der Modebranche, vermutlich auch sonst. Vor allem in kreativen Berufen. Hannah hatte jahrelang geackert bis tief in die Nacht, aber gedankt hatte es ihr keiner. Sie hatte kaum Zeit für ihre Freunde, geschweige denn so richtig für eine Beziehung. Ihr Privatleben blieb auf der Strecke. Ein Leben auf

Abruf. Ihre hellhörige kleine Wohnung am Helmholtzplatz in Berlin-Prenzlauer Berg konnte sie gerade so halten, umziehen bei den inzwischen horrend teuren Mieten – undenkbar.

Hannah wähnte sich stets kurz vor der großen Karriere, verdiente aber einen Hungerlohn, zumindest im Verhältnis zu den Stunden, die sie arbeitete. Aber die Hoffnung starb bekanntlich zuletzt. »Wenn ich schon keine eigene kleine Familie gründe, wie die meisten meiner Freundinnen in meinem Alter, dann mache ich wenigstens Karriere«, hatte sie sich gesagt. Wozu hatte sie schließlich Modedesign studiert. Um ihre Ideen und Kreationen in die Tat umzusetzen, um die Welt schöner zu machen, um es zu schaffen. Für ihren Dad, der als einfacher Schneider nie die Chance gehabt hatte, mehr aus sich zu machen, der so stolz auf sie gewesen wäre. Wie genau dieses »es schaffen« aussehen würde, darüber nachzudenken, hatte Hannah keine Zeit.

Lange lebte sie als Single. Männer aus der Branche datete sie nicht. Erstens gab es selten jemanden, der ihr gefiel, sie hatte aber auch keine Lust auf Gerede. Tinder mache das Leben eines Großstadtsingles da deutlich einfacher, sagte Greta immer. Wisch und weg. Oder doch nicht? Irgendwann hatte sich Hannah von Greta überreden lassen und auf Tinder Constantin kennengelernt. Anfangs dachte Hannah, er wolle nur etwas Kurzes, Unverbindliches. Aber Constantin hatte mehr gewollt. Mehr Nähe, nicht nur Sex. Er schien verrückt nach ihr, nach ihren Brüsten, ihrem Körper. Und Hannah genoss dieses Gefühl, so sehr begehrt zu werden. Welcher Mann in der Großstadt ließ schon Nähe zu? Hannah hatte sie zugelassen, sich fallen gelassen, ihre Leidenschaft mit ihm entdeckt, intensiv. Anfangs verbrachten sie jede freie Minute im Bett. Constantin streichelte ihren Körper, der sich nach den vielen einsamen Jahren sehr nach Zärtlichkeiten sehnte, fuhr mit dem Finger ihre Figur nach, inspizierte jeden Leberfleck, roch an ihrer Haut, ihrem Haar. Manchmal kam er ihr etwas übertrieben vor, aber meistens gab sie sich seiner Leidenschaft hin, die die ihre anfachte. Ließ sich treiben von einem Höhepunkt zum nächsten, ließ ihre Lust sich ins schier Unermessliche steigern. Für sie war es anfangs ein Wagnis, für ihn gleich zu Beginn die Liebe. Ihre Gefühle, die sich seit dem Tod ihrer Eltern wie von selbst in einen Kokon eingekapselt hatten, wagten sich nicht so schnell heraus. Erst starb ihre Mutter an Lymphdrüsenkrebs, zehn Tage später ihr Vater an einem Herzinfarkt. Constantin verstand, dass Hannah Zeit brauchte. Und er ließ sie ihr, hatte Geduld und streichelte sie an den empfindlichsten Stellen, bis sie wieder Lust bekam. Bis sich ihr Körper dem seinen entgegenbog, sie fast bettelte, ihn endlich in sich zu spüren. Diese Spielchen gefielen ihr, weckten die Neugierde auf mehr. Und Constantin, der mehr Erfahrung im sexuellen Bereich hatte als sie, führte sie ein in das Reich der Lust. In den spielerischen, verwegenen, humorvollen Sex. Fantasie hatte er und Hannah auch. Ähnlich wie beim Kreieren eines Kleidungsstückes, konnte sie sich mit ihm eine Welt ersinnen, in der es nur noch Ekstase und Sinnlichkeit gab.

Constantin zog bei ihr ein, auch wenn ihre Wohnung viel zu klein für sie beide war. Aber er brachte nicht viel mit, nur seinen Laptop, ein paar Klamotten und seine Zahnbürste, daher wollte sich Hannah nicht beschweren. Ein seltsamer Typ war er schon, das merkte sie bald im Zusammenleben. Jeden Morgen trank er grünen Tee, aß Cornflakes und ein Wurstbrot dazu. Er arbeitete bei einer Versicherung, kümmerte sich dort um die EDV. Kein spannender Job, aber was sagte das schon. Spannende Typen hatte ihre Freundin Greta schon viele gehabt, von denen keiner blieb. Was nützte einem ein Mann mit einem interessanten Job, wenn er nur sich selbst und seine Arbeit liebte? Constantin dagegen liebte Hannah. Auch wenn diese für die Modewelt brannte. Zumindest bis vor einigen Monaten. Bis die Luft aus ihr entwich wie aus einem Ballon, in den jemand eine Gabel hineingestochen hat.

Die letzten Monate stritten sie sich öfter. Wegen der Teekrümel, die ständig im Spülbecken lagen, wegen ihrer Nachtcreme, deren Geruch er nicht mochte. Wegen ihrer vielen verrückten Klamotten, die nach jeder Show noch mehr wurden und sich in dem ohnehin engen, bereits übervollen Kleiderschrank ausbreiteten wie ein Hefeteig. Es gab nicht genug Platz für Constantin in ihrem Leben. Das erkannte er. Und wurde unleidlich. Selbst der Sex mit ihm erfüllte Hannah kaum noch. Nach einem langen, anstrengenden Tag, an dem sie sich mit Models, Schnittdirektricen oder Designern herumärgern musste, konnte sie es nicht ertragen, nach Hause zu kommen und dort wegen einer Lappalie angemeckert zu werden. Aber Constantin, der immer früh Feierabend hatte, sah den offenen Marmeladenglasdeckel nun schon seit vier Stunden an. Und vielleicht war sogar noch eine Wespe durchs Fenster hereingeflogen oder ein Pollen, der genau über der offenen Marmelade schwebte. Constantin mochte es nicht, wenn Lebensmittel verdarben. Hannah mochte es ebenso wenig, aber es stand in ihrer Prioritätenliste nicht auf Rang eins.

Von alldem hatte sie Greta nichts erzählt. Weil es nichts zu erzählen gab. Und weil Greta, die ihr Singleleben mit Affären genoss und keine Lust auf etwas Festes hatte, sich nur bestätigt gefühlt hätte.

Hannah sog an ihrem Strohhalm und betrachtete ein knutschendes Pärchen neben ihr an der Bar. Wie sehnsüchtig die beiden sich ansahen. Dabei hörte sie Greta zu, die von einem Lover erzählte, der »SMS-Sex« mit ihr wollte.

Greta hielt inne und sah sie erwartungsvoll an. »Hast du mir überhaupt zugehört?« Hannah sah auf. »Was? Natürlich.«

»Dann weißt du also, was er mit SMS-Sex gemeint hat?«

Hannah schüttelte kleinlaut den Kopf.

Jetzt prustete Greta los. »SM, der Typ meinte BDSM und hat SMS gesagt.«

Die Freundinnen lachten, und Hannah merkte wieder, wie gut es tat, eine so schräge Freundin wie Greta zu haben. Noch schräger als sie.

Als sie sich wieder gefangen hatten, fragte Hannah neugierig nach: »Und? Habt ihr schon … ›gesimst‹?«

»Quatsch«, kicherte Greta. »Keine Lust auf so was. Da bin ich spießig.« Greta, die mit ihren dunklen Locken und dem starken Make-up alles andere als spießig aussah, überraschte Hannah immer wieder. Seufzend und nachdenklich stützte Hannah ihren Kopf mit beiden Händen ab. Jetzt sah Greta sie forschend an. »Was ist denn heute eigentlich mit dir los? Alles klar mit Consti?« So nannte sie ihn oft im Spaß.

Wieso musste ein desolater Gemütszustand immer etwas mit einem Mann zu tun haben, fragte sich Hannah und schüttelte den Kopf. »Alles okay. Bin nur müde.« Auch wenn ihre Beziehung momentan als »kompliziert« einzustufen war, welche war das schon nicht. Im Grunde laufe alles super, versicherte sie Greta und sich selbst. »Ich musste heute bedruckte Seide zuschneiden, drei Tüllröcke zusammennähen, Perlenapplikationen auf Jeans heften und dann auch noch Goodies sortieren und Lieferungen überwachen. Ich bin einfach durch.«

In dem Moment piepte ihr Handy. Hannah zog es heraus und wunderte sich über eine Nachricht. »Oh, meine Freundin Lucia aus Mallorca hat geschrieben. Von der hab ich ja schon ewig nichts mehr gehört. Jahre, um genau zu sein.«

Sehnsüchtig betrachtete Hannah die Bilder, die Lucia geschickt hatte. Das glitzernde Meer, eine malerische Bucht, umrandet von Felsen.

»Sieh mal, ist das nicht traumhaft dort? Früher war ich ganz oft mit meinen Eltern auf Mallorca, genau in dieser Bucht im Norden. Jetzt schon ewig nicht mehr vor lauter Arbeit.«

»Ich auch nicht«, bestätigte Greta seufzend. »Dabei liebe ich die Insel wirklich. Dieses mediterrane Flair, die schönen Strände und Buchten. Palma ist auch toll, dort gibt es angesagte Designer, schöne Bars, immer Sonne. Wow, das sieht richtig cool aus.«

Hannah zeigte ihr ein weiteres Foto, sah es selbst lächelnd an. Lucia vor der Finca, in der sie mit ihrer Großmutter Elena lebte, seit ihre Eltern aus beruflichen Gründen aufs spanische Festland gezogen waren. Die Finca sah immer noch aus wie früher. Umrankt von lilafarbenen Bougainvillea in voller Blüte, eine kleine Palme rechts daneben. Das nächste Foto: Lucia vor einem kleinen Café am Meer. Vier Holztische mit je zwei Stühlen standen mit Blick aufs Wasser, außerdem sah man den hellen Sandstrand und am Rand des Bilds ein paar Männerbeine in blauen Jeans und hellblauen Chucks. Darunter stand: »Mein Freund Sam hat sich ins Bild gemogelt.« Dazu ein Smiley.

»Aha, ihr Freund. Coole Farbe, diese Chucks.« Dann las sie eine neue WhatsApp vor, die gerade ankam: »Ich habe ein kleines Café auf Mallorca eröffnet. Besuchst du mich mal wieder?«

»Wow, ein kleines Café auf Mallorca eröffnen, wie geil ist das denn«, entfuhr es Greta.

»Das klingt wirklich gut, ein echter Traum«, bestätigte Hannah und vor ihrem inneren Auge liefen Bilder ab. Vom glitzernden Meer, von einem kleinen Tisch, auf dem ein köstlich duftender Kaffee mit Milchschaum stand, daneben ein Stück Mandelkuchen. Sie liebte den mallorquinischen Mandelkuchen. Und der Geruch von Kaffee stieg ihr fast schon in die Nase.

»Tja, so viele träumen nur davon und deine Freundin hat es getan«, seufzte Greta und nippte an ihrem Aperol Spritz.

»Lucia war schon immer eine Macherin. Als Kind haben wir oft gespielt, dass wir ein Café betreiben. Also Lucia war die Chefin, ich die Bedienung. Dort gab es ganz viel leckeren

Kuchen – der leider nur aus Sand bestand.« Die Freundinnen lachten.

Dann sahen sie jede lange vor sich hin. Der Beat der Musik pochte in Hannahs Kopf.

»Wofür arbeiten wir eigentlich so viel?«, unterbrach sie schließlich die zwischen den Freundinnen so ungewohnte Stille. »Wieso nehmen wir uns nicht wenigstens ein bisschen öfter Zeit für uns?«

»Weil wir bescheuert sind? Nee, mal ehrlich. Wie soll denn das gehen in dem Business? Wenn du da mal nicht jeden Tag dreizehn Stunden arbeitswillig bist, bucht dich keiner mehr. Dazu kommt: Als Frau musst du immer noch doppelt so viel und doppelt so gut arbeiten wie ein Mann.«

Hannah nickte und seufzte. »Jetzt weiß ich wieder, wieso ich schon so lange nicht mehr auf Mallorca war. Danke. Irgendetwas läuft falsch in meinem Leben.«

* * *

Als Hannah am nächsten Abend nach der Arbeit müde und ausgelaugt ihre kleine Wohnung betrat, beschlich sie sofort ein seltsames Gefühl. Mit einem Blick fiel ihr auf, dass etwas fehlte. Seine Schuhe standen nicht wie sonst unter dem Spiegel. Seine Lieblingsjacke hing nicht über ihren Jacken. Denn Constantin warf sie immer auf den Jackenständer, ohne zuvor etwas abzuhängen. Dies ließ Hannah morgens meist in ziemliche Hektik verfallen, wenn sie nach einem bestimmten Blazer oder ihrer Jeansjacke wühlen musste. Seltsam. Normalerweise schrieb er ihr eine Nachricht, wenn er einen Freund traf – was selten vorkam. Sie stand im Flur und lauschte. Kein Geräusch war aus dem Wohnzimmer zu hören.

Hannah zog ihre Jacke aus, hängte sie an den Haken, schlüpfte aus ihren Schuhen. Dann ging sie weiter in Richtung

Wohnzimmer. Langsam, als erwarte sie jede Sekunde, einen Einbrecher zu entdecken, der sie mit einem Messer bedrohte, betrat sie den Raum und bemerkte sofort, dass sein Notebook fehlte. Nein, das würde er nicht tun. Sich einfach so, ohne zu reden, aus der Beziehung schleichen. Oder doch? Hannah wurde mulmig zumute. Was, wenn er sie doch nicht liebte, wie sie geglaubt hatte? Oder einfach nicht mehr? Hatte er ihr in letzter Zeit etwas vorgemacht, was seine Gefühle betraf? Rasch ging sie weiter ins Bad. Tatsächlich. Seine Zahnbürste, dieses borstige, zerkaute Ding, dessen Anblick sie so oft gestört hatte, war verschwunden. Sogar dieses alte Teil hatte er mitgenommen. Ein dicker Kloß machte sich in ihrem Hals breit, als habe sie eine Kartoffel in einem Haps verschluckt. Wie oft hörte man von solchen Männern, die nicht den Mumm hatten, mit ihren Partnerinnen zu reden. Aber dass dies ihr passierte, ihr, Hannah Blumberg, das konnte doch nicht sein. Ahnungsvoll ging sie weiter ins Schlafzimmer, öffnete den Kleiderschrank, der mit den vielen Designerstücken aus diversen Fashionshows fast aus allen Nähten platzte. Und dennoch hatte sie ihm einen kleinen Teil freigeräumt. Jetzt hingen dort nur die leeren Kleiderbügel, einsam und allein, als verhöhnten sie Hannah, und auch sein Schrankfach war leer.

Ihr Kartoffelkloß ließ sie würgen. Hannah rannte wieder ins Bad, hustete und würgte, aber der Kloß kam nicht heraus. Saß fest wie ihre Enttäuschung. Ja, er wirkte schon länger unzufrieden, aber war sie ihm nicht einmal so viel wert, es ihr persönlich zu sagen? Oder wenigstens einen Brief zu schreiben? Ahnungsvoll zog sie ihr Handy heraus. Keine WhatsApp. Aber dann entdeckte sie eine neue E-Mail. Tatsächlich, von Constantin.

Hannah ließ sich auf ihr Sofa plumpsen, öffnete die E-Mail an ihrem Smartphone und las:

> Hi Hannah. Tut mir leid, aber ich hatte Angst vor dir. Klingt etwas komisch, aber ich hatte Angst, dein Gesicht zu sehen, wenn ich es dir sage. Weil ich dich nicht leiden sehen will. Weil du schon genug gelitten hast im Leben. Aber das Leben hält manchmal Überraschungen bereit, mit denen ich auch nicht gerechnet hätte. Erinnerst du dich an Mira aus dem Vertrieb? Ich hätte ja nie gedacht, dass sie sich für mich interessiert. Aber sie tut es. Viel mehr als du. Mal ehrlich, so richtig hast du dich nie für mich interessiert. Das soll jetzt keine Abrechnung werden oder so. Aber vielleicht hilft es dir beim nächsten Mal. Männer wollen eine Frau, die sie gut findet, und das hast du nie hingekriegt.

Fassungslos ließ Hannah ihr Handy sinken. Sie spürte Tränen, die sich in ihre Augen drängten, versuchte sie wegzublinzeln, vergebens. Das war so typisch Constantin, jetzt auch noch ihr die Schuld an allem zu geben. Dabei hatte doch er etwas mit dieser Mira angefangen. Wer weiß, wie lange das schon ging.

Hannah las weiter:

> Dir war die Arbeit immer wichtiger als ich. Im Grunde war das dein ganzes Leben. Designer und Models zufriedenzustellen. Vielleicht brauchst du ja auch nicht mehr im Leben. Ich aber schon. Also sei mir bitte nicht böse, ich hab meine Sachen schon mitgenommen. Dann kommst du bestimmt auch schneller drüber hinweg. Ciao, Constantin.

Wie gemein können Menschen werden, wenn sie nicht mehr lieben? Wie sehr hatte sie sich in Constantin getäuscht.

»Er ist es nicht wert, dass du ihm auch nur eine Träne nachweinst, Süße. Kein Mann ist es, das sag ich doch immer«, hatte ihre Freundin Greta am Telefon gesagt, sich sofort auf ihr Fahrrad gesetzt und war zu ihr gekommen. Mit einer Tüte Chips, Schokolade und einer Flasche Crémant bewaffnet.

Hannah öffnete ihr die Tür und fiel ihr schluchzend in die Arme. »Ich komm mir so mies vor.«

»Schsch. Wieso denn du dir? Er ist mies. Mieser geht es ja wohl nicht. Ohne einen Piep zu sagen auszuziehen. Und dann eine schnöde E-Mail schreiben, die dich als oberflächlich hinstellt.«

Hannah sah Greta getroffen an. Sie hatte es ausgesprochen, das, was Constantins Mail beinhaltete. War sie wirklich oberflächlich?

Die resolute Greta brachte es auf den Punkt: »Constantin ist einfach nicht der Mann, der dich wirklich interessiert hat, du bist überhaupt nicht oberflächlich. So ein Idiot.«

Es stimmte. Und diese Erkenntnis ließ den Kloß in ihrem Hals etwas kleiner werden. Er hatte ihr gutgetan. Sie mochte ihn sehr gern. Aber eine große Liebe war es nicht gewesen. Sosehr sie sich das gewünscht hatte. Liebe konnte man nicht erzwingen, und vielleicht war es nach dem Tod ihrer Eltern auch unmöglich oder zu früh gewesen, sich einem Mann zu öffnen.

Die Freundinnen machten es sich auf Hannahs Sofa gemütlich. Hannah stopfte abwechselnd Chips und Schokolade in den Mund, aber sie schmeckte nichts. Weder die Süße des Nougats noch das feurige Gewürz der Chilichips. Einzig der Cremánt prickelte köstlich auf ihrer Zunge wie die Brause aus ihren Kindheitstagen.

Während Greta ihr aufzählte, warum sie froh sein konnte, diesen schweigmuffeligen Mann, der so seltsame Macken hatte, los zu sein, dachte Hannah selbst an die letzten Wochen und Monate, die zunehmend wortkarger wurden. Constantin saß immer öfter abends vor dem Fernseher und redete kaum noch mit ihr. Und wenn sie sich unterhielten, hatte sie das Gefühl, Erlebnisse aus ihrer Welt interessierten ihn nicht. In einem hatte Constantin wirklich recht. Die Modewelt war oberflächlich – aber deshalb war *sie* es noch lange nicht. Sosehr sie diesen Glamour die letzten Jahre auch genossen hatte, so sehr war ihr das immer klarer geworden. Sie passte da nicht rein, wollte sich nicht verbiegen lassen, sich nicht verändern. Hannah mochte die Ausdrucksstärke, die durch Kleidung noch betont werden konnte, mochte es schon als Kind, verrückte Kleider und Stilrichtungen auszuprobieren. Doch all dies hatte nichts mit der harten Wirklichkeit im Modebusiness zu tun. Eine eigene Karriere als Modeschöpferin zu starten, noch dazu ohne Kapital, war ungefähr so schwer, wie als Frau in den Aufsichtsrat eines Automobilkonzerns zu gelangen und dort gleich viel zu verdienen wie all die Herren der Schöpfung. Hannah hatte sich das alles viel einfacher vorgestellt. Aber ohne betuchte Eltern im Hintergrund, die einem mit größeren Krediten unter die Arme greifen konnten, würde sie es vermutlich nie schaffen. Diese Erkenntnis machte ihr klar, dass ihr Traum wie eine übergroße Seifenblase schon lange zu zerplatzen drohte und vielleicht sogar in diesem Moment geplatzt war. »Greta, jetzt mal ehrlich, gehst du morgens noch gern zur Arbeit?«

Greta, die gerade einen Schluck Crémant trank, verschluckte sich. »Gern? Machst du Witze?«

»Wirklich, so schlimm auch bei dir?«

»Früher bin ich gern gegangen. Aber launische Models und Möchtegernprofis, die sich in mein Make-up einmischen, das nervt schon. Und dann vor allem das Rumgezicke mit dieser

Direktrice im Moment. Die hat mir das Lookbook vor die Nase geknallt und rumgeschrien, das glaubst du nicht.«

»O je. Und was dann?«

»Keine Ahnung. Auf der anderen Seite hat diese Branche ja auch was. Die Anspannung bei den Shows, ob alles funktioniert, das Adrenalin, das durch deinen Körper schießt, das brauche ich irgendwie. Viele Events bei der Berliner Fashion Week finde ich inspirierend und cool, beim Vogue-Salon letztes Jahr hatten wir doch echt Spaß.«

Hannah nahm noch einen Schluck. »Schon. Aber Greta, weißt du was? Mir ist klar geworden, dass ich nicht mehr in diesem glitzernden Hamsterrad rennen will. Ich muss erst mal über alles nachdenken, ich fliege zu Lucia nach Mallorca.«

»Wie, einfach so?«

»Ja, einfach so. Mein Vertrag läuft morgen aus. Verlängern wird ihn van Loon nicht.«

»Hast du ja schon vermutet, oder? Was hat er gesagt?«

Hannah zuckte resigniert mit den Schultern, dann lächelte sie. »Ich habe ihm zu verstehen gegeben, dass ich mich künftig nicht mehr so behandeln lasse. Da ist er ausgeflippt.«

Greta lächelte jetzt auch. »Sehr gut, ich bin stolz auf dich. Dann ist es bei mir auch nur noch eine Frage der Zeit. Aber wir Powerfrauen finden schon wieder was, um unsere Miete zu bezahlen. Und irgendwo da draußen bestimmt auch tolle Männer.«

Die Freundinnen umarmten sich, und während Hannah das vertraute Parfum von Greta einatmete, sah sie über deren Schulter nachdenklich vor sich hin. Wenn sich irgendwo eine Tür schloss, ging eine andere auf, hatte ihre Mutter immer gesagt. Die Eltern konnte ihr keiner ersetzen, aber sie hatten ihr mitgegeben, dass sie ihr Leben zu einem gewissen Teil selbst gestalten konnte.

Hannah löste sich. »Was spricht eigentlich dagegen, ein neues Leben auf der Insel anzufangen? Auszuwandern – so viele Menschen träumen davon.«

»*Ich* spreche dagegen. Du hast mich und deine anderen Freunde hier.«

»Wie oft sind wir denn zusammen? Wenn wir nicht an derselben Produktion arbeiten, sehen wir uns viel zu selten und telefonieren nur. Du könntest mich besuchen auf Mallorca.«

Greta sah sie schief an. »Du hast das nicht wirklich vor?«

Hannah schüttelte den Kopf. »Nein, natürlich nicht. Aber ich will herausfinden, was ich möchte. Vielleicht hab ich den Tritt in den Hintern von Constantin gebraucht? Vielleicht hat wirklich alles im Leben seinen Sinn, auch die schlechten Erfahrungen?« Hannah spürte selbst, dass sie plötzlich wieder aufrechter dasaß. »Weißt du was, ich schreibe Lucia, dass ich ein paar Tage komme. Ich habe zwar nicht wirklich Geld dafür, aber vielleicht hat sie eine Idee, wie ich mir die Reise finanzieren kann. Irgendwo aushelfen oder so.«

»Und wann?«

»Am besten morgen.«

»Du bist verrückt.«

»Ja, endlich wieder.«

Sofort tippte Hannah eine Nachricht an Lucia. Es vergingen keine drei Minuten, da antwortete Lucia freudig. »Wie schön. Du kannst bei meinem Freund Sam wohnen. Er führt eine kleine Pension mit Meerblick und sucht zufällig für die nächsten zwei Wochen ein Mädchen für alles. Im Café kann ich mir leider noch keine Bedienung leisten.«

»Perfekt«, schrieb Hannah aufgeregt zurück. »Ich sehe nach Flügen und melde mich.«

»Eine Pension mit Meerblick, Greta. Und meinen Kaffee schlürfe ich dann in Lucias kleinem Café am Meer.«

»Du machst wirklich Nägel mit Köpfen, Süße. Ich bin jetzt total neidisch, aber ich gönne es dir von Herzen. Wenn es eine verdient hat, dann du.« Greta drückte ihrer Freundin einen Kuss auf die Wange und gemeinsam stießen sie auf das Abenteuer Mallorca an. Egal wie es enden würde. »Und verguck dich nicht in Lucias Sam«, witzelte Greta noch.

3. Kapitel

Mallorca

Als er sie auf diesem Felsen stehen sah, dachte er sofort, er müsse sie beschützen. Dabei hatte er dieses Gefühl schon so lange nicht mehr bei einer Frau gehabt. Seit damals, um genau zu sein.

Sie sah aus, als hätte das Leben keine Bedeutung mehr für sie, hatte genau den Gesichtsausdruck, den er manchmal bei sich selbst im Spiegel sah. Etwas in ihm wusste, dass sie nicht auf ihn hören würde. Dass sie ihren eigenen Kopf besaß. Einen hübschen Kopf mit einem interessanten Gesicht, besondere Wangenknochen, eine aufregende Figur, eine gute Ausstrahlung – und dass sie sich all dessen bewusst war. Allein diese Tatsache – die er schon so oft erlebt hatte bei attraktiven Frauen –, dazu noch ihr Gewese um ihre Designerhandtasche hatten ihn richtig wütend gemacht. Für so eine Frau riskierte er sein Leben, hätte sich beinahe verletzt. Und das schien ihr noch nicht einmal klar gewesen zu sein. Wie leicht hätte auch er bei seinem Sprung ins Wasser auf einem der Felsen unten am Meeresboden aufschlagen können. Nur weil diese Modepuppe aus der Großstadt einfach auf diesen Felsen hinaufgeklettert war, ohne auf das Schild zu achten. Hatte sie es nicht gesehen oder einfach ignoriert? Das konnte er nicht einschätzen. Gut, die Warntafel, die er dort vor zwei Jahren aufgestellt hatte, sah bereits etwas verwittert aus, aber wer Respekt vor der Natur dieser Insel besaß, las solche Hinweise.

Sam saß im warmen Sand, sah auf das Meer, wie er es gern tat, und spürte allein beim Gedanken an die Ignoranz dieser Frau und die ganze Aktion am Felsen vorhin, dass sein Blut kochte. Wieso hatte sie nicht auf seine Rufe gehört? Weil sie es gewohnt war, ihr eigenes Ding durchzuziehen? Sam mochte keine egoistischen Menschen. Jetzt ertappte er sich dabei, viel zu lange über sie nachgedacht zu haben. Er versuchte, ruhig zu atmen, sich auf das Geräusch des Meeres zu konzentrieren, und schloss die Augen.

Die meisten Touristen hatten sich um diese Uhrzeit in ihr Hotel zurückgezogen, um zu duschen und für den Abend zurechtzumachen. Endlich kehrte hier Ruhe ein. Sam öffnete seine Augen wieder. Er liebte diese Abendstunden am Meer, in denen die Sonne orangefarben am Horizont stand und irgendwann wie eine Wattekugel auf dem Meer schaukelte. Zumindest sah es für ihn so aus. Dann wurde sie vom Horizont verschluckt und löste sich in Nichts auf, jeden Abend. Ein Wunder der Natur.

Er fuhr mit den Fingern durch den Sand, der sich im März abends kalt anfühlte, auch wenn der März in diesem Jahr erstaunlich warm war. Sam malte die Sonne, verwischte das Bild gleich wieder. Eigentlich müsste er jetzt in seine Pension, um nach dem Rechten zu sehen. Nörgelnde Touristen besänftigen, charmant sein, aber nicht zu charmant, damit die Männer der Frauen nicht eifersüchtig wurden. Aber diese halbe Stunde am Abend oder in der Nacht nahm er sich, fast jeden Tag. Und es gab zum Glück genug andere Feriengäste, die das besondere Ambiente seines Strandhauses und diesen sagenhaften Blick auf das Meer zu schätzen wussten. Die cool waren, mit denen es Spaß machte. Nur deshalb machte er diesen Job noch. Weil der Spaß überwog. Wenn das kippen sollte, würde er am liebsten seine Zelte abbrechen, einen Geschäftsführer einstellen und gehen. Wie schon so oft. Aber diese Pension, dieses ehemalige Strandhaus, das er von seinem Großvater geerbt hatte, konnte er nicht einfach so verlassen. Wegen seines Großvaters, den er über alles geliebt hatte. Aber auch, weil er selbst zu viele Stunden daran herumgezimmert, zu viele eigene Ideen umgesetzt hatte. Der kleine Spa-Bereich war seit Februar fertig und sein ganzer Stolz. Er sah richtig geschmackvoll aus, ein bisschen orientalisch, ein bisschen mediterran. Sam hatte den maurischen Einschlag, den die lange Herrschaft der Mauren auf Mallorca hinterlassen hatte, mit verarbeitet. Aus dem Strandhaus war ein richtiger Wohlfühlort geworden. Sein Großvater wäre stolz auf ihn.

Dass ihm Sally, die Spanierin, die ihm sonst aushalf, so kurzfristig wegen ihres Studiums abgesagt hatte, brachte ihn ganz schön in die Bredouille. Aber zum Glück kannte Lucia eine Deutsche, die hier jobben wollte. Sie müsste eigentlich längst da sein. Sally, die auf sie wartete, um sie noch einzuweisen, hatte versprochen, ihn anzurufen, sobald sie eingetroffen war. Er sah erneut auf sein Handy. Seltsam, denn wenn er eines von seiner deutschen Mutter wusste, dann das, dass die Deutschen überpünktlich waren. Seine Mutter hatte immer großen Wert darauf gelegt, ihn zu Pünktlichkeit zu erziehen.

Sam stand auf, sah noch einmal auf das Meer und überlegte, noch am Wasser entlangzulaufen. Da die Deutsche jedoch jeden Moment im Strandhaus ankommen müsste, verzichtete er darauf. Er würde sie selbst einweisen, damit es für Sally nicht zu spät würde.

Er benötigte eine Hilfe, weil er momentan mit der Organisation, vor allem derjenigen der Küche, genug zu tun hatte. Um mit den anderen Feriendomizilen mithalten zu können, hatte sich Sam von einem Kumpel, der ihn beraten hatte, überreden lassen, auch Frühstück anzubieten. Manchmal sogar ein Abendessen, jedoch nur als Event, zu dem man sich anmelden musste. Einmal gab es einen Tintenfischabend, ein anderes Mal eine Langustennacht. Sehr häufig wählte Sam Gerichte mit Fisch oder Meeresfrüchten und bereitete sie nach mallorquinischen Rezepten zu, die er von seinem Vater übernommen hatte. Dazu ein ausgewählter mallorquinischer Wein. Die Gäste standen auf so was. Sam kochte gern, sofern er es nicht jeden Tag musste. Er liebte es, an frischen Kräutern zu riechen. Sein Vater arbeitete als Koch, hatte lange auf der Insel in verschiedenen Hotels gekocht und hier auch seine Mutter kennengelernt. Aber seit ein paar Jahren lebten sie getrennt, seine Mutter wieder in Deutschland, in Hamburg, und sein Vater hatte auf einem Kreuzfahrtschiff angeheuert. Immer auf See, immer auf zu neuen Abenteuern, so hatte er sich das vorgestellt. Dass es ein knochenharter Job war und die Gäste auf diesen Kreuzfahrtschiffen noch schwieriger zufriedenzustellen waren, als er es von den Inseltouristen gewohnt war, hatte er das letzte Mal zugegeben, als er zum Heimaturlaub kam.

Sam machte seit Jahren sein eigenes Ding. Früher in seiner Tauchschule, danach, seit dem Tod seines Großvaters, hier im Strandhaus. Er liebte es, sein eigener Chef zu sein. Auch wenn er lieber weniger arbeiten würde. Immer wieder gab es Ärger mit Angestellten, besonders zuverlässig waren nicht viele. Im Strandhaus musste alles gut aussehen und sauber sein. Wer wollte schon im Urlaub in versifften Zimmern schlafen. Und Kakerlaken als Kuscheltiere fand er selbst auch nicht prickelnd.

Sam ging schnellen Schrittes den Weg zum Strandhaus empor. Blühende Apfelbäume säumten den Weg. Sein Großvater hatte sie als kleiner Junge angepflanzt. Sam liebte die Insel. Er hatte schon viele Länder bereist, aber nie einen schöneren Ort gefunden als Mallorca. Die Insel bot einfach alles: Sonne, Meer, das ganze Jahr über ein perfektes Klima, die wunderschöne Stadt Palma mit Restaurants, Bars und Kultur, Surfspots, Tauchbasen … Sam hielt einen Moment inne, um anschließend den restlichen Weg zum Strandhaus hinauf zu joggen.

Sally, die gerade ihre Tasche packte, war das schlechte Gewissen anzusehen, dass sie ihn im Stich ließ. »Ich geh dann, ja?«

»Klar, schon in Ordnung. Ist die Deutsche immer noch nicht da?«

»Nein, tut mir leid. Ich weiß auch nicht, was da schiefgelaufen ist. An ihr Handy geht sie auch nicht. Ich muss jetzt wirklich los. Oder soll ich noch bleiben?«

»Nein, beeil dich lieber. Du musst ja noch nach Palma. Sie wird schon kommen. Schließlich ist sie Deutsche.«

»Mehr weißt du über sie nicht?«

Sam schüttelte den Kopf. »Wozu auch, wenn Lucia sie empfiehlt?«

»Stimmt. Daran hab ich gar nicht gedacht, ich kann Lucia anrufen, ob sie etwas weiß.«

»Das mache ich gleich.«

»Danke, Sam, du bist wirklich der Beste.«

Sam winkte lächelnd ab. Je strenger er zu seinen Angestellten war, umso mehr mochten sie ihn, hatte er schon festgestellt. Vermutlich ähnlich wie bei Kindern. Je mehr Regeln man bei Kindern einhielt und dabei konsequent blieb, desto besser lief es. Sam hatte schon öfter auf die Kinder seiner Schwester aufgepasst, einmal sogar zwei Wochen am Stück, und bei ihm lief immer alles tadellos. Seine Schwester dagegen jammert ständig herum, dass die Jungs nicht machen, was man ihnen sagt. Tipps von Sam, dem Alleinstehenden, mochte sie nicht hören.

Sally stieg in ihren Cinquecento und brauste davon.

Zurzeit hatte Sam wirklich kein Glück mit Personal. Außer Sally hatte es noch Maria gegeben, aber die lag gerade im Krankenhaus wegen irgendeiner Sache mit der Kniescheibe. Um Ostern herum war es ungefähr so schwierig, eine Hilfe zu bekommen, wie einem Hasen das Sprechen beizubringen.

Sam nahm sein Handy hervor und wollte auf »Lucia« drücken. Da klingelte es und Lucia rief an.

* * *

Hannah beobachtete Lucia unwohl. »Sam, Hannah kann leider heute noch nicht zu dir kommen.«

»Was? Wieso das denn?«, hörte Hannah eine männliche Stimme aus dem Hörer. Sie verstand jedes Wort.

»Das ist eine lange Geschichte, die erzählt sie dir besser morgen früh selbst.« Lucia sah Hannah an, die sich inzwischen umgezogen hatte und eine bequeme Stoffhose und ein T-Shirt trug. Hannah bedeutete Lucia, ihr den Hörer zu geben, aber die schüttelte den Kopf.

»Und wieso ruft sie dann nicht wenigstens selbst an und sagt Bescheid?«

»Weil … ach, ich rufe doch an. Sam, ich muss Schluss machen, es gibt Essen. Ich wollte dir das nur kurz sagen.«

»Alles klar.«

»Wir sehen uns. Sei bitte nicht böse auf sie.«

»Mmmhm.«

Lucia legte nachdenklich auf.

Hannah sah Lucia erwartungsvoll an. »Er ist sauer, richtig?«

Lucia nickte nun unwohl. »Seltsam. So ist er normalerweise nicht.«

»Das hoffe ich.«

Lucia schien gar nicht richtig zuzuhören. »Irgendetwas hat er heute. Keine Ahnung, welche Laus ihm über die Leber gelaufen ist«, sagte sie noch.

»Hoffentlich hat sich das bis morgen früh gelegt, wenn ich zu ihm gehe. Es war wohl doch keine so gute Idee, heute bei euch auf dem Sofa zu übernachten und erst morgen in der Pension aufzutauchen. Normalerweise bin ich zuverlässig, erst recht, wenn ich eine neue Stelle anfange.«

»Ach was. Erstens sollst du ihm nur ein bisschen unter die Arme greifen und dich vor allem hier erholen, und zweitens: Hättest du so tropfnass zu deinem neuen Arbeitgeber gehen sollen?« Lucia lächelte sie aufmunternd an.

Hannah lachte. »Du hast recht, es hätte einen seltsamen Eindruck gemacht. Selbst wenn er dein Freund ist.« Sie sah Lucia dankbar hinterher, die bereits auf die Terrasse der Finca gegangen war und das Besteck auf einem alten Holztisch verteilte. Tiefe Teller standen schon bereit, Lucias Großmutter Elena, die Hannah vorhin herzlich begrüßt hatte, schmeckte in der Küche noch die Bohnensuppe ab.

So lange hatten sich die Freundinnen nicht mehr gesehen, aber vom ersten Augenblick an war es wieder so vertraut und herzlich gewesen wie früher. So viele Sommer hatten die Freundinnen als Kinder zusammen gespielt, Unfug gemacht, ihre Eltern geärgert. Sie waren beide keine braven Mädchen gewesen, hatten sich immer wieder neue Streiche ausgedacht und manchmal den einen oder anderen Inselbewohner fast in den Wahnsinn getrieben. Dabei bildeten sie ein gutes Team. Lucia war etwas forscher als Hannah, aber genau dieses Vorbild tat Hannah damals gut. Ohne Lucia wäre sie nicht die Frau geworden, die sie heute war. So prägten viele Menschen den eigenen Weg, und manchmal wusste man erst im Nachhinein, wie wertvoll die Begegnungen für einen gewesen waren.

»Komm«, unterbrach Lucia ihre Gedanken, als sie wieder in die Finca trat. »Großmutter sagt, der Bohneneintopf ist fertig. Der mallorquinische, den magst du doch so.«

»Und wie!«

In dem Moment kam Elena auch schon mit einem dampfenden Kochtopf aus der Küche. Sie strahlte Hannah warmherzig an. »Das wird dir guttun«, sagte sie auf Spanisch.

Zum Glück hatte Hannah diese Sprache, die sie als Kind aufgesogen hatte, nach all den Jahren nicht verlernt. »O ja, vielen Dank, Elena. Habe ich ein Glück, dass es gerade heute Bohneneintopf gibt. Noch ein Grund, warum ich heute hier geblieben bin.«

Elena lächelte, ging mit dem Topf auf die Terrasse und stellte ihn in die Mitte auf den Tisch. Die alte Frau sah zwar schmächtig und hager aus, hatte aber erstaunlich viel Kraft in ihren dünnen Armen. Ihre grau-schwarzen Haare trug sie zu einem Zopf, es stand ihr sehr gut. »Haben wir ein Glück, dass du wieder auf der Insel bist.«

Ein warmes Gefühl durchflutete Hannah und seit dem Tod ihrer Eltern fühlte sie sich zum ersten Mal wieder richtig zu Hause. Die Terrasse der Finca war mit einem kleinen Steinmäuerchen umrandet. Geranien in Rot, Weiß und Rosa in Terrakottatöpfen schmückten die Ränder, Laternen hingen an einer Pergola, an der auch Wein rankte, und tauchten die Terrasse in ein heimeliges Licht. Plötzlich sah sie ihre Eltern in jungen Jahren auf dieser Terrasse sitzen, bei einem Wein, mit einer deutlich jüngeren Elena. Bei der Erinnerung drängten Tränen in Hannahs Augen, aber sie schaffte es, sie wegzublinzeln, bevor Lucia oder Elena sie registrierten. »Es ist so schön hier, am liebsten würde ich für immer auf Mallorca bleiben«, entfuhr es ihr.

»Das kannst du doch auch«, sagte diese liebe alte Frau einfach, als sei es das Einfachste der Welt, und schöpfte ihr mit einer Suppenkelle Bohnensuppe auf ihren Teller.

War es so einfach? Konnte man sein altes Leben über Bord werfen? Fühlte man sich dann glücklicher? Immer wieder fragte sich Hannah das.

Ein fester Job hielt sie in Deutschland nicht. Ein Mann jetzt auch nicht mehr. Aber wovon sollte sie sich hier ernähren, wovon ihre Miete bezahlen? Fashionshows gab es hier nicht viele. Hannah hatte Modedesign studiert, weil das ihr Traum gewesen war. Sollten ihr Studium und all die harten Jahre als Assistentin umsonst gewesen sein? Sie wusste es nicht, brauchte jetzt erst mal eine Auszeit von dieser Branche, eine Pause, um kein Burn-out zu bekommen. Aber der Aushilfsjob in der Pension von Lucias Freund dauerte nicht ewig. Für zwei Wochen hatte sie sich verpflichtet, danach würde sie zurückfliegen, der Flug war bereits gebucht. Lucia hatte bereits angedeutet, dass Sam sie nicht monatelang engagieren könne, weil er nicht das ganze Jahr vermiete. Weil er gern auch sein eigenes Ding mache. Hannah hatte nicht nachgefragt, es ging sie schließlich nichts an, was Lucias Freund sonst noch so machte.

Die Kerzen in den Laternen flackerten, eine angenehme frische Meeresbrise wehte zu ihnen herüber. Hannah nahm einen Löffel Bohnensuppe und der herrliche Geschmack durchflutete sie. »Mhmm, Elena, wie sehr habe ich deine Bohnensuppe vermisst.«

»Wieso bist du so lange nicht gekommen?«, fragte die alte Frau und lächelte sie warm an.

Ja, warum eigentlich nicht? Andere flogen doch auch oft nach Mallorca. »Ich habe viel gearbeitet«, wich sie aus.

Aber im Grunde wusste sie, woran es gelegen hatte, dass sie es nicht mal für ein verlängertes Wochenende auf diese traumhafte Insel geschafft hatte. Alles hier erinnerte sie an ihre Eltern, an die glücklichen Sommer ihrer Kindheit. Hannah hatte Angst gehabt vor ihren tief verborgenen Gefühlen. Denn die Zeit der Trauer hatte sehr lange gedauert, viel länger, als in jedem Trauerbewältigungsbuch beschrieben wurde. Und als sie dann endlich wieder den blauen Himmel sehen konnte, wollte sie sich diesen hart erkämpften Zustand, der sie viele Therapiesitzungen gekostet hatte, nicht gefährden.

Aus diesem Grund hatte sie ihr Weg auf Mallorca, jetzt, wo sie es endlich gewagt hatte, zuallererst auf diesen Felsen geführt. Den Felsen, der irgendwie auch ihren Vater verkörperte. Den Felsen ihrer Kindheit. Constantin konnte ihr nie so viel Halt geben, wie es ihr Vater getan hatte. Vermutlich konnte es kein Mann und eigentlich war es für eine Frau Mitte dreißig auch nicht mehr nötig. Oder doch? Brauchte man das Sicherheitsgefühl, das einem Eltern gaben, ein Leben lang? Irgendwie schon. Aber vielleicht konnte sie es dennoch selbst schaffen, sich sicher zu fühlen, jeden Tag.

Mit jedem weiteren Löffel Bohnensuppe wusste sie, dass diese Zeit auf Mallorca eine ganz besondere, wichtige für sie werden würde. Denn das, was sie befürchtet hatte, dass die Trauer sie wieder extrem überwältigte, war bisher zumindest nicht eingetroffen. Vielleicht war es richtig und gut, hierhergekommen zu sein. Gerade nach der Trennung von Constantin. Wieder einer Trennung, dachte sie kurz. Vielleicht war es genau das Richtige gewesen, um ihren Eltern nahe zu sein, aber mit einem guten Gefühl. Um sich selbst wieder mehr zu spüren.

Lucia schenkte ihr ein liebes Lächeln. »Hannah träumt mal wieder.« Das hatte sie früher immer gesagt, weil Hannah schon als Kind so verträumt gewesen war.

»Ja, das mache ich tatsächlich immer noch. Tagträumen. Manchmal ist das ja auch notwendig, wenn ich mir die ganzen schlimmen Nachrichten im Fernsehen jeden Tag ansehe.« Sie wollte ablenken, aber es stimmte auch. All die Nachrichten über Menschen, die vor Krieg und Elend flüchten mussten, all die Kinder, denen Leid zugefügt wurde, auch Kindern in Deutschland, das belastete Hannah sehr. Eine Zeit lang war sie dazu übergegangen, keine Tagesschau mehr anzusehen, aber die Augen zu verschließen, machte es nicht besser, und informiert zu sein über das, was in der Welt geschah, fand sie wichtig. Um etwas tun zu können, irgendwie. Wenn auch nur im Kleinen. Mit ihrem mageren Gehalt unterstützte sie ein Kinderhilfswerk, außerdem ein Patenkind in Indien. Ein Mädchen, das sich in der Welt der Männer später hoffentlich würde behaupten können.

Elena pflichtete ihr bei, redete wild gestikulierend. »Es herrscht so viel Not auf der Welt. Allein was unter Franco in Spanien geschah, bis in die Siebzigerjahre! Dieser Diktator hat mehrere Kriege geführt, eineinhalb Millionen politische Häftlinge in Konzentrationslager gebracht, das vergisst man alles heute, aber man darf es nicht. Manche beteten ihn an. Auch auf Mallorca gab es Verfolgung und Schikane. Oft denke ich, die Menschen schalten ihre Gehirne nicht ein. Fanatismus hat noch nie etwas Gutes gebracht.« Elena hatte sich richtig in Rage geredet.

Hannah gab ihr recht, als sie endete. »Ich weiß, Elena. Wir Jungen, wir müssen etwas tun.«

»Ja, macht das, bevor es zu spät ist. Jeder kann sich widersetzen, auch oder gerade wir Frauen. Im Kleinen, in so vielen kleinen, aber wirkungsvollen Taten.«

»Nonna«, unterbrach Lucia ihre Großmutter sanft, legte ihr die Hand auf den Arm. »Wir wollen heute nicht über Politik reden. Hannah hat uns so viel zu erzählen.«

Elena nickte aufgewühlt. »Die Jugend muss über Politik reden. Aber nicht jetzt, du hast recht.« Dann sah sie Hannah aufmunternd an. »Erzähl uns von deinem Leben in Deutschland. Lass uns teilhaben, so wie früher. Da hast du mir immer alles erzählt.«

Und so fing Hannah an, von ihrem Leben in Berlin zu berichten, von den Jahren während des Studiums. Wie sie erst als Praktikantin ausgebeutet wurde und die Arbeit dennoch Spaß machte. Dann ihre Zeit als Assistentin verschiedener Designer, dass es aber nie weiterging auf der Karriereleiter, obwohl ihr oft großes Talent bescheinigt wurde. Von ihrem Leben auf der Überholspur. Dass aber letztendlich meist die Männer bevorzugt wurden und sie überholten, dass die Herren der Schöpfung berühmte Stardesigner wurden, aber nicht sie, Hannah, die aus einer Arbeiterfamilie stammte. Obwohl sie mindestens genauso viele Nachtschichten eingelegt hatte wie ihre männlichen Kollegen, wenn nicht mehr. Obwohl sie außergewöhnliche Ideen hatte.

Ihre Karriere befinde sich in einer Sackgasse, berichtete Hannah den beiden seufzend. Die Bohnensuppe hatten sie längst gegessen. Inzwischen hatte Elena mallorquinische Kekse gebracht, dazu tranken sie Wein. Nur Lucia trank Wasser, wegen ihres empfindlichen Magens.

Lucia und Elena lauschten Hannah, stellten ab und zu Fragen, wenn sie etwas aus der Modewelt nicht verstanden, aber im Grunde ließen sie Hannah reden. Wie gut das tat. Endlich jemand, der sich wirklich für sie interessierte. Der jedes Detail wissen wollte, der sie schließlich auch verstand. Elena schüttelte immer wieder den Kopf über diese verrückte Branche, aber sie pflichtete Hannah bei. »Ich hätte das auch gern gemacht, früher, als ich in deinem Alter war. Kleider entwerfen, eine eigene Kollektion schaffen.«

»Du?«, fragte Lucia erstaunt nach.

»Wieso nicht ich? Ich war auch sehr ehrgeizig. Und modeinteressiert. Ich kann sehr gut nähen und denke mir leidenschaftlich gern neue Schnitte aus. Aber damals hatte man als Frau erst recht keine Chance.«

»Du meinst, ich soll weitermachen, weil ich die theoretische Chance heute habe?«

»Das habe ich nicht gesagt. Hör auf dein Herz und dein Bauchgefühl. Das jetzt könnte die wichtigste Zeit in deinem

Leben sein. Jetzt stellst du die Weichen, wie dein Leben weitergeht. Du bist Mitte dreißig, das ist jung, sieh es im Vergleich zu mir. Aber auch ich habe das Glück noch vor mir.« Sie lächelte versonnen.

Lucia erklärte augenzwinkernd: »Großmutter hat einen Verehrer und ist ein bisschen verliebt.«

Elena lachte und strahlte mit rosigen Wangen.

Herrlich, dachte Hannah. Für die Liebe schien es nie zu spät zu sein.

Elena fuhr fort: »Hannah, das jetzt ist eine wichtige Zeit für dich. Und ich bin froh, dass du hierhergekommen bist, zu uns, in die Sonne. Wir sind deine Familie, Hannah, wenn du das möchtest.«

»Ich weiß, und wie gern, danke dir, Elena.« Hannah fühlte sich geliebt und glücklich. Diese Menschen waren so herzlich zu ihr. Die Kerzen flackerten im Wind, der vom Meer herüberwehte, sie tauchten die Terrasse in ein wunderschönes Licht. Die Luft fühlte sich zu dieser späten Stunde immer noch lauwarm an, ganz anders als in Deutschland zu dieser Jahreszeit.

»Magst du noch einen Wein?«, fragte Lucia.

»Nein, danke. Ich glaube, ich lege mich jetzt hin. Ich bin hundemüde, und morgen will ich ausgeschlafen sein, wenn ich meinem neuen Chef gegenübertrete.« Sie zwinkerte Lucia zu und freute sich auf den morgigen Tag.

Früher hatte sie oft Angst vor Veränderungen im Leben gehabt, aber jetzt merkte sie, dass sich neue Chancen eröffneten.

4. Kapitel

Die Nacht auf dem Sofa war kurz und unbequem gewesen, in der kleinen Finca war es wirklich zu eng, um dort länger zu übernachten. Hannah freute sich auf ein gemütlicheres Bett in der Pension, würde das den beiden aber nie sagen. Sie schätzte die Gastfreundschaft ihrer Freundin und von deren Großmutter sehr und wollte sie auf keinen Fall kränken.

Lucia nahm Hannah in den Arm und erklärte ihr noch einmal den Weg in ihr neues Café. »Komm nachher wirklich vorbei, dann trinken wir einen Kaffee zusammen und sehen aufs Meer.«

»Klingt großartig. Mach ich. Ich bin schon ganz gespannt.«

Sie schnappte ihren Rollkoffer, packte ihn in den Mietwagen und fuhr den Weg zu ihrer neuen Arbeitsstätte, den Lucia ihr beschrieben hatte.

Die Pension, oder auch das Strandhaus, wie Lucia es genannt hatte, stand etwas erhaben auf einem Hügel. Der Blick von hier musste überwältigend sein. Der sonnige gelbe Anstrich des Hauses schien ganz frisch zu sein, zwei Himmelbetten mit wehenden weißen Tüchern standen davor. Der perfekte Ort, um abends unter freiem Himmel zu liegen und die Sterne zu beobachten, dachte Hannah.

Sie stellte den Wagen auf dem Parkplatz ab, der zum Strandhaus gehörte, stieg aus und hievte ihren Rollkoffer heraus.

Da hörte sie in ihrem Rücken eine männliche Stimme. »Das glaube ich jetzt nicht.«

Sie drehte sich um und blickte ihrem Retter vom Vortag, der sie aus dem Meer gefischt hatte, genau in seine dunklen Augen.

Was machte der denn hier?

Einen Moment lang wusste keiner von beiden etwas zu sagen. Von Nahem betrachtet entdeckte sie feine Fältchen um seine Augen, er war braun gebrannt und sein Outfit ließ ihn wirken wie einen echten Naturburschen. Seine kurzen dunklen Haare schimmerten seidig in der Sonne.

»Kann ich Ihnen helfen?«, sagte er schließlich. »Noch einmal helfen?«, fügte er mit einem amüsierten Lächeln hinzu.

»Nein«, erwiderte sie sofort. »Ganz sicher nicht.«

Sie nahm ihren Rollkoffer, zerrte ihn auf dem Kiesweg in Richtung Strandhaus.

»Zu wem willst du denn?«

»Zu einem gewissen Sam!«, rief sie über die Schulter zurück.

»Steht hier.«

Abrupt hielt Hannah inne. Sie hatte es vom ersten Moment an geahnt. Das durfte doch nicht wahr sein. Langsam drehte sie sich um.

»Du bist *der* Sam? Der Besitzer des Strandhauses?«

»Bin ich.«

Auch er schien zu begreifen, dass sie die deutsche Aushilfe war, die Lucia ihm geschickt hatte. Und er sah alles andere als begeistert aus.

»Und du bist Hannah. Na wunderbar.«

Was sollte das denn bitte heißen?

»Was soll das heißen?«, entfuhr es ihr.

»Dass ich jemanden brauche, der mit anpacken kann, und keine Frau aus der Großstadt, die Angst um ihre Fingernägel und ihre Designerhandtasche hat.«

»Ich habe keine manikürten Fingernägel, noch nie gehabt, sie würden mir sowieso abbrechen … und Angst um meine Handtasche hatte ich nur, weil sie mir nicht gehört, das hatte ich doch klargestellt.« Wieso verteidigte sie sich vor ihm? »Sonst noch ein Problem?«

»Im Moment nicht, aber ich schätze, die werden noch kommen.« Dabei sah er sie an, als wäre sie der Grund für all seine Probleme.

Hannah atmete wütend durch. Einmal, dann zweimal, und im nächsten Moment wurde ihr klar, dass sie sich verpflichtet hatte, diesen impertinenten Mann zwei Wochen zu unterstützen, und er außerdem Lucias Freund war, sie also nett zu ihm sein sollte. Er trug wieder diese hellblauen Chucks wie auf dem Foto, das Lucia ihr geschickt hatte. Sie sahen wirklich hübsch aus, dachte sie unwillkürlich. Hannah achtete sehr auf Schuhe bei Männern, ganz automatisch, auch wenn sie überhaupt kein Interesse an einem Kerl hatte. So wie in diesem Fall.

»Also gut. Fangen wir noch einmal an«, schlug sie Lucia zuliebe vor. Da er ihr Freund war, musste er schließlich auch eine nette Seite haben. »Ich bin Hannah. Und es tut mir leid, dass ich gestern nicht wie verabredet erschienen bin. Aber du weißt ja, dass ich ziemlich … getropft habe.«

Er lachte. Ein sympathisches, herzliches Lachen. Offenbar konnte er wirklich nett sein.

Sie musste unwillkürlich auch lachen bei dem Gedanken an gestern, als sie sich gefühlt hatte wie ein frisch gefangener Tintenfisch.

Sam wurde jetzt seltsam ernst, schnappte ihren Rollkoffer, ehe sie widersprechen konnte, und zog ihn in Richtung Strandhaus.

»He, das kann ich auch selbst.«

»Schon klar!«, rief er über die Schulter zurück.

»Was heißt hier schon klar, bezweifelst du das etwa?«

»Würde ich niemals tun.«

Sie ging ihm eilig nach. Der Kies knirschte unter ihren silberglitzernden Ballerinas. Heute trug sie flache Schuhe und so konnte sie rasch zu ihm aufschließen. Er öffnete die Tür, die ins Strandhaus führte. Der Empfangsraum wirkte vom Interieur wie ein Wellnessretreat. Augenblicklich fühlte sie sich wie im Urlaub.

»Wow, das sieht ja gut aus.«

»Danke. Ich zeig dir gleich dein Zimmer. Willst du dich frisch machen oder kann es gleich losgehen?«

»Losgehen?«

»Die Bäder müssen geputzt werden. Und der Spa-Bereich auch.«

Hannah fiel beinahe die Kinnlade herunter. Unter ein bisschen helfen hatte sie sich nicht vorgestellt, putzen zu müssen.

»Moment. Ich bin nicht die neue Putzfrau. Sondern nur das Mädchen für alles.«

Er sah sie bestätigt an. »Siehst du, die Probleme gehen schon los.«

»Nichts geht los. Ich kann hier schlafen und dir etwas unter die Arme greifen, so haben wir es ausgemacht.«

»Nicht wir.«

»Stimmt. Lucia hat es mir so gesagt. Als Mädchen für alles, das hat sie gesagt.«

Er erwiderte nichts, schien zu überlegen, dann konnte er sich ein Lächeln nicht verkneifen. »Für wirklich alles?«

Die Zweideutigkeit machte sie fassungslos. »Nein!«, sagte sie laut. »Kannst du mir jetzt bitte mein Zimmer zeigen?«

»Ich schätze, wir sollten das alles erst einmal klären.«

Er sah an ihr hinunter und Hannah wurde sich ihrer schicken Klamotten gewahr. Als Modedesignerin, besser gesagt als Assistentin eines Modedesigners, trug man nun mal ausgewählte edle Stoffe. Auch wenn Hannah ihren eigenen verrückten Stil bewahrt hatte. Er dachte ganz sicher, dass sie sich für alles zu schade sei. Dabei stimmte das nicht.

Was sollte sie jetzt tun? In der Finca von Lucias Großmutter war kein Platz, um länger dort zu wohnen. Und da sie für zwei Wochen zugesagt hatte, wollte sie Lucia jetzt auch nicht in eine ungute Situation bringen. Mädchen für alles, natürlich hieß das auch putzen, wie dumm von ihr. Sie selbst hatte sich eher am Empfangstresen gesehen, ab und zu nach den Gästen schauend und mit ihnen plaudernd. Lucia zuliebe musste sie jetzt wohl einlenken. Außerdem wollte sie auch nicht, dass er von ihr dachte, sie sei eine verwöhnte Großstadtzicke. Dieser Inselfreak.

»Also gut«, fuhr er fort. »Ich putze die Bäder in den Zimmern und du den Spa-Bereich. Okay?«

»Was?« Ein verlockendes Angebot, aber sie wollte dieses Image, sich zu schade zu sein, nicht auf sich sitzen lassen. »Nein. Ich mach das schon.«

»Nein, nein.«

»Doch.«

»Jetzt widersprich mir nicht ständig, ich bin der Chef hier. Und Ärger mit Lucia will ich auch nicht.«

Sie blickte ihn an. »Na gut, wie du willst. Dann zieh ich mich kurz um und du zeigst mir den Spa-Bereich und wo ich die Putzsachen finde.«

»Abgemacht.«

Er führte sie einen Gang entlang zu ihrem Zimmer, öffnete die Tür und ließ sie eintreten. Weiße Vorhänge wehten leicht durch die geöffneten Fenster, die Sonne schien auf das frisch gemachte Bett und Hannah fühlte sich sofort wohl in diesem

Raum. »Sehr schön«, sagte sie. Hier hatte jemand Geschmack bewiesen. Ganz sicher nicht er.

»Gut. Dann lass ich dich jetzt alleine. Du findest mich am Empfang, wenn du so weit bist.«

»In Ordnung, danke.«

Er ging und hinterließ den Duft nach Sonnenmilch und Aftershave. Hannah setzte sich einen Moment aufs Bett. Was hatte sie sich hier eingebrockt. Statt entspannt am Meer zu liegen, musste sie jetzt den Wellnessbereich schrubben. Willkommen in der Wirklichkeit. Wenn sie tatsächlich auswandern wollte, blieben ihr solche Arbeiten wohl auch nicht erspart. Also gewöhn dich dran, redete sie sich leise zu. Sie stand auf, hob ihren Koffer auf eine Ablage und begann, ihre Kleidungsstücke sorgfältig in den Einbauschrank zu hängen. Fast nichts davon konnte sie hier anziehen, zu edel und empfindlich waren die meisten Stoffe. Hannah entschied sich für eine kurze Jeans und eine Hemdbluse, die sie am Bauch verknotete. Dann ging sie ins Bad, wusch sich das Gesicht und band sich die Haare zu einem Pferdeschwanz. Sie putzte nicht gern, aber wer tat das schon. Immerhin putzte er auch. Constantin hatte nie das Bad sauber gemacht. Gut, es war auch ihre Wohnung gewesen, aber mit darin gewohnt hatte er auch. Oft war es ein Streitpunkt zwischen ihnen gewesen, aber Constantin zählte immer auf, was er sonst alles mache, und Hannah hatte des lieben Friedens willen aufgehört, sich zu beschweren.

Nachdenklich hielt sie inne, dachte wehmütig an die Anfangszeit mit Constantin, seine Leidenschaft, wenn er ihren Körper berührte, die vielen zärtlichen Stunden, seinen muskulösen Körper. Wieso nur hatten sie es nicht geschafft, diese Sinnlichkeit, diese Anziehungskraft zu bewahren? Hatte sie ihn je geliebt? Sie hatte es sich eingeredet. Sonst wäre sie ja nicht mit ihm zusammen gewesen. Er sah gut aus, besaß Manieren und lachen konnte sie anfangs auch mit ihm. Irgendwann merkte sie zwar, dass er über einiges lachte, was sie nicht besonders komisch fand, aber darüber machte sie sich keinen Kopf. Zu gut tat es, in den Arm genommen zu werden, jemanden zum Kuscheln zu haben, wenn man müde und ausgelaugt nach einem langen Arbeitstag nach Hause kam.

»Ich bin deine Katze«, hatte er einmal gesagt. Hannah konnte es damals nicht einordnen, aber inzwischen wusste sie, was er damit ausdrücken wollte. Im Grunde führte sie ein Singleleben, lebte für die Arbeit, für eine imaginäre Karriere, und wenn sie spät in der Nacht nach Hause kam, freute sie sich über Constantin, der sie wärmte und ihr Zärtlichkeit gab.

Hannah wurde bewusst, wie sehr ihre fehlende tiefe Liebe dazu beigetragen hatte, dass diese Beziehung in die Brüche gegangen war. Wenn sie ihn über alles geliebt hätte, wäre sie bestimmt nicht so lange weggeblieben. Dann hätte sie es vor Sehnsucht nicht mehr ausgehalten und alles dafür getan, früher Feierabend machen zu können.

Leider kann man Liebe nicht erzwingen. Erst recht nicht die ganz große Liebe, die, von der alle träumen.

Ihre Eltern hatten sich sehr geliebt, auch noch nach so vielen Ehejahren. Dieses Vorbild hatte Hannah geprägt. Und so war sie selbst immer sehr wählerisch gewesen, was Männer betraf. Sie dachte an Constantins Launen. Auch sie gehörten zu diesem Mann, die kleinen Wutausbrüche, wenn etwas nicht klappte oder er im Spiel verlor. Hannah, die die Ehe ihrer Eltern als sehr harmonisch erleben durfte, störte das sehr. Aber den perfekten Mann, den gibt es nicht, hatte eine Freundin einmal gesagt, und damit hatte sie vermutlich auch recht.

Hannah sah sich im Spiegel an. Sie war eine attraktive Frau Mitte dreißig und die kleinen Fältchen um ihre Augenpartie standen ihr gut. Auch wenn es schmerzte, wenn eine Beziehung in die Brüche ging, so wusste sie eines: Sie vermisste im Moment eher die Vorstellung einer harmonischen Beziehung.

Der Mensch Constantin selbst hatte nicht zu ihr gepasst, das hatte ihr Greta immer wieder gesagt, aber Hannah wollte es lange nicht hören.

Hannah atmete durch und machte sich auf zu Sam, der am Empfang stand und sie erstaunt ansah.

»Also, wo ist das Putzzeug? Es kann losgehen.«

»Wirklich?«

»Natürlich, wieso nicht?«

»Ehrlich gesagt ...« Er hielt inne.

»Was?«

»Wollte ich dich nur testen.«

Fassungslos sah Hannah ihn an. »Wieso denn testen?«

»Na, ob du wirklich putzen würdest.«

Er sah in ihr also wirklich die Prinzessin auf der Erbse, die keinen Putzschwamm anfasste?

»Bevor du dich aufregst, die Putzfrau arbeitet noch für mich und macht gerade den Spa sauber.«

»Und alle anderen Angestellten haben schon die Flucht ergriffen? Würde mich nicht wundern.«

Er lachte. »So ungefähr. Nein. Wenn du den Empfang zwei Stunden übernehmen würdest, das wäre klasse. Ich zeige dir auch, wie du das mit dem Computer machst.«

»Ich kann Computer bedienen.«

»Das glaube ich dir. Aber wo du was in unsere Maske eintragen musst, wenn jemand ein- oder auscheckt, zeige ich dir trotzdem. Sieh her.«

Er bedeutete ihr, um den Tresen herumzukommen und sich neben ihn zu stellen.

Hannah zögerte. Was sollte das, er wollte sie testen? Machte sie wirklich so einen überheblichen Eindruck auf Männer? Zugegeben, das mit der Designerhandtasche musste so geklungen haben. Aber sie hatte sie nun einmal wirklich nur geliehen und normalerweise ging sie mit geliehenen Sachen sehr pfleglich um. Und geliehen war vielleicht auch der falsche Ausdruck. Sie hatte sie aus Versehen nach einer Show nach einem sehr langen Tag mit nach Hause genommen, weil sie ihrer eigenen Tasche ähnlich sah. Zu Hause hatte sie dann festgestellt, dass sie diese leere Designerhandtasche mitgenommen hatte statt ihrer eigenen mitsamt Portemonnaie, Handy und Hausschlüssel. Als sie es vor ihrer Haustür feststellte, ärgerte sie sich furchtbar über sich selbst. Constantin besuchte für ein paar Tage seine Eltern, ausgerechnet jetzt. In den Hausflur kam sie noch hinein, weil mitten in der Nacht der Nachbar aus dem Erdgeschoss den Hund, einen Golden-Retriever-Welpen, Gassi geführt hatte. Hannah liebte diesen kleinen Welpen, aber der Besitzer war ein ziemlicher Stinkstiefel, und bei ihm hatte sie natürlich nicht ihren Wohnungsschlüssel für Notfälle hinterlegt. »Da müssn se wohl den Schlüsseldienst rufn, wa?«, hatte er gesagt. »Dit wird teua!«

»Muss ich wohl«, hatte sie geantwortet. Denn Greta hatte zwar einen Schlüssel, aber da sich Hannahs Handy in ihrer Handtasche befand, konnte sie Greta nicht anrufen. So ein Mist, dass ich nicht mal Gretas Nummer auswendig weiß, dachte sie. Aber dann fiel ihr zum Glück ein, dass der nette Student unter ihr noch einen Schlüssel von ihr hatte. Weil er über Weihnachten ihre Blumen gegossen und sie vergessen hatte, ihren Schlüssel wiederzuholen. So klingelte sie also notgedrungen um zwei Uhr in der Nacht an dessen Tür. Einmal, zweimal – und endlich hörte sie schlurfende Schritte. Verwuschelt und verschlafen öffnete der Student. Er sah zum Anbeißen aus, dachte Hannah und wunderte sich über sich selbst.

»Servus, was gibts denn?«

»Hi, entschuldige, dass ich dich wecke, ich hab meinen Schlüssel in der Arbeit vergessen und du hast doch meinen Wohnungsschlüssel …«

»Ah, ja klar. Komm rein.«

Sie trat in den Flur und wartete. Der Geruch einer schlecht gelüfteten Wohnung schlug ihr entgegen und sofort fand sie den Studenten deutlich weniger süß.

»Da ist er.« Er reichte ihn ihr und grinste sie ein wenig verlegen an.

»Danke, vielen Dank, du hast mich gerettet.«

»Immer gern. Willst du vielleicht noch ’nen Tee?«

»Nein danke. Das ist nett, aber ich bin hundemüde. Schlaf gut weiter.«

Hannah trat wieder hinaus in den Hausflur und musste unwillkürlich lächeln. Er stand offenbar auf sie, so wie er sie angesehen hatte. Dabei musste er mindestens acht Jahre jünger sein. Beschwingt ging sie nach oben in ihr Reich.

Und danach wollte sie die Handtasche zwar zurückbringen, vergaß es jedoch immer wieder.

»Hannah? Träumst du? Hast du das jetzt verstanden?« Sam sah sie von der Seite an, und Hannah musste sich eingestehen, dass sie nicht wirklich zugehört hatte. So oft schweiften ihre Gedanken bei einem Stichwort einfach ab. Das bereitete ihr schon in der Schule, im Studium und auch im Job ziemliche Probleme. Oder sie tat Dinge, die sie sich im Nachhinein nicht mehr erklären konnte. Eben das mit der Handtasche. Sie hatte sie wirklich zurückgeben wollen, doch die allmorgendliche Hektik hatte es sie mehrfach vergessen lassen, und die überraschende Trennung von Constantin und ihr spontaner Entschluss, nach Mallorca zu fliegen, hatten ein Übriges getan. Diese »Aussetzer« hatte sie seit dem Tod ihrer Eltern schon öfter gehabt. Sie tat Dinge, die sie bei klarem Verstand niemals gemacht hätte. Obwohl sie ihre eigene Handtasche längst zurückhatte, griff sie wieder versehentlich zu dieser Designertasche, packte ihre Utensilien hinein und nahm sie als ihre Handtasche mit zum Flughafen.

Erst als sie bei der Security auf dem Rollband lag, erkannte sie, dass es erneut die falsche war.

Sam räusperte sich und Hannah schreckte auf. Er duftete gut und seine Augen blickten warm und verständnisvoll. »Du warst nicht ganz bei der Sache, richtig? Geht mir auch oft so. Da reicht ein Wort, und mein Gehirn macht, was es will.«

Sie lächelte. »Schrecklich, oder?« Sie hatte noch nie jemanden kennengelernt, dem es ähnlich ging.

»Gibt Schlimmeres.« Er wandte sich wieder dem Bildschirm zu und erklärte ihr noch einmal ganz in Ruhe, was sie wo eingeben musste, wenn ein Gast eincheckte. Hannah betrachtete ihn dabei verstohlen von der Seite und musste sich extrem konzentrieren, seinen Ausführungen zu folgen. Seine Grübchen und sein ziemlich markantes Kinn mit dem Dreitagebart zogen ihren Blick an. Das und seine Klamotten ließen ihn wirklich wie einen Naturburschen wirken.

»Woher kannst du eigentlich so gut Deutsch?«, unterbrach sie ihn. »Man hört nur einen ganz leichten Akzent.«

»Von meiner Mutter, sie ist Deutsche. Sie war auf Mallorca im Urlaub und hat meinen Vater kennengelernt. Ist ja gar nicht so selten, dass sich Frauen auf Reisen in feurige Spanier verlieben.«

»Soll vorkommen, aber ich lass mich auf so etwas nicht ein«, stellte sie klar. Und wieder dachte sie an Constantin, der sich nicht einmal mehr gemeldet hatte. Auf solide Deutsche war demnach auch nicht mehr Verlass als auf einen Urlaubsflirt. Im Leben konnte sich immer alles ändern, auf nichts war Verlass.

»So, alles klar, oder?«

»Klar.«

Er sah sie an. »Wenn nicht, ruf mich.«

»Ich komm alleine zurecht. Immer.«

»Das willst du nicht wirklich.«

»Was?«

»Ach, nichts.«

Konsterniert sah sie ihm hinterher. Hatte Lucia ihm verraten, dass sie gerade verlassen worden war? Sie musste ihre Freundin das unbedingt bald fragen.

»Sam!«, rief sie ihm hinterher.

Er drehte sich in der Tür um. »Was?«

»Wie lange brauchst du mich hier am Tresen? Und überhaupt heute? Also nur, weil ich nachher noch zu Lucia in ihr neues Café wollte.«

»Jetzt zwei Stunden wäre gut. Danach kannst du gehen. Und heute Abend ist ein Dinner, da bräuchte ich auch Hilfe. Ab sieben.«

»Alles klar, danke.«

Er drehte sich wieder um und ging. Man sah ihm an, dass er viel Sport trieb, vermutlich viel Wassersport hier am Meer.

Ein Pärchen betrat den Raum und lenkte Hannah ab. Sie sahen aus wie Surfer, hatten Rucksäcke dabei und erkundigten sich auf Englisch nach ihrem Zimmer.

5. Kapitel

Viel länger hätte er es so nah neben ihr nicht ausgehalten. Wie er es neben keiner Frau aushielt, wenn er ehrlich war. Zu viel Nähe schnürte ihm die Kehle zu, erinnerte ihn an damals.

Sam ging zum Spa-Bereich, in dem Alda bereits am Putzen war. Alda war eine kleine, rundliche Spanierin Anfang sechzig und eine echte Perle. Im Gegensatz zu den jungen Aushilfen ließ sie ihn niemals hängen. Sie brauchte das Geld, weil ihr Mann vor sieben Jahren gestorben war, aber sie mochte ihn auch, das merkte man ihr an.

»Sam!«, rief sie strahlend und stützte sich auf dem Besen auf. Auf Spanisch erzählte sie ihm den neuesten Tratsch aus dem Ort, aber Sam hörte heute nicht wirklich zu. Er war immer noch erstaunt, dass diese Frau, die er da aus dem Meer gezogen hatte, wirklich bereit gewesen war, die Bäder zu putzen. Ihrem Äußeren nach hätte er es ihr nicht zugetraut, aber vielleicht täuschte er sich ja wirklich. Sam hatte sich schon in einigen Frauen getäuscht, meist aber zum Schlechteren hin. Vielleicht überraschte sie ihn ja weiter. Ihre Widerworte gefielen ihm, denn er mochte keine Mäuschen, die alles mit sich machen lassen. Wie sie da so dicht neben ihm stand, in ihren kurzen Hosen und der am Bauch geknoteten Bluse, konnte er nicht umhin, erneut ihren Körperbau zu betrachten. Nicht zu schlank, aber auch nicht dick, ziemlich gut proportioniert. Was dachte er da eigentlich? Sam bemühte sich, Alda zuzuhören, während er ihr half, den Spa auf Vordermann zu bringen. Aber dass der alte Marcello heute zum Zahnarzt musste, weil sein Gebiss wackelte, interessierte ihn nicht wirklich. »Alda, ich muss weitermachen«, sagte er, nachdem er das Wasser im kleinen Pool gecheckt hatte. Er drückte ihr einen Kuss auf die Stirn und ging zu seinem Jeep. Der Einkauf für heute Abend stand an und danach wollte er noch wie immer ins Inland fahren.

Sam ging an Kisten voller Orangen vorbei, entdeckte die ersten Erdbeeren und Avocados an Marktständen. Auf dem traditionellen mallorquinischen Wochenmarkt in Sa Pobla, der jeden Sonntagvormittag stattfand, kaufte er am liebsten ein. Hier boten die Bauern der Region ein vielfältiges und preisgünstiges Angebot an Obst und Gemüse an sowie Kräuter und Gewürze, mallorquinische Wurst, Käse und allerlei Haushaltswaren und Dinge des täglichen Bedarfs. Obwohl der Markt auf dem Placa de la Constitució abgehalten wurde, der mitten im Zentrum von Sa Pobla lag, tummelten sich hier nur wenige Touristen. Auf diesem Placa Major, dessen alter Baumbestand einen angenehmen Schatten auf das bunte Treiben warf, fand das »echte« Mallorca statt.

Sam trat zu einer Bäuerin, die Kartoffeln anbot, den besonderen Stolz des kleinen Städtchens. Die Kartoffeln von Sa Pobla waren sogar international bekannt, aufgrund des fruchtbaren Bodens gab es drei Ernten im Jahr. Sam kaufte unter anderem die leckeren Kartoffeltapas und scherzte wie immer mit der alten Verkäuferin, die ihn schon lange kannte. Für den heutigen Abend hatte er seinen Gästen Fisch auf mallorquinische Art angekündigt, nach einem Rezept seines Vaters.

»Du siehst gut aus«, sagte die alte Bäuerin. »Ist etwas Schönes passiert?«

Sam zuckte mit den Schultern. »Nicht wirklich.«

Die Bäuerin nickte ungläubig. »Man kann die Vergangenheit zu dem machen, was sie ist, glaub mir.«

Sam sah sie einen Moment an. »Ich nehme noch ein Bund Knoblauch.«

Die Bäuerin griff nach dem Knoblauch und reichte ihn Sam mit vielsagendem Blick. »Glaub mir.«

»Kann man das?«

Sam ging weiter und dachte über ihre Bemerkung nach. Konnte man Vergangenes einfach so hinter sich lassen? Bisher war es ihm nicht gelungen, aber wer wusste schon, was das Leben mit ihm vorhatte.

Nachdem er seine Einkäufe, darunter auch Rotbarbenfilets, Serranoschinken und pikante Chorizo, in seinen Jeep geladen hatte, fuhr er zurück in Richtung Strandhaus. Einige Sachen mussten in den Kühlschrank, und vielleicht konnte er Hannah schon ein paar Anweisungen für die Abendveranstaltung geben, falls sein Ausflug ins Inselinnere heute länger dauern würde, man wusste es nie.

Sam fuhr vorbei an knorrigen Olivenbäumen, Apfelsinen- und Zitronenbäumen. Ein Blick auf die Uhr sagte ihm, dass er Hannah knapp verpassen könnte. Schließlich hatte er selbst gesagt, dass sie nur zwei Stunden am Empfang bleiben müsse.

Endlich kam er am Parkplatz des Strandhauses an. Ihr Mietwagen stand noch da, aber Lucias Café lag nicht weit entfernt, man konnte die Strecke am Meer entlang gut zu Fuß gehen, wenn man den Weg kannte. Er schätzte sie jedoch als eher bequem ein, also hielt sie sich bestimmt noch hier auf.

Sam stieg aus, öffnete den Kofferraum, packte die Kiste mit den verderblichen Nahrungsmitteln und trug sie ins Haus. Am Empfang war keine Hannah mehr zu sehen, dafür ein handgeschriebenes Schild, auf dem in Englisch stand, dass die Rezeption um siebzehn Uhr wieder öffnete. Nicht schlecht, dachte Sam. »Hannah?«, rief er, während er mit den Einkäufen in die Küche ging, die aussah wie aus einer anderen Zeit. Sam hatte den alten Gasofen stehen lassen, auf Regalbrettern reihten sich zahlreiche Einmachgläser, gefüllt mit Nudeln, Mehl, Linsen und vielem mehr. Pepperoni an ein Bund geflochten hingen von der Decke. Gewürze standen in kleinen Steingutgefäßen neben dem Herd.

»Hannah!«, rief er erneut, erhielt jedoch keine Antwort. Sam packte die Hühnchen, den Käse und die Milch in den großen Edelstahlkühlschrank, das einzige moderne Gerät hier drin. Dann hielt er inne und lauschte. Plötzlich trat die alte Alda mit einem Besen in der Hand herein und schüttelte den Kopf. »Sie ist weg.«

»Wie weg?«

»Keine Ahnung. Weg.« Dann drehte sie sich um und ging wieder hinaus.

Sam runzelte die Stirn. Ihr Wagen stand noch hier, abgereist konnte sie nicht sein. Wobei er ihr auch das zutraute. Ganz offensichtlich hatte sich diese Frau aus der Großstadt nicht gut genug überlegt, auf was sie sich hier eingelassen hatte. Vermutlich waren nur die Worte »Mallorca, umsonst wohnen, im Strandhaus direkt am Meer« zu ihr durchgedrungen. So war es ihm schon mit einigen Aushilfen gegangen. Junge Frauen, die mehr im Liegestuhl unten am Strand lagen, als ihm unter die Arme zu greifen. Er war gewiss keiner, der seine Angestellten ausbeutete, aber er konnte das alles hier nun mal nicht alleine stemmen.

Sollte er ihr nachlaufen, auf dem Weg zu Lucias Café? Wer sich auf der Insel nicht auskannte, für den könnte die Strecke an den Klippen gefährlich werden.

* * *

Die Aussicht von dieser Klippe war einfach herrlich. Hannah sah das Meer vor sich in der Sonne glitzern, ein paar Möwen segelten über ihr. Sie hatte sich auf ihrem Smartphone den Weg auf Google Maps angesehen und beschlossen, lieber zu Fuß zum Café zu gehen. So konnte sie die Natur viel mehr genießen, auf alles um sich herum besser achten. Ein kleiner Käfer krabbelte zu ihren Füßen und Hannah verfolgte seinen Weg in ein Loch. Wieder blickte sie aufs Meer. Allein für diesen Ausblick hatte sich der Weg zu Fuß schon gelohnt. Mit der Hand beschirmte sie ihre Augen, die Sonne blendete. Sie hatte ihre Sonnenbrille vergessen und auch, sich mit Sonnenschutz einzucremen. Nicht gerade optimal, da sich ihre empfindliche helle Haut bei intensiverer Strahlung rasch rötete. Also schnell weiter. Hannah machte einen Schritt, rutschte seitlich ab und ein paar Steine lösten sich und rollten Richtung Meer. Sie erschrak. Nicht schon wieder. Wenn sie hier abstürzen würde, käme sie nicht so glimpflich davon. Denn unten befand sich nicht direkt das Meer, sondern erst einmal ein mehrere Meter breiter Streifen kantigen Gesteins. Ein leichter Schauer lief ihr über den Rücken. Von jetzt ab hielt sie etwas mehr Abstand zur Klippe. Schließlich war hier weit und breit kein gut aussehender Mallorquiner, der sie dann retten könnte.

Hannah dachte an Sam. Irgendetwas schleppte dieser Mann mit sich herum, das spürte sie.

Wieder kam ihr Constantin in den Sinn, er fehlte ihr trotz allem. Die Jahre mit ihm hatten ihr ein Gefühl der Geborgenheit gegeben. Jetzt dagegen fühlte sie sich eher wie ein Vogeljunges, das aus dem Nest gefallen ist und sich nun selbst beibringen muss zu fliegen. Hannah sah erneut zu den Möwen hoch, die über ihr Kreise zogen, und beneidete die Vögel um ihre Flugkunst. Wie gern würde sie sich in die Lüfte begeben, hoch am Himmel, nah bei ihren Eltern. Denn dass die beiden noch existierten – in welcher Form auch immer –, irgendwo da draußen im Universum, dessen war sie sich sicher.

Hannah setzte ihren Weg fort. Jetzt um die Mittagszeit brannte die Sonne geradezu auf ihren Kopf. Eine Kappe mitzunehmen, wäre nicht schlecht gewesen. Und eine Flasche Wasser erst recht nicht. Sie war eben doch eine Großstadtpflanze durch und durch und viel zu lange nicht mehr hier gewesen. Gut, dass Sam ihre Unvernunft nicht mitbekam, er hätte sich nur bestätigt gefühlt. Ihr Mund fühlte sich so trocken an, als hätte sie Mehl gegessen. Ihr Handy piepte. Hannah zog es heraus, aber es war nicht Constantin, wie etwas in ihr insgeheim gedacht hatte. Greta erkundigte sich, ob es ihr gut gehe. Wie lieb von ihr. Hannah tippte rasch eine Antwort, knipste noch schnell ein Foto von sich vor dem Meer und schickte es ihr.

»Genial«, kam von Greta zurück. »Wie breit ist dein Bett?«, fragte sie. »Hat ein Mann neben dir Platz darin?«

Hannah musste lachen. Typisch Greta, sie dachte immer nur an das eine. »Ja, aber ich will keinen«, tippte sie zurück.

»Muss weitermachen, Sklaventreiber in Sicht«, antwortete Greta nur.

Hannah wunderte sich. Wie weit weg dieser Job hier plötzlich war, wie unwichtig er ihr erschien. Kaum zu fassen, dass es einem zu Hause, wenn man mitten in einer Produktion steckte, immer so vorkam, als gäbe es nichts anderes auf der Welt, als ginge es um Leben und Tod. Dabei handelte es sich nur um Stoffe, Kleider und das Gelingen einer Show.

Hannah vergewisserte sich auf Google Maps, dass sie sich noch auf dem richtigen Weg befand. Ihr Durst wurde immer stärker. Eigentlich konnte sie sich entlang des Wassers nicht verlaufen. In wenigen Minuten müsste sie bei Lucias Café ankommen. Sie war schon mächtig gespannt darauf, freute sich so sehr mit der Freundin, dass sie den Schritt, sich auf dieser Insel selbstständig zu machen, gewagt hatte. Zuvor hatte Lucia als

Bürokraft bei einem Immobilienmakler gearbeitet. Sie war aber mit ihrem Chef überhaupt nicht klargekommen, wie sie gestern erzählt hatte. Ein angeberischer, cholerischer Mann, der Frauen mit Moorhühnern verglich.

Endlich, nach einer Biegung, erblickte sie das kleine Café am Meer. Ein türkisblau angemaltes Holzhaus, das aussah, als hätte es hier auf dieser Klippe schon etliche Jahre überlebt, weiße Sonnenschirme standen auf der Terrasse, weiße Lampions schaukelten im Wind. Lucia hatte es zwar türkisblau streichen lassen, wie sie Hannah erzählte, aber man sah dem Holz einfach an, dass es alt war. Doch gerade das verlieh ihm den ganz besonderen Charme. An ein paar Tischchen saßen Touristen mit Sonnenbrillen, Lucia trat gerade mit einem Tablett in der Hand heraus und servierte Kaffee und Limonade. Sie trug ein geblümtes Kleid, hatte Lippenstift aufgelegt und sah glücklich aus.

Ein Hund lief bellend zwischen ihren Beinen umher, ein kleiner schwarzer pudelähnlicher Mischling.

Hannah ging ein paar Schritte weiter, machte sich mit Gesten bemerkbar.

»Hannah!«, rief Lucia erfreut, stellte die letzte Kaffeetasse ab und kam auf sie zu. »Endlich. Wo bleibst du denn so lange? Hat dich Sam etwa die ganze Zeit in Beschlag genommen?«

»Nein, nein. Ich habe einfach ein wenig gebraucht. Aber jetzt bin ich ja da. Wow, es sieht so hübsch aus.«

Die Freundinnen drehten sich zum Café. »Nicht wahr? Es war ganz schön viel Arbeit, aber Sam hat kräftig mit angepackt. Unter seinen Händen wird alles wunderschön.«

Sie strahlte Hannah an. »Komm, möchtest du einen Kaffee und ein Stück Mandelkuchen?«

»Sehr gern erst mal drei Liter Wasser. Ich bin am Verdursten. Und dann einen Kaffee. Kuchen im Moment nicht. Ich brauche ganz schnell eine Bikinifigur«, scherzte sie.

»Die hast du doch. Die hat jede Frau, sag ich immer«, lächelte Lucia. »Klar, komm mit.«

Nachdem Hannah ihren Durst gelöscht hatte, saß sie mit Lucia an einem der Tischchen im Schatten und genoss den Kaffee, der köstlich duftete und ebenso schmeckte. »Mmhm, nimmst du besondere Kaffeebohnen?«

»Auch, aber vor allem habe ich mir eine sehr gute Kaffeemaschine geleistet. Das ist doch das Wichtigste bei einem Café, finde ich. Den Kuchen backen Großmutter und ich morgens selbst.«

»Jeden Tag?«

»Natürlich. Es soll immer alles frisch sein. Das spricht sich herum.«

»Kannst du jetzt überhaupt Pause machen?«

»Nur kurz, bis jemand bezahlen oder etwas bestellen möchte. Aber im Moment sehen alle sehr entspannt aus.«

Hannah ließ ihren Blick über die Touristen schweifen. Ja, sie sahen wirklich zufrieden aus. Kein Wunder, bei diesem Blick auf den Strand und das Meer, diesem herrlichen Wetter und dem aromatischen Kaffee. Hier ließ es sich aushalten. Der perfekte Ort, um über das Leben nachzudenken.

»Ich finde es so toll, was du aus deinem Leben gemacht hast, Lucia.«

»Wirklich? Es ist doch nur ein Café.«

»Nein, es ist mehr. Du hast dir deinen Traum verwirklicht, auch ohne viel Geld. Du warst mutig, hast es gewagt. Das trauen sich nicht viele Menschen. Sieh mich an, ich hab jahrelang in dieser Branche geschuftet, ohne je den Durchbruch zu schaffen. Und so geht es ja vielen Leuten. Es machen nicht alle Karriere, nur weil sie für den Job auf Kinder verzichten.«

»Du möchtest ganz auf Kinder verzichten?«

»Das habe ich nicht gesagt. Keine Ahnung. Aber bisher habe ich so gedacht: ›Mein Job macht mir großen Spaß – das hat er ja auch jahrelang –, ich werde bald eine anerkannte Designerin, das füllt mich aus …‹ Im Moment allerdings fühle ich mich einfach nur leer.«

»Was ist denn mit der Liebe?«

Hannah nahm erneut einen Schluck Kaffee. »Nichts mehr. Ich war mit Constantin zusammen, aber es ist aus.« Sie hatte es ihr gestern noch nicht erzählt.

»O nein. Ich meine, ich kenne ihn nicht, aber es ist immer traurig, wenn etwas zu Ende geht.«

»Ja, das ist es. Im ersten Moment war es auch wirklich ein Schock. Ich hatte nicht damit gerechnet. Er hat per Mail Schluss gemacht und seine Sachen heimlich gepackt.«

»Wie bitte?«, entrüstete sich Lucia. »Männer! Sie enttäuschen einen immer wieder. Oder bestätigen einen, wie man es nimmt.«

Offenbar schien es Lucia vor Sam mit Männern kaum anders gegangen sein als ihr selbst. Oder hatte Sam sie auch schon enttäuscht? Zuzutrauen wäre es diesem Mann.

Hannah wollte Lucia nach ihrer Beziehung zu Sam befragen, als diese plötzlich sehr blass wurde, die Augen leicht verdrehte und seitlich etwas vom Stuhl rutschte. Hannah konnte sie gerade noch halten.

»Lucia! Was ist mit dir?«

»Was?«, flüsterte Lucia, die ganz offensichtlich für einen Moment in eine Art Ohnmacht gefallen war.

»Geht es wieder? Trink einen Schluck Wasser.«

Hannah reichte ihr das Wasser und Lucia trank in kleinen Schlucken. Die umsitzenden Touristen sahen besorgt herüber. Einer mit kahl rasiertem Kopf und verspiegelter Sonnenbrille stand auf und wollte zahlen.

»Das geht im Moment nicht, das sehen Sie doch.«

»Ich will aber zahlen.«

Was für ein Ignorant.

»Was hatten Sie denn?«, fragte Hannah.

»Zwei Cola, zwei Kaffee.«

Lucia nannte leise und schwach einen Betrag. Hannah wiederholte es lauter, und der Gast legte ihr das Geld passend hin, ohne Trinkgeld. Dann winkte er seinen Kumpels zu gehen.

»Lucia, hast du das öfter?«, erkundigte sich Hannah besorgt.

»Nein, ich habe heute einfach zu wenig getrunken. Ist schon wieder gut.«

Sie stand auf und lächelte Hannah an, dass sie sich keine Sorgen machen solle. »Ich hole uns zwei Mandelkuchen. Ich bin nur unterzuckert. Du siehst auch blass aus. Warte hier.« Mit diesen Worten verschwand sie im Café.

Hannah überlegte kurz, ob sie mitgehen sollte, um ihr tragen zu helfen, andererseits war Lucia alt genug, ihren Kreislauf zu kennen und sich nicht zu überschätzen.

Dass sie nur zu wenig getrunken hatte, nahm Hannah ihr allerdings nicht ab. War sie vielleicht krank und hatte sie Hannah deshalb gleich nach Mallorca eingeladen, um ihr das zu sagen? Hannah fröstelte trotz der Hitze. In ihrem Bekanntenkreis war erst kürzlich eine Frau in ihrem Alter an Brustkrebs gestorben. Eine andere hatte die Diagnose Multiple Sklerose bekommen. Allein die Vorstellung, Lucia könnte an einer schweren Krankheit leiden, machte ihr Angst. Wie schnell kann das Leben sich gravierend verändern, wie schnell zu Ende sein.

Hannah merkte selbst, dass sie sich in etwas hineinsteigerte. Nur weil Lucia sich einen Moment schwummrig fühlte, gab es noch lange keinen Grund, Derartiges hineinzuinterpretieren. Sie war eine zarte Person und ihr Blutdruck vielleicht einfach sehr niedrig.

Lucia kam mit zwei Tellern Mandelkuchen zurück, stellte sie auf das Tischchen und fing sofort an zu essen.

Hannah beobachtete die Freundin dabei, kostete auch davon. »Mmmh, wie früher. Nein, besser.«

»Dabei war doch früher alles besser«, scherzte Lucia, »oder nicht?«

»Es kommt einem manchmal so vor – aber wenn man in unserem Alter sein eigenes Leben nicht selbst so gestaltet, dass es gut ist, macht man etwas falsch.«

Lucia hielt inne, erwiderte ernst: »Außer es kommt etwas dazwischen, mit dem man nicht gerechnet hat.« Schnell fügte sie an. »Gesundheitlich oder so.«

Hannah schluckte und plötzlich schmeckte der Kuchen trocken. Sie musste husten, verschluckte sich.

Lucia klopfte ihr sofort sanft auf den Rücken. »Alles okay?«

Hannah fing sich wieder. »Ja, bei mir schon. Aber bei dir?« Sie sah der Freundin forschend in die Augen.

Aber Lucia nickte nur schnell, stand auf und ging zu einem Gast, der ihr ein Zeichen gegeben hatte. »Darf es noch etwas sein?«, fragte sie ihn auf Englisch. Er bestellte etwas für sich, seine Frau und die beiden Kinder, und Lucia ging hinein, um das Gewünschte zu holen.

Hannah sah ihr nachdenklich nach, ihr erster Verdacht schien traurige Gewissheit zu werden. Lucia musste irgendeine schlimme Diagnose bekommen haben, sonst würde sie sich nicht so seltsam verhalten.

Ein Lieferant kam mit einer Kiste Getränke zum Café, lächelte Hannah nett an und ging hinein. Sie konnte beobachten, wie herzlich sich Lucia und dieser Mann begrüßten.

Kurz darauf kamen die beiden heraus, und Lucia stellte ihn Hannah als Peter vor, einen deutschen Auswanderer, der in Deutschland eine Werbeagentur besaß, aber nach einem Herzinfarkt sein Leben umkrempelte. Er wirkte wie Mitte, Ende vierzig.

»Hallo, Peter«, begrüßte Hannah ihn. »Was für eine Geschichte.«

»Ja, leider müssen viele Menschen erst krank werden, bis sie erkennen, dass ihnen ihr derzeitiges Leben nicht guttut.«

Ja, leider, dachte Hannah. Sie hatte auf der Arbeit diese Panikattacke bekommen, aber niemandem davon erzählt. Weder Constantin noch Greta, weil sie sich selbst ihre Schwäche und diese Angst zu versagen nicht eingestehen wollte.

Peter erzählte noch ein wenig von seinem Leben in München und von seinem Kompagnon in der Agentur, der versuchte, ihn auszubooten. »Wenn einer an deinem Stuhl sägt, wird es richtig übel. Ich wusste nicht, wie ich mich wehren sollte, wollte einfach nur mein Ding machen.«

Auch das kannte Hannah. Wie oft gab es Gezicke und Neid bei einer Modeproduktion. Und sie, die im Grunde ihres Herzens jedem alles gönnte, wusste oft nicht, wie sie sich gegen Verleumdungen übelster Sorte wehren konnte. »Wieso arbeiten so viele gegeneinander? Man ist doch viel stärker zusammen.«

»Meine Rede.« Peter lächelte sie an.

»Willst du dich nicht kurz zu Hannah setzen?«, fragte Lucia nach. »Sie hat gerade eine Trennung hinter sich und kann ein wenig Aufmunterung ganz gut gebrauchen.«

Hannah versuchte ihr heimlich mit Blicken zu signalisieren, dass das jetzt auch nicht sein musste, aber Peter sagte zu und ließ sich an ihrem Tisch nieder. Wollte Lucia sie mit ihm verkuppeln? Er sah nicht schlecht aus, war aber auf den ersten Blick nicht Hannahs Typ. Im nächsten Moment wurde ihr klar, dass sie bei Männern oft viel zu oberflächlich gewesen war. Vielleicht hatte es deshalb nie länger geklappt?

Peter machte anfangs etwas angestrengt Konversation. Ganz offensichtlich war es ihm ein wenig unangenehm, dass Lucia ihn darum gebeten hatte, sich um Hannah zu kümmern. Musste man sich jetzt schon um sie kümmern? Hannah wäre am liebsten aufgestanden, und auch Peter sah etwas unglücklich aus, während er ihr von seiner Zeit in München erzählte. Er hatte für sich und seine damalige Freundin ein Haus in Feldafing gekauft, sich hohe Schulden aufgehalst und diese immer im Nacken gehabt. Nach und nach entspannte er sich, wurde offener und erzählte, dass er extrem unter Druck stand, als plötzlich weniger Aufträge hereinkamen. Seine Freundin hatte genau in dieser Zeit einen Banker kennengelernt, der am Gardasee ein Anwesen besaß. Das hatte Peter ziemlich gefuchst. Es lief auf eine Trennung hinaus, und als sie das Haus in Feldafing verkauft hatten, bekam er den Herzinfarkt. Endlich aufgewacht, krempelte er sein Leben komplett um, verkaufte seine Anteile an der Agentur und erstand von dem Geld ein kleines Apartment in Palma – immerhin mit Blick auf das Meer.

»Toll«, fand Hannah und meinte es so.

Peter wiegte den Kopf, erzählte, dass die Jobsuche hier auf der Insel mehr als holprig verlief. Schließlich hatte er diesen Lieferantenjob angenommen und seinen Frieden damit gefunden. »Immerhin hab ich es dabei immer mit sehr netten Leuten zu tun. So wie mit Lucia.« Er blickte zu ihr, die gerade bei einem jungen Pärchen abkassierte.

Stand er auf Lucia?, dachte Hannah. Sie selbst hatte momentan kein Interesse an einem Mann. Constantin hatte sie mit seiner schnöden Mail mehr verletzt, als sie sich anfangs eingestehen wollte. Auch wenn sie inzwischen wusste, dass er keine großen Gefühle in ihr wecken konnte, so hatte sie ihn natürlich sehr gern gemocht und fand, so könne man mit einem Menschen nicht umgehen.

»Ich fürchte, ich muss dann wieder«, hörte sie Peter sagen.

»Was?«

»Lucia scheint ja ziemlich beschäftigt zu sein.«

»Ja, sieht so aus.«

»Tja, dann.« Peter stand auf. »Ich hoffe, ich konnte dich ein bisschen …«

»Ich brauche keine Aufmunterung«, unterbrach sie ihn rasch. »Ich meine, ich …« Sie wusste nicht, was sie sagen sollte.

»Du brauchst einen Plan für dein weiteres Leben, hab ich recht?«

Woher wusste dieser Mann das?

»Ging mir genauso. Viele Leute kommen hierher, weil sie nicht weiterwissen. Weil sie sich auf dieser Insel oder irgendeiner anderen Insel etwas erhoffen. Eine Erleuchtung, ein spannenderes Leben. Aber eins hab ich kapiert.« Er hielt inne.

»Und was?«

»Es klingt ziemlich simpel. Aber das ist es nicht.«

Erwartungsvoll hörte Hannah ihm zu.

Endlich fuhr Peter fort: »Ich hab kapiert, dass man nicht vor sich selbst davonrennen kann. Dass man mit sich selbst ins Reine kommen muss. Sich entweder so akzeptieren, wie man ist, oder an sich arbeiten muss. Anders funktioniert es nicht.«

»Ja, das klingt logisch, aber nicht einfach.«

»Simpel, hab ich gesagt. Einfach ist es nicht. Erst mal musst du dir eingestehen, dass vieles auch an dir liegen könnte. Dass es mit den Beziehungen nicht geklappt hat, zum Beispiel. Nicht ausschließlich wegen dir natürlich. Aber auch. Weil du dich für die falschen Menschen entschieden hast und die richtigen nicht gesehen hast. Oder mit dem Job. Wer ist schon der Beste für etwas? Warst du ein Einserkandidat mit Prädikatsexamen? Ich nicht.«

»Äh, nein, ich auch nicht.« Hannah hatte sich immer im mittleren Durchschnitt bewegt. Im Abi eine 2,6, im Studium gerade noch eine Zwei. Die Beste war sie nie gewesen. Vielleicht war sie deshalb keine Stardesignerin geworden?

»Na siehst du.«

»Okay, das ist ein Punkt. Aber es könnte ja trotzdem sein, dass ich zwar keine Supernoten in der Schule und im Studium hatte, aber trotzdem ein riesiges Talent bin im Designen von Mode. Oder es lag an den fehlenden Connections.«

»Das kann natürlich alles sein. Oder vielleicht bist du nicht mit dem Richtigen ins Bett gegangen, um Karriere zu machen?«

Hannah lachte. »Ja, so ist es definitiv. Das habe ich nicht getan.«

Peter lächelte. Ganz so konservativ, wie sie ihn im ersten Moment eingeschätzt hatte, schien er nicht zu sein. Im Gegenteil. Ein Mann, der sich viele Gedanken über das Leben machte. Der im Gegensatz zu ihr offenbar bereits wusste, wo er stand.

Peter tippte sich an die Stirn. »Hier in der Sonne und am Meer ist genau der richtige Ort, um zu sich zu kommen. Du schaffst das. Und mit deiner Freundin Lucia zusammen sowieso.«

»Danke, dass du an mich glaubst.« Hannah lächelte ihn an. Er hatte recht. Wenn nicht hier, wo dann? Die Tage mit Lucia würden ganz besondere werden, denn schon früher hatten die Freundinnen viel über Gott und die Welt geredet. Mit ihrer Freundin Greta konnte man zwar auch gut reden, aber nicht so intensiv wie mit Lucia.

Peter trat zu Lucia, verabschiedete sich von ihr und ging. Hannahs Blick wanderte in Richtung Meer. Dieses Funkeln und Glitzern, das sanfte Schaukeln der Wellen, das sie immer sofort beruhigte, egal wie aufgekratzt sie sein mochte. Wie schön wäre es, am Meer zu leben.

Lucia bediente am Nebentisch eine ältere Frau, dann trat sie zu Hannah und sah sie lächelnd an. »Und? Wie findest du Peter?«

»Sehr nett.«

»So schlimm?«

»Nein!« Hannah lachte. »Wirklich nett. Er steht auf dich.«

»So ein Unsinn.«

»Ach komm, sag nicht, dass du das noch nicht gemerkt hast.«

Lucia setzte sich zu Hannah an den Tisch, fuhr sich durchs Haar. »Na ja, ich war mir nicht sicher.«

»Aber ich.«

Lucia schüttelte lächelnd den Kopf. »Keine Chance.«

»Versteh ich.« Natürlich hatte Lucia keine Augen für andere Männer, schließlich war sie mit Sam zusammen. Sam. Sofort sah Hannah auf die Uhr. »Oh, Mist.«

»Was?«

»Ich hatte Sam versprochen, ihm abends beim Dinner zu helfen.«

»Oh, ja dann, beeil dich. Er ist zwar sonst die Ruhe in Person, aber Unpünktlichkeit kann er gar nicht ausstehen. Da ist er deutscher als ein deutscher Schäferhund.«

Die Freundinnen lachten. Eigentlich wollte Hannah Lucia noch einmal auf ihr Unwohlsein ansprechen, aber dazu blieb jetzt keine Zeit.

Sie wollte ihren Kaffee und Kuchen bezahlen, aber Lucia wehrte vehement ab. »Schon mal was von mallorquinischer Gastfreundschaft gehört?«

»Also gut. Aber du hast ja wohl auch schon was von deutscher Penetranz gehört. Das nächste Mal zahle ich, was ich getrunken und gegessen habe.«

Lucia lachte. »Jetzt beeil dich.«

»Ja, ja.« Hannah schnappte ihre Tasche, drückte ihrer Freundin noch rechts und links ein Küsschen auf die Wange und machte sich auf den Weg zurück, an der Klippe entlang. Da sie eine halbe Stunde zu spät aufgebrochen war, hatte sie damit bereits den Groll ihres Arbeitgebers auf sich geladen, und mit jeder Minute wurde er bestimmt noch wütender. Na wunderbar.

6. Kapitel

Auf gewisse Frauen konnte man sich nicht verlassen. Sobald sie einigermaßen attraktiv aussahen, schien ihnen das von Kindesbeinen an in den Kopf zu steigen. Wütend schälte Sam eine Kartoffel, nahm dann ein großes Messer und hackte sie in der Mitte auseinander. Das Messer fuhr Millimeter neben seinem Zeigefinger ins Holzbrett. Verdammt. Fast wäre seine Fingerspitze ab gewesen. Was war nur mit ihm los? Um ein Haar hätte er sich verletzt, nur weil ihn diese Frau auf die Palme brachte. Sam schnitt die Kartoffel in dünne Scheiben, wusch sie, gab zwei Esslöffel Öl in eine große Pfanne und erhitzte diese. Dann gab er die Kartoffeln hinein und briet sie goldbraun. Mit Salz und Pfeffer würzte er und verteilte die Kartoffelscheiben gleichmäßig in einer großen Auflaufform. Dann nahm er eine Zwiebel, schälte sie und würfelte sie mit einem kleinen Messer. Sofort traten ihm Tränen in die Augen und liefen seine Wange hinunter. Er konnte es einfach auf den Tod nicht ausstehen, wenn er versetzt wurde, das war seit seiner Kindheit so, das hatte nichts mit dieser Deutschen zu tun, ganz sicher nicht. Denn so großen Eindruck hatte diese Touristin nicht auf ihn gemacht. Höchstens den einer verwöhnten Prinzessin, wie sie da in ihrem weißen Tüllrock und mit ihrem Handtäschchen auf dem Felsen gestanden hatte. Sam war als Junge von seinem Vater, der viel unterwegs war, zu oft versetzt worden. Manchmal musste er ein bis zwei Stunden auf ihn warten, manchmal erschien er gar nicht, ohne sich zu melden. Sam hatte sich damals geschworen, Leute niemals warten zu lassen. Denn es fühlte sich respektlos und verletzend an. Sam galt als sehr sensibles Kind, wurde oft von der Schule mit Bauchweh nach Hause geschickt. Seine Mutter lebte zwar auf Mallorca, aber die Ferieninsel hatte ihren Charme für sie verloren, sie sehnte sich nach Deutschland zurück. Zu sehr enttäuschte sie sein mallorquinischer Vater, zu viel flirtete er mit anderen Frauen. Sams Mutter zog ihren einzigen Sohn im Grunde mit der Unterstützung ihrer Schwiegereltern groß, während der Vater als Koch irgendwo auf der Insel arbeitete. Die Großeltern gaben Sam viel Nähe und Liebe, seine Mutter wurde vor lauter Heimweh immer melancholischer und schien sich von ihrer Gefühlswelt abzuspalten. Was Heimweh aus einem Menschen machen konnte, erschütterte Sam sehr, und so beschloss er, als sie nach der unvermeidlichen Trennung vor ein paar Jahren nach Bayern zog, hier in seiner Heimat zu bleiben. Ein Leben ohne Meer und Sonne sowie die Vorstellung von nasskalten Wintern in Deutschland festigten seinen Entschluss. Er besuchte seine Mutter gern in Bayern, flog aber noch lieber wieder nach Mallorca zurück. Er wusste, er würde einmal das Strandhaus und das alte Bootshaus erben, in dem sich nun das Café befand. Und er versprach seinem Großvater auf dem Sterbebett, dies alles in Ehren zu halten, zu verhindern, dass dort ein großes Hotel gebaut wurde. Sam versuchte, seinen Großvater zu beruhigen, dass dafür ohnehin keine Baugenehmigung erteilt würde, aber der fand keine Ruhe, bis Sam seine Hand drückte und es ihm fest versprach.

Welche Verantwortung er mit diesem Versprechen übernommen hatte, nahm ihm oft die Luft zum Atmen. Er, der alles andere als ein Unternehmertyp war, tat sich anfangs sehr schwer, aber inzwischen lief alles einigermaßen.

Außer, es ließen ihn Aushilfen im Stich, wie nun Hannah. Das fing ja gut an. Sam atmete wütend aus, nahm zwei Zehen Knoblauch zur Hand, hackte sie klein. Hatte sie ihn komplett versetzt oder kam Madame nur einfach viel zu spät? Er könnte Lucia anrufen, aber ihr hinterherzutelefonieren, dazu hatte er keine Lust. Sam griff nach einer Paprika, wusch sie und schnitt sie in Würfel. Er mochte Frauen, die mit anpacken konnten, die sich zu nichts zu fein waren, die keinen großen Wert auf teure Kleidung legten. Also genau das Gegenteil von Hannah. Sie war zwar immerhin auf den Felsen geklettert, was ihn bei ihrem Outfit wirklich gewundert hatte, aber wohl eher aus Leichtsinn. Dass sie ihm angeboten hatte, ihm beim Putzen zu helfen, war, wie er jetzt vermutete, doch nicht ehrlich gemeint gewesen. Sehr wahrscheinlich war sie insgeheim davon ausgegangen, dass er ihr den Putzlappen aus der Hand nehmen würde, oder ihre Bereitschaft dazu wäre schnell geschwunden.

Sam ärgerte sich, dass er sie nicht weiter auf die Probe gestellt hatte. Aber er hatte sie ja wirklich nicht als Putzfrau eingestellt, er wollte fair bleiben. Denn Fairness stand bei ihm an oberster Stelle. Das Leben selbst konnte so unfair sein. Er zupfte ein paar Zweige frischen Thymian ab, wusch sie, legte sie auf ein Brettchen. Dann gab er zwei Esslöffel Öl in eine gusseiserne Pfanne und stellte den Gasherd an. Zwiebel, Knoblauch und Paprika kamen hinein und wurden angedünstet.

Sein Blick schweifte durch die Küche, die er im mediterranen Stil eingerichtet hatte. Bündel getrockneter Kräuter hingen über dem Gasherd, frische Kräuter in Töpfen standen auf dem Fensterbrett, daneben die Töpfchen aus Steingut. Ein altes Küchenbüfett seiner Großmutter gab dem Ganzen einen pittoresken Charme.

Ein Blick auf die Uhr sagte ihm, dass er sich so langsam wirklich sputen musste, um das Dinner pünktlich fertig zu bekommen. Fünf Pärchen und zwei Alleinreisende, beide Surfer, hatten sich angemeldet, es gab also jede Menge zu tun. Immer wieder sah Sam in das leicht zerfledderte Notizbuch, in dem ihm sein Vater mallorquinische Rezepte aufgeschrieben hatte.

Er gab den Thymian hinein und würzte mit edelsüßem Paprika, Anis, Salz und Pfeffer. Dann öffnete er eine Flasche Weißwein, goss etwas hinein, ließ das Ganze aufkochen und anschließend weiterköcheln.

»Entschuldige!« Ihre Stimme in seinem Nacken ließ ihn zusammenzucken.

Er drehte sich um.

Doch ehe er etwas sagen konnte, redete sie los, als gelte es, ihr Leben zu retten. »Es tut mir leid, dass ich zu spät gekommen bin, aber ich habe in diesem wunderschönen Café einfach die Zeit vergessen, und dann kam Peter, und Lucia wollte unbedingt, dass ich mich mit ihm unterhalte, also eher er mit mir, ach egal, und dann bin ich los, hab mir in der Eile auch noch den Fuß vertreten, aber ich bin so schnell wie möglich weitergehumpelt – und jetzt bin ich da.«

Was für helle, strahlende Augen sie hatte.

Sie sahen sich an. Sam rang mit sich, aber so ganz konnte er seinen Ärger nicht hinunterschlucken. »Brauchst du einen Arzt?«

»Ich?«

»Wegen deines Fußes.«

»Ach so, nein, nein.«

»Die Gäste kommen gleich. Hilfst du mir oder geht es nicht mit dem Fuß?«

»Doch. Was soll ich tun?«

»Die Fischfilets waschen und trocken tupfen. Dann mit Salz und Pfeffer würzen, in Mehl wenden, überschüssiges Mehl leicht abklopfen, anschließend drei Esslöffel Öl in dieser Pfanne erhitzen.« Er nahm eine große Alupfanne zur Hand, hob sie hoch. »Den Fisch darin pro Seite circa zwei Minuten braten.«

Hannah sah ihn unwohl an. »Ich hoffe, ich kann mir das alles merken.«

Sam warf ihr einen Blick zu. »Das hoffe ich auch.« Er reichte ihr die Pfanne, dabei spürte er ihre Hand.

Die beiden werkelten nebeneinander schweigsam vor sich hin. Ihre Nähe machte ihn nervös, ihr blumiger Duft stieg ihm in die Nase. Sie stellte sich nicht ungeschickt an, aber man sah deutlich, dass sie nicht oft kochte.

»In letzter Zeit hab ich nicht so oft gekocht.«

»Dachte ich mir schon.«

»Was?«

»Dass du nicht selbst kochst.«

Sie schien sofort auf Krawall gebürstet. »Aha, was ist so schlecht daran?«

»Das fragst du mich ernsthaft?«

»Ja.«

»Nie selbst zu kochen finde ich …«

»Abartig?«

»Nicht ganz so schlimm.«

»Dekadent?«

Er nickte lächelnd. »Aber viele machen das so in Deutschland in der Großstadt, hab ich recht?««

»Unsinn. Mein Ex-Freund hat gekocht. Oder etwas vom Asiaten geholt.«

»Verstehe.« Sie schien also getrennt zu sein.

»Mit meinem Job hab ich es die letzten Jahre einfach nicht geschafft, selbst zu kochen. Und in asiatischen Gerichten ist wenigstens immer viel Gemüse, und Fisch ist ja sowieso gesund.«

»Und die Geschmacksverstärker und Konservierungsstoffe erst.«

Sie verdrehte die Augen. »Ja, aber besser als Fast Food.«

»Ein Wahnsinnsargument.«

Hannah schnaubte durch. Doch der Fisch in der Pfanne war gerade fertig geworden, sah schön knusprig angebraten aus. »Wohin jetzt damit?«

»Auf die Kartoffelscheiben in der Auflaufform. Dazu das Paprikagemüse.«

Sie tat es.

»Und dann kommt es in den vorgeheizten Backofen, circa fünfzehn Minuten.«

Er nahm sich derweil ein Bund Petersilie, wusch es und schüttelte es trocken, zupfte die Blätter ab und hackte sie klein. »Die streust du dann vor dem Servieren darauf.«

»Alles klar. Und was noch?«

»Ich hole den weißen Landwein aus dem Keller, du kannst bitte schon mal den Tisch draußen eindecken.«

Er zeigte ihr, wo alles im Küchenbüfett stand. Dabei kamen sie sich wieder sehr nahe.

»Ich geh in den Keller«, sagte er. »Und ziehe mich um.«

7. Kapitel

Nachdem Hannah den großen Tisch auf der Veranda des Strandhauses liebevoll mit rustikalen Tontellern eingedeckt und noch ein paar weiße Lampions aufgehängt hatte, sah es aus wie in einem dieser romantischen Filme. Sam trat auf die Veranda, er trug nun eine lange Hose aus einem feinen Stoff und ein weißes Hemd und sah überhaupt nicht mehr aus wie ein Inselfreak. Fast wie ein Geschäftsmann, auf jeden Fall sehr geschmackvoll und anziehend. Und er roch nach Aftershave und Limetten-Orangen-Duschcreme.

Die ersten Gäste trudelten ein. Sie hatten sich nach einem Strandtag schön angezogen. Ein nettes Grüppchen junger Leute, die sich schon ein wenig zu kennen schienen.

Wählte er seine Gäste handverlesen aus, oder wieso passten sie alle so gut zusammen? Die Stimmung wurde schnell sehr ausgelassen, und Hannah, die Sam half, Brot, Wein, Wasser und das Gericht zu servieren, schnappte immer wieder sehr amüsante Gesprächsfetzen auf. Ganz offensichtlich kamen einige von ihnen jedes Jahr wieder. Demnach schien es ihnen bei Sam also zu gefallen. Zu schade, dass sie sich nicht einfach dazusetzen konnte. Wieso hatte sie nur zugesagt, hier auszuhelfen? Aber im nächsten Moment fiel es ihr natürlich ein. Ihr

Bankkonto wies seit Monaten ein dickes Minus auf, und da sie keinen Anschlussjob bekommen hatte, musste sie etwas tun, um nicht noch mehr in die Schulden abzurutschen. Sie kaufte online einfach zu viel ein. Dass sie hier in diesem wunderschönen Strandhaus, in dieser Pension, umsonst schlafen durfte, war schon Geschenk genug. Also riss sich Hannah zusammen. Vielleicht konnte sie morgen ja mal den Spa austesten. So wie es sich angehört hatte, musste sie schließlich nicht acht Stunden am Stück arbeiten. Immerhin. Als Assistentin eines Designers waren es meist um die zehn bis zwölf Stunden am Tag gewesen, oft noch das Wochenende durch – und das, im Verhältnis zu dem immensen Zeitaufwand, für einen Witz an Gehalt. Constantin hatte sich zwar immer wieder beschwert, aber Hannah wusste, diesen Job konnte man nicht nine to five machen. Sie hatte sich durch Constantin gestresst gefühlt, nahm sich aber dennoch nicht mehr Zeit für sich, ihn und ihre Beziehung. Das Endergebnis hatte er ihr in seiner Mail präsentiert. Hannah schenkte gerade einem jungen Mann Wein nach, der seine Freundin verliebt ansah und ihre Hand streichelte. Wie schön konnte es sein mit der richtigen Person zur richtigen Zeit. Die Freundin des jungen Mannes lächelte ihn an und ihre Augen strahlten wie bei einem Kind unterm Weihnachtsbaum beim Anblick der Geschenke. Liebe war vermutlich das größte Geschenk, das man einem Menschen machen konnte.

»Ist er nicht schön?«, hörte Hannah Sams Stimme neben sich.

Sie sah ihn irritiert an. Er deutete nach oben. Hannah folgte seinem Blick in den Nachthimmel hinauf. Zahlreiche Sterne funkelten und glitzerten, so hell und wunderschön, wie es Hannah in der Großstadt Berlin nie gesehen hatte. Kein Wunder bei den vielen elektrischen Lichtern. Hier auf Mallorca sah der Himmel näher aus, auf dieser Insel strahlten die Sterne viel heller. Wieder flackerten Erinnerungsfetzen aus ihrer

Kindheit auf. Sie als kleines Mädchen mit ihrem Vater, der ihr den Sternenhimmel zeigte. »Ich kann dir die Sterne leider nicht vom Himmel holen«, hatte er gesagt. »Ich bin ein einfacher Schneider. Aber vielleicht schaffst du es eines Tages.«

Sie hatte es versucht.

»Hannah?«

»Was? Ja, der Nachthimmel ist wunderschön.«

Was klang er plötzlich so nett? Galt das als eine Art Friedensangebot? Die ganze Zeit hatte sich Sam ihr gegenüber abweisend verhalten, schien sie für ihr Zuspätkommen abstrafen zu wollen.

Er war bereits auf dem Weg zu einem anderen Gast, scherzte mit diesem, klopfte ihm auf die Schulter und ging wieder an Hannah vorbei in Richtung Küche.

Hannah folgte ihm.

Das Dessert, mallorquinische Mandelcreme, hatten sie kurz zuvor in kleinen Tonschälchen serviert, und von den Gästen hörte man nur noch zufriedene Geräusche und Gemurmel.

»Scheint gut zu schmecken. Hast du die Mandelcreme selbst gemacht?«

»Natürlich. Möchtest du probieren?«

Er hielt Hannah eine große Schüssel hin, in der Reste der Creme waren. Es roch verlockend und Hannah lief das Wasser im Mund zusammen. »Gern.« Sie sah sich nach einem Löffel um.

»Nimm den Finger.«

Sie zögerte einen Moment. Wenn sie jetzt vor ihm ihren Finger ableckte, hatte das nicht etwas ziemlich Erotisches? Egal.

Sie steckte ihren Finger in die Creme in der Schüssel, nahm einen Klecks und lutschte ihn ab.

Er sah sie dabei mit seinen dunklen Augen ernst an.

»Schmeckt leider köstlich.«

»Wieso leider?«

»Weil ich ganz schnell zunehme.«

»Und wenn schon. Du solltest das Leben mehr genießen.«

Wie recht er hatte. Wieder wurde Hannah bewusst, wie gut es war, auf diese Insel gekommen zu sein. Endlich wieder zum Nachdenken zu kommen, über sich selbst.

»Schaffst du das denn vor lauter Arbeit?«

»Ich arbeite ja nicht rund um die Uhr hier. Deshalb habe ich mir ja eine Hilfe geholt. Ich habe außerdem noch andere Verpflichtungen.« Er wurde schlagartig ernster, sah vor sich hin.

Sollte sie ihn fragen, was er damit meinte?

Doch da hielt er ihr schon, wie um abzulenken, erneut die Schüssel hin, und diesmal nahm sie einen noch größeren Klacks, leckte ihn ab und genoss das Geschmacksfeuerwerk aus Mandel, Sahne und Amaretto in ihrem Mund.

»Mmmh. Ist da Amaretto drin?«

»Du scheinst dich damit auszukennen.«

»Ich liebe dieses Zeug. Weckt Erinnerungen an früher. Als Teenager haben wir immer ein bisschen heimlich davon probiert. Bei meiner Mutter stand stets eine Flasche Mandellikör im Wohnzimmerschrank.«

Er lachte. »Bei meiner auch.«

Für einen Moment hörte man nur die Stimmen der Gäste von der Veranda. Der Wasserhahn tropfte.

»Hilfst du mir noch beim Abräumen und beim Kochchaosbeseitigen?«

»Ja, klar, das gehört ja wohl dazu.«

»Sehen nicht alle so.«

»Stimmt. Aber normalerweise vor allem Männer nicht.« Wenn Constantin mal für sie beide gekocht hatte, dann musste sie dafür alleine die Küche aufräumen. »Arbeitsteilung«, nannte er das geschickt. Anfangs hatte sie nicht widersprochen, aber mit der Zeit immer vehementer. Das Ganze endete darin, dass er kaum noch kochte und sie sich fast nur noch Essen bei Lieferando und Co. bestellten. Ziemlich albern im Nachhinein.

»Also los, lass uns abräumen.« Sie ging vor und spürte seinen Blick auf sich. Die Gäste unterhielten sich gut gelaunt, reichten Hannah die Teller entgegen, ein paar halfen sogar mit abzuräumen. Irgendwie fühlte sich die ganze Atmosphäre sehr freundschaftlich an, auch wie Sam mit seinen Gästen umging. Einige schien er schon recht lange zu kennen.

Endlich hatten sich die letzten Gäste zurückgezogen, die Spülmaschine war zum Bersten voll und Hannah und Sam spülten per Hand die Pfannen und Töpfe. »Vielen Dank für deine Hilfe. Wenn du so weit bist, schließ ich die Küche ab. Ich will gleich noch ein wenig spazieren gehen.«

»Spazieren? Jetzt noch?«, rutschte Hannah heraus. Ihre Beine taten vom vielen Stehen weh, sie fühlte sich hundemüde.

»Ich setze mich abends oder nachts immer noch gern ans Meer.«

»Wirklich?«

»Die Nacht ist die schönste Zeit des Tages. Aber du kannst ja schlafen gehen.«

»Und mein Leben verschlafen, so hört sich das an.«

Er lachte. »Das hast du jetzt gesagt.«

»Und du gedacht. Meine Beine sind das nicht gewohnt, so lange in der Küche zu stehen.«

»Nein. Dachte ich mir schon.«

»Was soll das denn wieder heißen?«

»Nichts.« Er ging. Ließ sie einfach stehen.

Angestachelt sah sie ihm nach. Na warte.

* * *

Der Mond beleuchtete den Weg vom Strandhaus zum Meer, doch auch wenn es sich nur um ein paar Meter handelte, überkam Hannah ein unwohles Gefühl. Als Frau sollte man sich besser nicht alleine am Strand aufhalten. Zu viele Touristinnen waren schon überfallen worden, missbraucht, ermordet, zumindest hatte Hannah davon gehört. Sofort lief ein Film in ihrem Kopf ab, wie so oft. Ob Verbrechen dieser Art hier auf dieser Insel wirklich öfter vorkamen, wusste sie nicht, vermutlich nicht, aber dennoch lief ihr ein Schauer über den Rücken, als sie in ihren flachen Sandalen in Richtung Meer ging. Sie spürte den warmen Sand, der sich seitlich weich an ihre Füße drückte, kleine Sandflöhe oder was auch immer krabbelten eilig davon. Hätte sie doch nur eine Taschenlampe eingesteckt, aber in Berlin hatte sie nicht daran gedacht. Die Luft fühlte sich mittlerweile kühler an, eine Meeresbrise umfing ihren Körper. Hannah wollte ihr Leben nicht verschlafen, genau deshalb hatte sie sich doch auf diese Reise begeben. Was für ein unverschämter Kerl. Eigentlich wollte sie nicht zu ihm, aber als sie ihn in etwa zweihundert Meter Entfernung am Strand auf einem umgedrehten Holzboot sitzen sah, fühlte sie sich doch erleichtert, nicht ganz alleine hier im Dunkeln zu sein. Er saß dort mit dem Rücken zu ihr im Schneidersitz, sah auf das Meer, die Handrücken auf seinen Knien abgelegt. Fast wie beim Yoga, dachte sie. Vielleicht meditierte er? Sein T-Shirt hatte er ausgezogen, saß da mit nacktem Oberkörper, sein Rücken wirkte wie bei einem Schwimmer sehr breit.

Sie wollte ihn auf keinen Fall stören, am besten überhaupt nicht von ihm gesehen werden. So blieb sie einfach stehen, blickte auf das Meer, das in sanften Wellen vor ihr im Mondlicht schaukelte. Wie wunderschön. Das war das Leben. Wie einfach und schön es sein konnte. Beglückt trat Hannah einen Schritt weiter auf das Wasser zu, gerade so, dass ihre Füße nicht nass wurden. Doch bei diesem Schritt blieb sie an etwas Festem hängen, stolperte, versuchte mit dem linken Bein nachzuziehen, fiel dabei ungeschickt hin, auf etwas Hartes. »Autsch!«, entfuhr es ihr und natürlich sah Sam sofort zu ihr herüber.

Bestimmt verdrehte er die Augen, sie konnte es förmlich spüren.

»Alles klar bei dir?«, rief er, blieb aber sitzen.

»Ja!«, rief sie zurück, zog das feste Etwas unter sich hervor. Eine pinkfarbene Plastikkindergießkanne, die hier im Sand verbuddelt und vergessen worden war. Bestimmt würde ein Mädchen deshalb weinen.

Hannah stand auf, klopfte sich ab. Sollte sie jetzt einfach wieder ins Strandhaus zurückkehren? Das wäre jetzt albern. Verdammt, was für eine peinliche Situation. Sam musste ja denken, sie sei ihm hinterhergeschlichen. Wieso hatte sie sich das nicht früher überlegt? Dabei wollte sie doch auch nur noch kurz ans Meer.

»Komm, ich zeig dir was!«, rief er zum Glück in dem Moment.

Und so konnte Hannah in Würde zu ihm stapfen.

Je näher sie ihm kam, desto besser sah sie seinen gut definierten Oberkörper im Mondlicht schimmern. Wieso saß er hier halbnackt? Um den Wind auf seiner Haut zu spüren? Wie gern hätte sie es ihm jetzt gleichgetan, aber das war natürlich völlig unmöglich.

Er sah sie mit seinen dunklen Augen an, klopfte mit der Hand auffordernd neben sich. Hannah zögerte. Auf dem Boot gab es noch Platz zum Sitzen, aber es wäre sehr nah bei ihm. Wollte sie das? Doch Nein zu sagen, wäre kindisch. Wenn es ihn nicht störte, wieso nicht? Also ließ sie sich dicht neben ihm nieder, spürte die Wärme seines von der Sonne des Tages aufgetankten Oberkörpers, bemühte sich aber, seine Haut nicht zu berühren.

Er sagte nichts, saß weiter da, als meditiere er, und starrte aufs Meer.

»Sitzt du immer hier?«, fragte sie, nur um etwas zu sagen.

»Ja. Jede Nacht. Und ich mutiere dabei weder zum Werwolf noch beiße ich.«

Hannah lachte auf und die Anspannung, die sich in ihr aufgestaut hatte, wich etwas.

»Da bin ich mir nicht so sicher«, scherzte sie. »Also zumindest, als ich zu spät gekommen bin, hättest du am liebsten zugebissen, habe ich recht?«

Er lächelte nur, sah weiter auf den Horizont, den man in der Nacht nur erahnen konnte. Seine vollen Lippen öffneten sich schließlich: »Ganz so schlimm bin ich nicht.«

»Ich hoffe es. Immerhin muss ich noch knapp zwei Wochen mit dir auskommen.«

»Das schaffst du schon. Ich meine, es haben nicht alle geschafft, aber dich schätze ich als stark genug ein.«

Hannah lächelte, sah ihn wieder von der Seite an, sein markantes Kinn, seine hoch stehenden Wangenknochen. Er atmete ruhig, schien jetzt offensichtlich bewusst zu atmen. Sie folgte erneut seinem Blick aufs Meer. Im Mondschein funkelte das Wasser wunderschön, sah aus, als tauche gleich eine Meerjungfrau auf, fast mystisch.

So saßen sie da, genossen den Anblick und sagten nichts.

Hannah spürte nach einer gewissen Zeit, dass Sam sie jetzt heimlich von der Seite anblickte, aber sie wollte ihre Augen nicht vom Meer abwenden, so sehr zog es sie in ihren Bann.

»Gefällt es dir?«

»Und wie«, flüsterte sie.

»Und wieso wolltest du hineinspringen?«

Er machte sich also immer noch Sorgen, sie hätte ihrem Leben ein Ende bereiten wollen.

Hannah schüttelte den Kopf, sah ihm in seine Augen, die den Mond reflektierten. »Ich wollte wirklich nicht springen. Ganz ehrlich. Der Felsen erinnert mich an meine Eltern, meine

Familie. Mein Vater ist früher immer mit mir da hinaufgeklettert und hat mir gesagt, dass Mallorca die Insel seiner Träume ist. Er konnte es sich nicht leisten auszuwandern, er arbeitete als Schneider in einer Fabrik bis zur Rente. Er wagte es nicht, diesen einfachen, soliden Job gegen eine verrückte Idee einzutauschen, zumal er Frau und Kind hatte. Er besaß einfach nicht den Mut, seinen Traum zu verwirklichen. Vielleicht hätte er es in der Rente gewagt. Aber als er endlich Rentner war, ist er zwei Monate später an einem Herzinfarkt gestorben, zehn Tage nach meiner Mutter, die an Lymphdrüsenkrebs starb.«

Sam zuckte zusammen. »Zehn Tage danach? Das muss sehr schlimm für dich gewesen sein.«

»Es war die Hölle, ich fühlte mich wie eine Vollwaise, was ich ja auch war, aber mit Anfang dreißig war ich schließlich kein kleines Kind mehr.«

»Vermutlich ist man immer Kind, tief drin.«

Sie lächelte kurz. »Früher waren wir ganz oft zusammen auf dieser Insel. Den Luxus erlaubten sich meine Eltern. Wir lebten immer in einer einfachen Ferienwohnung, aber das machte nichts, denn wir waren fast ununterbrochen draußen in der Natur. Es waren jedes Mal die wundervollsten Ferien meines Lebens. Und kurz vor seinem Tod, als hätte er geahnt, dass er nicht mehr lange lebt, hat mein Vater so etwas Seltsames gesagt.«

»Was denn?«

»Dass ich auf Mallorca die Antwort auf meine Sehnsucht finde.«

Gedankenverloren sah Hannah vor sich hin, und Sam sagte nichts dazu, ließ sie weiterreden, ohne sie mit einer Frage zu unterbrechen. »Ich weiß nicht, was er genau damit gemeint hat, und das macht mich ganz verrückt.«

»Das glaube ich dir. Nach was sehnst du dich denn?«

»Das weiß ich eben nicht so genau.«

»Vielleicht findest du es ja hier heraus?«

»Hoffentlich.«

»Und woher kennst du Lucia?«

»Als wir acht Jahre alt waren, liefen wir beide hier am Strand entlang, um Muscheln zu suchen. Wir fanden die schönsten Muscheln – auch leere Krebshüllen und schöne Steine. Danach zeigten wir uns gegenseitig unsere Schätze und beschlossen, sie an Touristen zu verkaufen. Dafür bauten wir einen Stand aus Brettern, die das Meer an den Strand geschwemmt hatte. Lucia besaß wohl damals schon das Talent, ein kleines Unternehmen zu führen. Wir kennen uns also sehr lange.« Hannah erzählte diesem Mann so viel, merkte sie gerade selbst, aber das Meer ließ alles aus ihr herausfließen. »Leider ist der Kontakt die letzten Jahre abgebrochen, weil ich so viel gearbeitet habe und mich von meinem Alltag völlig in Beschlag nehmen ließ. Lucia ist es vermutlich nicht anders gegangen. Aber sie hat mich nicht aufgegeben und sich spontan wieder gemeldet, mir von ihrem Café erzählt. Sie ist so eine starke, selbstbewusste Frau.«

»Das ist sie«, sagte er leise mit Blick auf das Wasser.

Natürlich wusste er das. Schließlich liebte er sie bestimmt dafür. Was für ein Glück Lucia hatte, durchfuhr es Hannah. Sein Körper strahlte eine angenehme Wärme aus. Sein Duft wehte zu ihr herüber. Ein ganz besonderer Duft. Hannah dachte an Constantin, der nach grünem Tee und Zigarette roch, der, seit er sie kannte, keinen Sport mehr trieb und deshalb natürlich längst nicht so gut gebaut war wie Sam. Aber das hatte sie nie gestört. Sie mochte diese durchtrainierten Kerle nicht, die nichts anderes im Sinn hatten als ihren Bizeps. Sams Muskeln konnten allerdings durchaus auch vom körperlichen Arbeiten im Garten und im Strandhaus kommen, was für ihn spräche. Hier gab es sicher viel zu tun; so geschmackvoll angelegt die ganze Anlage aussah, erforderte sie sicher viel Hege und Pflege.

»Und wie lange sitzt du hier normalerweise?«

»Wenn ich alleine bin … vielleicht eine Stunde.«

»Du meinst, wenn dich keiner vollquatscht wie ich und du am liebsten fliehen würdest?«

»Nein, wenn ich niemanden zum Reden habe.«

Verwundert sah sie ihn an.

Er erwiderte ihren Blick. »Ich meine reden. Kein oberflächliches Geplänkel.«

War das jetzt wieder eine Unverschämtheit oder wie meinte er das?

»Tut mir leid, wenn ich dich nerve.«

»Was? Nein, das habe ich nicht gemeint. Im Gegenteil. Das, was man den ganzen Tag mit den Touristen redet, das ist immer das Gleiche. Wo kann man hier gut essen gehen? Welche Ausflüge empfehle ich? Welche Surf- oder Tauchspots?«

»Verstehe. Stimmt. Das hat mich auf meinen Reisen auch immer gelangweilt. Ständig die gleichen Gespräche, am Anfang ist es noch interessant, aber irgendwann plätschert es nur noch an der Oberfläche dahin.«

»Genau. Mit Lucia kann man gut reden. Aber sie hat wenig Zeit.«

Hannah wunderte sich sehr. Nahm sich Lucia nicht genug Zeit für ihre Beziehung? Das konnte durchaus sein, denn immerhin nahm das kleine Café sie sehr in Anspruch.

»Das stimmt, mit Lucia kann man über alles reden. Obwohl wir uns so lange nicht gesehen haben, hatte ich sofort wieder einen Draht zu ihr. Wo habt ihr euch kennengelernt?«

»Wir?« Sam schien zu überlegen. »Ich bin mit Lucia aufgewachsen, sozusagen. Sie hat immer in der Nachbarschaft gewohnt.«

»Wie schön.« Sam schien also eine Jugendliebe zu sein. Seltsam, dass Lucia nie von ihm erzählt hatte. Und dass Hannah ihn bei ihren Ferienaufenthalten mit ihren Eltern nie kennengelernt hatte. Oder waren sie sich begegnet und Hannah wusste es nicht mehr?

»Dann müssten wir uns als Kinder oder Teenager eigentlich auch begegnet sein«, stellte sie fest. »Wenn wir im Urlaub auf Mallorca waren, habe ich viel Zeit mit Lucia verbracht.«

»Gut möglich.« Er machte eine kurze Pause, fragte sie dann: »Glaubst du an Schicksal?«

»Ich?« Sie überlegte. »Wenn ich das täte, dann würde ich davon ausgehen, dass alles vorbestimmt ist, dass es eine höhere Macht gibt, die das Leben beeinflusst. Dass ich nichts ändern kann an meinem Leben? Das will ich nicht glauben.«

»Nein, so würde ich es nicht ausdrücken. Sondern dass gewisse Punkte in deinem Leben vorbestimmt sind. Begegnungen mit Menschen zum Beispiel. Aber was dein Leben sonst betrifft, hast du selbst in der Hand. Nur leider nicht alles.«

Wieso »leider«, dachte Hannah bei sich. Sams Mundwinkel verzogen sich schmerzerfüllt. Ungute Erinnerungen schienen in ihm wach zu werden. Was hatte er erleben müssen?

»An was denkst du?«, rutschte es ihr heraus. Im nächsten Moment wusste sie selbst, dass genau diese Frage Männer auf die Palme brachte. Doch Sam schien anders zu sein.

Er schluckte, blieb ruhig, dachte nach. »An was ich denke? Viel zu oft an so vieles. Und viel zu oft an eines. Aber vor allem daran, dass es Menschen gibt, die wichtig in meinem Leben sind, sehr wichtig sogar, und dann gibt es Menschen, die ich wieder gehen lasse, die keine Spuren hinterlassen. Oft frage ich mich nach dem Sinn.«

Hannah mochte philosophische Fragen. Mit ihrer Freundin Greta hatte sie oft über Karma geredet. Gretas Lieblingsspruch lautete: »Karma is a bitch!«

Sam schien sich viele Gedanken über das Leben zu machen.

Eine Weile sagte keiner mehr etwas, jeder hing seinen Gedanken nach. Hatte sie Spuren hinterlassen? Und wenn ja, in wie vielen Leben?

Je länger sie hier am Meer saß und mit ihm redete, desto näher fühlte sie sich diesem Mann. Dem Freund von Lucia. Diese Tatsache musste sie sich immer wieder ins Gedächtnis rufen. »Am besten, ich gehe jetzt schlafen.« Hannah stand mitten im Gespräch unvermittelt auf, strich sich ihren Rock glatt.

Sam sah irritiert auf. »Soll ich dich rüberbegleiten?«

»Nein, nein, das sind ja nur ein paar Meter.«

Er nickte.

»Wann brauchst du mich morgen?«, erkundigte sie sich.

»Du kannst ruhig zu Lucia frühstücken gehen. Um zwölf am Empfang wäre toll. Da muss ich weg.«

»Alles klar, dann gute Nacht.«

»Schlaf gut.« Er sah aufs Meer und schien schon wieder in einer anderen Welt zu sein.

Hannah drehte sich um und ging durch den inzwischen kühlen Sand zurück zum Strandhaus.

Verwirrt, mit Herzklopfen, wütend über sich selbst.

8. Kapitel

Hannah hatte unruhig geschlafen, war immer wieder aufgewacht, hatte durch das geöffnete Zimmerfenster dem Rauschen des Meeres gelauscht und unwillkürlich an Sam gedacht. Was trieb diesen Mann dazu, jede Nacht am Meer zu sitzen und über das Leben nachzudenken? Und das, wo er doch besser bei seiner Liebsten, bei Lucia sein sollte. Gestern zumindest hatten sich die beiden offenbar überhaupt nicht gesehen und das wunderte Hannah sehr. Schließlich befand sich Lucias Café nicht weit vom Strandhaus, und normalerweise, wenn alles gut lief, vermisste man sich doch. Gab es Probleme in ihrer Beziehung? Hatte Lucia sich vielleicht deshalb bei Hannah nach all den Jahren gemeldet? Hoffentlich geriet sie jetzt nicht zwischen die Fronten. Was gab es Komplizierteres als ein Paar in einer Krise, zwischen dem man vermitteln musste. Hannah hatte das einmal bei Greta erlebt, als sie in einer ihrer On-Off-Beziehungen steckte, mit einem verheirateten Mann. Er schwor Greta, dass die Ehe mit seiner Frau nur noch auf dem Papier existierte, dass er sich trennen würde, doch er hatte es nie getan. Greta, die kein Blatt vor den Mund nahm, machte ihm die Hölle heiß, aber auch das nützte nichts. Hannah versuchte damals, Greta etwas herunterzuholen, ihr klarzumachen, dass es ein kalkuliertes

Risiko war, sich mit einem verheirateten Mann einzulassen, und dies meist unglücklich, einsam und mit vielen Tränen endete. Aber all das wollte die temperamentvolle Greta natürlich nicht hören.

Nachdem Hannah geduscht und sich zurechtgemacht hatte, verließ sie ihr Zimmer und ging in die Küche der Pension. Zum Glück hatten sie gestern Abend zusammen alles aufgeräumt. Jetzt noch die Essensreste der Gäste wegwerfen und das Geschirr spülen zu müssen, wäre nicht besonders erquickend. Hannah sah sich nach Kaffee um und entdeckte eine kompliziert aussehende, chromblitzende Kaffeemaschine. Sieh an, noch ein modernes Gerät in dieser Küche außer dem großen Kühlschrank. Aber da sie sich damit nicht auskannte, beschloss sie, tatsächlich besser einen Cappuccino bei Lucia im Café zu trinken und dort in Ruhe zu frühstücken.

Am Empfang stand ein Schild, dass der Tresen von zwölf bis vierzehn Uhr besetzt sein würde. Kein Sam weit und breit, und auch die ältere Spanierin, die für ihn putzte, schien nicht da zu sein. Seltsam, dass er sein Gästehaus so minimalistisch führte.

Aber da er ihr gesagt hatte, es reiche, wenn sie um zwölf Uhr hier wäre, machte sie sich auf den Weg, wieder die Küste entlang zu Lucia.

Hannahs Magen rumorte, denn normalerweise war sie kein Mensch, der am Morgen ohne Kaffee und ohne eine Kleinigkeit zu essen aus dem Haus ging. Dies hatte zu endlosen Diskussionen mit Constantin geführt, der es irgendwann nicht mehr einsah, dass am Wochenende immer nur er die Brötchen holen sollte. Hannahs Argument, dass ihr ohne etwas im Magen schwummrig wurde, dass ihr Kreislauf das nicht mitmachte, ließ er nicht gelten. »Du kannst ja etwas essen und dann die Brötchen holen.«

»Nein, lass gut sein, dann besorge ich eben welche zum Aufbacken«, entgegnete sie. Aber diese mochte Constantin nicht und so begab er sich doch jeden Samstag und Sonntag mit einer Leidensmiene auf den Weg zum Bäcker.

Hannah blieb auf halbem Weg stehen und genoss die herrliche Aussicht auf das glitzernde Meer. Wie schön musste es sein, auf dieser Insel jeden Tag zu leben, dachte sie zum wiederholten Mal.

Hinter ihr war eine Frau unterwegs, die fast im selben Moment wie Hannah stehen geblieben war. Ihre Blicke trafen sich kurz, dann sah auch die Frau auf das Meer. Sie trug ihr dunkles Haar zu einem Dutt, daran eine gelbe Blüte. Erneut sah sie kurz zu Hannah herüber, nahm ihr Handy heraus und fotografierte die Aussicht.

Irgendetwas an der Ausstrahlung dieser Frau faszinierte Hannah. Ja, diese wunderschöne Aussicht ließ die Menschen einfach innehalten.

Die Sonne brannte bereits stark und Hannahs Mund fühlte sich trocken an. Wieder hatte sie eine Flasche Wasser vergessen.

Eilig ging sie weiter an der Klippe entlang, und endlich tauchte es vor ihr auf, das kleine Café am Meer, das türkisblau gestrichene Holzhaus mit den weißen Sonnenschirmen davor, deren Bordüren im Wind flatterten.

Außer Atem trat Hannah in den Innenraum. Lucia bereitete gerade Kaffee zu. »Lucia, guten Morgen. Kann ich bitte etwas trinken?«

Lucia lächelte. »Du kommst hier immer an wie frisch aus der Wüste. Natürlich, Liebes, ein Wasser und einen Cappuccino?«

»Sehr gern. Und ein leckeres Frühstück bitte dazu.«

»Frischer Obstsalat und das kleine Käsefrühstück?«

»Klingt perfekt.«

Nur ein Gast saß an einem Tischchen, die anderen Tische waren noch leer. Hannah wartete an der Theke, bekam von Lucia erst mal ein großes Glas Wasser gereicht, das sie hinunterstürzte.

»Und wie verstehst du dich mit Sam?«, hakte Lucia nach.

Hannah setzte das Glas ab und fragte sich einen Moment, ob diese Frage eifersüchtig klang, ob Lucia sie vielleicht sogar in der Nacht mit ihm am Meer gesehen hatte.

»Ganz gut«, erklärte sie ausweichend. »Erst war er ziemlich sauer auf mich, weil ich später gekommen bin, aber er ist … sehr nett.«

»Sehr nett? Sam?«

Unsicher, was ihre Freundin über ihren Freund hören wollte, bestätigte Hannah das erneut. »Ja, doch wirklich. Siehst du Sam heute?«

»Heute? Nein.« Lucia schnitt ein Stück Käse für das Käsefrühstück ab. Er roch ziemlich würzig. Hannah mochte diesen Geruch.

»Hast du ihn gestern gesehen?«

»Wen?«

»Sam.«

»Nein.«

»Sag mal, ist zwischen euch alles okay?«

Lucia, die ziemlich blass aussah, fasste sich mit der einen Hand an den Mund und rannte schließlich nach hinten.

»Lucia!«

Hannah hörte Würgegeräusche, ging ihrer Freundin besorgt hinterher. Auch wenn dies kein schöner Anblick werden würde, so wollte sie Lucia in ihrem Elend unterstützen.

Sie hörte Lucias gepresste Stimme aus der Toilette. »Lass mich bitte, Hannah, ich komme gleich.«

»Wenn du meinst.«

Hannah begab sich wieder zur Theke. Normalerweise wurde ihr in so einer Situation auch sofort schlecht, erst recht ohne

Frühstück im Magen. Während sich Lucia den Geräuschen nach wusch, stibitzte sich Hannah ein frisches Brötchen, bestrich es mit Butter und biss in das Stück Käse hinein. Sie liebte stinkigen Käse. Erst recht Ziegenkäse wie diesen hier. Das hatte sie von ihrem Vater, der guten Käse sehr zu schätzen gewusst hatte.

Dass Lucia so übel wurde, wenn man sie auf ihre Beziehung zu Sam ansprach, deutete auf große Probleme hin. Oder auf eine Krankheit oder Schwangerschaft? Vielleicht hatte sie sich tatsächlich deshalb bei Hannah gemeldet und hoffte, Hannah könnte zwischen Sam und ihr vermitteln, weil der kein Kind wollte. Hannah hatte gehofft, hier auf Mallorca zu sich selbst zu finden, wieder mehr Zeit für sich zu haben, neben dem Job im Strandhaus. Nun schien es, als würde diese Reise gänzlich anders verlaufen.

Lucia kam blass von der Toilette zurück.

»Geht es wieder?«

»Ja, ich denke schon.«

Hannah sah sie forschend an. »Es läuft also überhaupt nicht gut zwischen euch? Das tut mir so leid.«

»Was? Von was redest du?«

»Äh, von Sam und dir?«

»Sam und mir?«

Lucia sah sie so verständnislos an, als redete Hannah, ohne Laute von sich zu geben, als kämen Seifenblasen aus ihrem Mund.

»Entschuldigung«, wurden sie von einer älteren Dame mit großem Sonnenhut unterbrochen, die das kleine Café betreten hatte, »gibt es hier auch Frühstück?«

»Ja sicher, es steht auf der Karte.«

»Ach wirklich? Und wo finde ich so eine Karte?«

Hannah hoffte, die Touristin würde rasch wieder gehen. Wieso reagierte Lucia so verwundert auf ihre Frage nach ihrer Beziehung zu Sam?

Lucia reichte der Touristin geduldig eine Karte, erklärte ihr, was es heute nicht gab und dass eigentlich auch draußen Karten liegen müssten.

»Ach, dann hab ich die übersehen. Wissen Sie, ich habe nämlich meine Brille nicht eingepackt, mein Mann sagt, sie steht mir nicht. Er liest mir alles vor.«

Die Freundinnen sahen sich fassungslos an. Lucia entfuhr: »Dann kaufen Sie sich eine hübschere Brille, und am besten, Sie suchen sich einen netteren Mann«, entfuhr es Lucia. Sie schien selbst über sich zu erschrecken. »Entschuldigung. Ich bin sonst nicht so direkt.«

»Unglaublich.« Kopfschüttelnd ging die Touristin mit der Karte in der Hand nach draußen, drehte sich um und sah sie an: »Aber Sie haben recht. Vielleicht sollte ich das wirklich tun. In diesem Urlaub ist mir so einiges klar geworden.«

Hannah und Lucia sahen sich an und mussten losprusten, als die Frau draußen war.

»O Gott, ich bin völlig neben der Spur. Wie sich manche Frauen behandeln lassen.«

»Das liegt bestimmt an dem Stress mit Sam«, wagte Hannah sich vorsichtig vor.

»Wie kommst du darauf, dass Sam und ich eine Beziehung führen?«

Hannah wurde schlagartig ernst. »Ihr seid nicht …?«

»Nein, er ist nur mein Kompagnon.«

»Dein Kompagnon? Ihm gehört das Café auch?«

»Genau. Denkst du, ich habe so viel Geld, das alles allein auf die Beine zu stellen? Er hat mit investiert, aber ich bin die Geschäftsführerin.«

»Verstehe. Ich dachte einfach … weil du mir das Foto geschickt hattest, auf dem seine Beine in diesen hellblauen Chucks mit drauf sind. Das sah so … vertraut aus. Und du hast dazu geschrieben ›mein Freund Sam‹.«

Lucia lachte auf, strich sich eine Haarsträhne zurück. »Mein Freund Sam heißt doch nur, dass wir befreundet sind. Da hattest du mal wieder viel zu viel Fantasie, Hannah. Wie früher.«

»Ganz offensichtlich.«

Sam war nicht mit ihrer Freundin zusammen. Diese Nachricht musste Hannah erst einmal sacken lassen. Sofort dachte sie wieder an gestern Nacht am Meer, an seinen Duft, seine warme Haut, seine Ausstrahlung. O nein, Hannah, wies sie sich sofort innerlich zurecht. Dieser Halbmallorquiner war ganz sicher nicht das, was sie jetzt brauchte, zumal die Sache mit Constantin noch viel zu frisch war. »Soll ich dir jetzt einen Cappuccino und das Frühstück fertig machen?«

»Sehr, sehr gern. Ohne Kaffee am Morgen bin ich eigentlich ungenießbar. Die Sonne und der blaue Himmel haben es heute ein wenig wettgemacht, aber jetzt brauche ich dringend einen Koffeinschub. Und nur, wenn dir nicht mehr übel von dem Käse wird. Sonst kann ich mir auch selbst alles machen, wenn du mir zeigst, wie die schicke Kaffeemaschine funktioniert.«

Lucia schüttelte verhalten den Kopf. »Das kam nicht von dem Käse. Das ist handgemachter mallorquinischer Ziegenkäse, der schmeckt ganz wunderbar.«

»O ja. Aber von was wurde dir dann so übel?«, hakte Hannah jetzt ernst und mit belegter Stimme nach. Lucia zögerte, ließ die eine Hand an der chromblitzenden Kaffeemaschine liegen, als habe sie keine Kraft mehr. Sie sah sehr blass aus, Augenringe fielen Hannah erst jetzt auf. Sofort machte sich Hannah wieder Sorgen. In ihrem Kopf entstanden Bilder. Lucia im Krankenhaus, Lucia, die Krebs hatte oder was auch immer für eine schreckliche Krankheit. Bilder ihrer Mutter blitzten in ihren Erinnerungen auf. Ihre Mutter, die den Krebs nicht besiegen konnte.

Ohne Hannah anzusehen, flüsterte Lucia jetzt: »Ich bin schwanger. Und ich weiß nicht, was ich machen soll.«

Erleichtert lachte Hannah auf. »Also doch? Gott, ich hatte es so gehofft.«

»Was?«

»Dass es nur das ist und nichts Ernstes, meine ich.«

Hannah kam um die Theke zu ihrer Freundin herum und nahm sie in den Arm. Lucia roch vertraut, aber auch fremd nach all dieser Zeit.

»Es ist etwas Ernstes«, flüsterte Lucia angespannt.

Hannah löste sich wieder von ihr, ließ ihre Hände auf ihren Schultern. »Lucia, du bist Mitte dreißig, du hast dir immer Kinder gewünscht.«

Im Gegensatz zu Hannah, die sich als Teenager nicht vorstellen konnte, jemals Mutter zu werden, war es für Lucia damals schon keine Frage gewesen. Sie liebte Kinder, spielte begeistert mit den um einiges kleineren Nachbarskindern und suchte in jedem Mann einen potenziellen Vater.

»Ich weiß. Aber es ist so kompliziert.«

»Wer ist denn der Vater? Doch Sam?«

Auch wenn sie mit ihm keine Beziehung führte, so konnte er ja durchaus der Erzeuger sein.

»Nein, leider nicht.«

»Leider?« Das verwirrte Hannah nun doch.

»Na ja, ich mag ihn sehr. Schon lange. Auch wenn er nicht einfach ist. Vor allem seitdem er wieder hierher in den Norden gezogen ist.«

»Wie meinst du das?«

»Er war ein paar Jahre weg, und als er zurückkam, wirkte er sehr verändert.« Lucia seufzte. »In mir hat er immer nur eine gute Freundin gesehen, leider.«

»Verstehe.« Sie verstand zwar immer noch nichts. Dennoch machte sich Erleichterung in Hannah breit. Auch wenn sie sich fragte, was Lucia mit ihrer Andeutung über Sam, dass er verändert zurückgekommen war, gemeint hatte. Aber dies war nicht der Zeitpunkt nachzuhaken. »Und wer ist dann der Vater?«

Lucia zuckte mit den Schultern.

Erstaunt hakte Hannah nach. »Du weißt es nicht?«

»Doch natürlich. Aber … es ist kompliziert.«

»Ist er verheiratet?«

Wieder schüttelte Lucia den Kopf.

»Jetzt sag schon.«

»Du weißt, dass ich kein Flittchen bin.«

»Natürlich weiß ich das.«

Lucia seufzte. »Ein einziges Mal habe ich mich auf einen Mann eingelassen, ohne ihn länger zu kennen. Wir hatten einen so schönen Abend, haben viel Wein getrunken und … sind dann ins Meer schwimmen gegangen.«

»Das klingt doch gut.«

Lucia schüttelte verzweifelt den Kopf. »Es rennen bestimmt einige Kinder auf Mallorca herum, weil die Mütter dachten, man könne im Meer nicht schwanger werden.«

Bilder drängten sich in Hannahs Kopf. Lucia nackt im Wasser mit einem unbekannten Mann, wie sie sich leidenschaftlich küssten, wie sich ihre Körper fanden und im Meer liebten. »Du hast ernsthaft geglaubt, beim Sex im Meer wird man nicht schwanger?«, fragte Hannah verblüfft nach.

Lucia musste jetzt lachen. »Nein, natürlich nicht, aber irgendwie scheint das Meerwasser den Verstand auszusetzen.«

Hannah musste jetzt auch lächeln. »Kann ich mir gut vorstellen.«

»Ich mach dir jetzt endlich deinen Cappuccino«, beschloss Lucia peinlich berührt und begann, die Milch aufzuschäumen. Hannah sah ihr nachdenklich zu. So wie es klang, hatte sie keinen Kontakt mehr zum Vater ihres Kindes.

Endlich strömte der herrliche Kaffeeduft in ihre Nase und Lucia setzte die Cappuccinotasse vor ihr ab. »Bitte schön.«

Dann stellte sie einen Brotkorb vor Hannah, legte frische Orangenscheiben und Erdbeeren auf den Käseteller und reichte ihn ihr.

»Danke. Du hast es ihm also noch nicht gesagt?«, hakte Hannah einfühlsam nach, nachdem sie ihren ersten Schluck des heiß ersehnten Kaffees zu sich genommen hatte.

»Nein, wie denn? Ich weiß nur seinen Vornamen. Und dass er aus Deutschland kommt, mehr nicht. Maximilian.«

»O nein! Der beliebteste Name überhaupt.«

»Er hat mir seine Handynummer auf den Bauch geschrieben, bevor er zu seiner Basketballmannschaft ins Hotel zurückmusste. Aber nachdem er gegangen war, konnte ich sie schon nicht mehr lesen.«

»Herrje. Das ist aber auch … Weißt du denn, wie die Basketballmannschaft heißt?«

»Nein, auch nicht, aus welcher Stadt er ist.«

»Hallooo«, flötete es nun von draußen. »Kann ich vielleicht endlich etwas bestellen? Meinem Mann ist der Appetit vergangen.«

»Ach je.« Lucia rief zurück und ging bereits raus. »Natürlich, Entschuldigung, ich komme!«

Während sie bei der Touristin die Bestellung aufnahm, dachte Hannah über diese verzwickte Situation nach. Ein Kind, kein Mann, noch nicht einmal ein Anhaltspunkt.

Lucia kam zurück, bereitete Kaffee zu.

»Und sonst fällt dir nichts ein, was uns weiterhelfen könnte?«

»Nein, nichts. Es ist aussichtslos.«

»Du bekommst es auch ohne Vater hin.«

Lucia lachte bitter auf. »Hier, auf Mallorca? Die Mallorquiner sind ein konservatives Volk; auch wenn es auf dieser Ferieninsel nicht immer prüde zugeht, die meisten Einheimischen sind es durchaus. In Berlin ist es normal, dass eine Frau ohne Vater ein Kind großzieht, einfach so. Aber nicht hier.«

»Das kann ich mir nicht vorstellen. Wir leben im 21. Jahrhundert.«

»Dann kannst du es dir eben nicht vorstellen.« Ihre Stimme klang schärfer als vermutlich gewollt.

Hannah biss sich auf die Lippe. »Du ziehst nach Berlin und ich helfe dir.«

»Hannah, ich habe gerade ein Café eröffnet. Ich habe mein ganzes Erspartes hier hineingesteckt.«

»So ein Mist. Deine Großmutter, Elena, sie hilft dir ganz sicher. Und ich auch, wenn ich kann.«

»Großmutter weiß noch gar nichts davon und so soll es auch erst mal bleiben. Sie lebt leider auch nicht mehr ewig. Sie ist einundachtzig. Und die Finca gehört eigentlich ihrer Schwester. Das heißt, natürlich erst nach Großmutters Tod. Und meine Eltern leben in Madrid, sie würden mich verstoßen, ganz sicher.«

»Das heißt, du willst es … nicht bekommen?«

»Nein!«, jaulte Lucia auf. »Ich weiß es nicht.« Tränen standen ihr in den Augen.

»Och Mensch, Süße. Jetzt keine Panik. In welcher Woche bist du denn?«

»Der sechsten.«

»Dann lass uns gut überlegen. Deshalb hast du mir geschrieben, dass ich kommen soll, habe ich recht?«

»Auch«, schniefte Lucia.

Sie hatte den Kaffee für die Touristin fertig, nahm die Tasse in die Hand und ging tapfer an Hannah vorbei.

Was meinte sie mit »auch«? Weshalb hatte sie ihr noch geschrieben?

Lucia kam zurück und lächelte, immer noch mit wässrigen Augen. »Sie hat ihrem Mann tatsächlich die Meinung gesagt, woraufhin er ins Hotel abgezogen ist. Sie ist uns dankbar, dass wir sie darauf gestoßen haben, was für ein Griesgram er ist und dass er sich schleunigst ändern sollte.«

Hannah musste unwillkürlich lächeln. »Manchmal braucht man jemanden, der einen zum Nachdenken bringt.«

»O ja.«

Lucia setzte sich zu Hannah auf einen Barhocker. »Seit ich schwanger bin, denke ich viel über meine Kindheit nach. Ich habe mich an unsere unbeschwerten Sommer erinnert. Weißt du noch, dieses hübsche Café von Michele damals, das er später zumachen musste? Ich habe versucht, meines ähnlich zu gestalten. Es erinnert sehr an seines, oder nicht?«

»Nur dass dein kleines Café noch viel bezaubernder geworden ist. Hier fühlt man sich auf Anhieb wohl.«

Lucia lächelte Hannah an, wurde dann sehr ernst. »Du warst als Kind sehr wichtig für mich. Und bist es immer noch.«

Überwältigt bestätigte Hannah: »Du für mich erst. Du warst schon immer die Mutigere von uns beiden. Es tut mir leid, dass wir so lange keinen Kontakt hatten.« Hannah beobachtete Lucia, die jetzt nachdenklich vor sich hinstarrte, ihre Hände knetete. Sie tat ihr so leid. »Jetzt bin ich ja da.« Sie strich ihr sanft über den Arm. »Ist dir noch übel?«

»Nein, nein. Das ist zum Glück immer nur kurz. Ganz plötzlich, aber kurz.«

»Gut. Soll ich heute für dich bedienen?«

»Auf keinen Fall. Ich bin schwanger und nicht bettlägerig. Du hast ja schon einen Nebenjob bei Sam. Und dein Hauptjob sollte sein, über dein eigenes Leben nachzudenken. Darin möchte ich dich auch unterstützen.«

Die Freundinnen lächelten sich an. »Wir werden eine Lösung finden. Egal wie die aussehen wird, aber du solltest dir Zeit lassen mit einer Entscheidung«, erklärte Hannah. »Ich werde mit Sam reden, dass ich dich im Café auch stundenweise unterstützen möchte. Er wäre ja auch hier mein Chef. Es kann ihm eigentlich nur recht sein, wenn der neue Laden läuft, in den ihr euer Geld gesteckt habt.«

Auch hier im Café wäre er ihr Chef, auch hier hätte sie mit ihm zu tun. Obwohl sie jetzt wusste, dass er nicht Lucias Freund war, auch nicht der Vater ihres Kindes, wusste Hannah insgeheim, dass dieser Freak sie verletzen könnte. Und von Menschen, die ihr nicht guttaten, wollte sie sich in Zukunft distanzieren. Er schleppte laut Lucia tatsächlich etwas mit sich herum, sie sollte also Abstand zu ihm halten, auch wenn dies nahezu unmöglich schien. Denn jedes Mal, wenn sie an ihn dachte, kribbelte es in ihrem Bauch.

»Also gut«, seufzte Lucia. »Im Moment nimmt die Übelkeit zu. Ab und zu spontan eine Hilfe wäre nicht schlecht, aber nur, wenn du dir auch Zeit für dich selbst nimmst, versprochen?«

»Versprochen.« Sie musste sich die Zeit nehmen, denn ihr Körper hatte ihr deutliche Signale gesandt.

* * *

Als Hannah zwei Minuten vor zwölf Uhr abgehetzt am Empfang des Strandhauses ankam, standen dort Sam und – Greta! Greta?! Sie trug ein buntes Designerkleid, passende flache Sandalen und eine Kette mit dicken schwarzen Perlen. Neben ihr stand ein großer knallgrüner Hartschalenkoffer. Ihr Make-up saß wie immer tadellos, sie glänzte ein wenig, wie immer hatte sie um die Augenpartie herum bunt aufgetragen. Ihre schulterlangen schwarzen Haare trug sie wild hochgesteckt.

»Greta!«

»Hannah!«

Greta stürmte auf sie zu und umarmte sie überschwänglich. Als Hannah sich wieder lösen konnte, fragte sie verblüfft nach. »Wie kommst du denn hierher?«

»Mit dem Flieger, Süße, wie denn sonst?«

»Und was machst du hier?«

»Sonne tanken. Dich bespaßen, die Fußnägel lackieren und die Beine hochlegen, was man auf Malle eben so macht.«

Perplex blickte Hannah Sam an, der sich über diese verrückte, bunt geschminkte Frau zu amüsieren schien.

»Wir haben leider kein Zimmer mehr frei«, erklärte er das Problem.

»Macht nichts«, verkündete Greta. »Hannah hat geschrieben, ihr Bett ist breit genug.«

Sam warf Hannah einen Blick zu. Die bestätigte zerknirscht: »Für einen Mann, ja.« Was hatte sie da gesagt? Schnell fügte sie hinzu: »Ich meine, das war doch ein Scherz, Greta. Ich meine, klar kannst du erst mal bei mir schlafen.«

»Wollte grad meinen. Ich bin nämlich so was von blank.«

»Na dann. Willkommen im Klub.«

Sam bat Greta um ihren Ausweis und notierte sich die üblichen Daten.

»Frühstück gibt es auf Wunsch, Abendessen nicht. Nur manchmal veranstalten wir Abendessen mit mallorquinischem Flair, aber das letzte fand gestern statt, das hast du leider verpasst.«

»Macht nichts. Kann ich mir grad eh nicht leisten.«

»Komm, ich zeig dir mein, äh, unser Zimmer«, schlug Hannah vor. »Dann kannst du dich dort erst mal hinlegen, ich jobbe jetzt am Empfang. – Und ab und zu im Café.«

Sie warf Sam einen bittenden Blick zu. »Das ist doch okay, oder? Lucia geht es gerade nicht so gut.«

»Wirklich? Was hat sie denn?«

»Äh …«

Greta half ihr unbewusst aus der Bredouille. »Ich kann doch auch im Café und hier mithelfen. Was meint ihr? Für Kost und Logis.«

Sam zögerte. Hannah fand das eine gute Idee. Mit ihrer besten Freundin würde es mehr Spaß machen. »Perfekt. Also komm.«

»Ich hoffe, du freust dich, Süße?«, flüsterte Greta ihr auf dem Weg ins Zimmer zu.

»Klar.« Hannah lächelte. Eigentlich war es toll, dass Greta nachgekommen war. Obwohl Hannah sich wunderte, denn die Modeproduktion, in der Greta als Make-up-Artistin arbeitete, ging noch bestimmt zwei Monate. Und Greta wirkte nicht ganz so selbstbewusst und vorlaut wie sonst. Eher etwas derangiert. Was genau vorgefallen war, wollte sie ihre Freundin aber später ganz in Ruhe fragen.

»Der Typ ist ein echter Naturbursche, was? Aber er ist heiß.«

»Untersteh dich. Er ist unser Chef.«

»Keine Panik. Er steht auf dich«, raunte ihr Greta gut gelaunt zu.

»Was? Unsinn. Du bist verrückt.«

»Ich weiß.«

***

Wenn man Frauen nach ihren besten Freundinnen beurteilt, liegt man in der Regel goldrichtig. Hoffentlich nicht in Hannahs Fall. Sam strich sich über Mund und Kinn und tippte in den Computer am Empfang die Daten von Greta ein. 1978 in Köln geboren. Mit dieser Frau, die den Karneval im Blut trug, konnte man sicher viel Spaß haben. Aber sie passte auf den ersten Eindruck nicht zu der zarter wirkenden Hannah. Nicht einmal, was die Klamotten betraf. Auch wenn beide einen sehr eigenwilligen Kleidungsstil hatten, so ließ der von Hannah an französische Filme denken, während der von Greta schrill und etwas aufdringlich war. Allein dieser giftgrüne Koffer.

Andererseits sah diese Greta auch gut aus, irgendwie sexy, hatte sicher viele Verehrer. Was ihr – zumindest auf den ersten Blick – fehlte, war das, was Hannah ausstrahlte: Feinfühligkeit, Gefühl. Aber vielleicht täuschte er sich auch in beiden. Zu oft schon hatte er danebengelegen, was das weibliche Geschlecht betraf, vor allem das letzte Mal. Schmerzlich dachte er an das Desaster, als er sich auf diese Frau mit Leib und Seele einließ.

Zwei junge Männer betraten den Empfangsraum und grüßten Sam erfreut. Er zuckte einen Moment zusammen. Er kannte sie von damals, sie kamen seit Jahren nach Mallorca zum Tauchen. Just in dem Moment trat Hannah aus dem Flur an den Empfang zurück, lächelte ihr umwerfendes Lächeln.

»So, da bin ich wieder.«

»Schön. Ich kümmere mich nur noch kurz um die beiden Jungs.«

Sam wandte sich ihnen zu. Sie umarmten ihn freudig, erzählten sofort, wo es die interessantesten Fische zu sehen gab, doch Sam hörte kaum zu.

Er spürte genau, dass Hannah ihn von der Seite beobachtete.

Die neuen Gäste gaben ihm endlich ihre Pässe und Sam überreichte ihnen ihre Zimmerschlüssel. »Viel Spaß!«, rief er ihnen nach, wandte sich dann angespannt an Hannah.

»So, ich muss dringend weg. Kannst du die Daten der Pässe eingeben und den Empfang bis vierzehn Uhr managen?«

»Natürlich.«

Er reichte ihr die Ausweise. Dabei berührten sich ihre Hände. Sam zog die seine sofort zurück, bemühte sich, ihr nicht in die Augen sehen, drehte sich um und ging hinaus zu seinem Jeep. Sie stammte mal wieder aus einer anderen Welt. Liebte Mode, die Großstadt, sich selbst. Erinnerte ihn an sie. Er kannte diese Art Frauen. Die hierherkamen nach Mallorca, die Spaß wollten, Erholung, eine romantische Urlaubsliebe, mehr nicht. Aber ohne ihn. Er würde jetzt in die Berge fahren, wie fast jeden Nachmittag, ins hügelige, grüne Inland, das er so sehr liebte. Und diese zwei Wochen mit Hannah würden vorübergehen wie alle anderen Wochen seines Lebens auch.

* * *

Greta lag in dem breiten, weichen Bett, hatte sich die Decke über den Kopf gezogen, sah einen hellen Schimmer durch die Bettdecke und hörte nur dumpf das Gezwitscher der Vögel durch das geöffnete Fenster. Ihr Schädel brummte, und das, obwohl sie schon zwei Kopfschmerztabletten eingeworfen hatte. Was hatte sie nur getan? Sie schlug die Decke zurück, unter der sich die Hitze staute, fasste sich mit den Fingerspitzen an den Kopf, massierte ihre Schläfen.

Innerhalb von zehn Minuten hatte sie heute Morgen ein paar Sachen zusammengepackt, so schnell wie noch nie, an ihrem Smartphone einen Flug gebucht und den nächsten Bus zum Flughafen Tegel genommen. So viel hatte noch keiner ihrer Flüge gekostet, aber ihr blieb nichts anderes übrig in dieser vertrackten Situation. Ihr Blick schweifte durch den Raum. Geschmackvoll. Sehr sogar. Hannahs Koffer stand neben dem Kleiderschrank.

Ob sich Hannah wirklich gefreut hatte, sie zu sehen? So ganz sicher war sich Greta da nicht. Denn immerhin wollte Hannah diese Reise ja nutzen, um Abstand zu gewinnen und zu sich selbst zu kommen, wie sie gesagt hatte. Greta hatte ihr vor ein paar Tagen noch entgegengeschmettert, dass eine Frau immer bei sich selbst sei und dafür keine Reise brauche, aber mittlerweile war sie sich da nicht mehr so sicher. Sie fühlte sich so verloren wie ein Entenküken ohne Mutter.

Die Sonne schien durch die weißen Vorhänge, die sanft im Wind wehten. Greta drehte sich auf die Seite, krümmte sich zusammen wie ein Embryo. Sie besaß ein riesiges Talent, sich in die Klemme zu manövrieren, und diesmal hatte sie alles getoppt. Ihr Magen schmerzte. Ihr Kopf dröhnte, als stünde sie direkt neben einer Flugzeugturbine.

Kurz noch mal die Augen schließen, nur ein paar winzige Minütchen, aber dann wollte sie aufstehen.

Die Sonne schien inzwischen aus einem anderen Winkel herein. Greta musste eingeschlafen sein, nur leider fühlte sie sich kein bisschen erholt. Ihr Gesicht fühlte sich verschwitzt an, ihr Mund trocken. Sie fuhr sich durchs Haar, setzte sich auf. Ihr Make-up sah bestimmt aus, als habe sie drei Nächte in diversen Berliner Klubs durchgetanzt, ohne ein einziges Mal in den Spiegel zu sehen und ihre Schminke zu renovieren. Langsam stand sie auf, fühlte sich jetzt erst recht wie eine alte Frau. So ein Mist. Wieso wird man überhaupt älter? Greta schlich ins Bad, wagte es, sich selbst ins Gesicht zu sehen, und zuckte zusammen. Eine Knitterfalte des Kopfkissens hatte sich quer über ihrer rechten Wange abgedrückt, die feinen Fältchen um die Augen erinnerten an Furchen, und natürlich war ihre Wimperntusche verschmiert, als habe ein Kind mit dem Tuschkasten gemalt.

Vor fünf Wochen hatte sie ihren vierzigsten Geburtstag geplant und freudig verkündet, dass sie überhaupt kein Problem mit dem Älterwerden habe. Zack, fünf Wochen später konnte sie an nichts anderes mehr denken als daran, dass bald ihre Wangen hingen, ihre Beine unschöne Dellen bekommen würden, man ihr das fortgeschrittene Alter gnadenlos ansehen würde. Aber daran hatte er schuld, nur er allein.

Greta betätigte den Wasserhahn, bespritzte Gesicht und Dekolleté mit den Händen. Wie gut das tat. Dann nahm sie ein Kosmetiktuch aus dem Spender und tupfte ihre Augenpartie ab. Erst einmal abschminken und dann neu schminken. »Du musst dich vor dem Schlafen immer abschminken, jeden Tag«, murmelte sie zu sich selbst. »Sonst siehst du bald aus wie Queen

Mum.« Während sie sich mit Wattepads das restliche Make-up entfernte, betrachtete sie ihre rosige Haut. Er fand natürliche Frauen sehr attraktiv, hatte er zu ihr gesagt, und sofort hatte sie sich gefühlt wie mit einer zwei Zentimeter dicken Make-up-Schicht zugekleistert. Dennoch, nur wegen eines Typen würde sie ihre Schminkgewohnheiten nicht ändern, beschloss sie. Als Make-up-Artistin schminkte sie die Models stark, sich selbst etwas dezenter. Zumindest meist, zumindest empfand *sie* das so. Hannah hatte ihr schon ein paarmal gesagt, dass sie oft zu dick auftrage, aber dass das ja auch genau ihrer Person entspreche und sie Greta deshalb liebe.

Seit sich die Freundinnen bei einer Modefotostrecke kennengelernt hatten, konnte sich Greta ein Leben ohne Hannah nicht mehr vorstellen. Nie zuvor hatte sie eine so gute Freundin gehabt; es waren immer nur Frauen gewesen, die sich, wenn es darauf ankam, als neidisch und stutenbissig herausgestellt hatten. Als sie Hannah kennenlernte, einige Jahre vor Constantin, hatte diese gerade großen Liebeskummer, war von einem Kerl verlassen worden. Greta, die ohnehin nicht an die ewige Liebe glaubte, hatte sie getröstet und ihr gezeigt, dass das Leben auch ohne diesen Mann und überhaupt ohne alle Männer weitergehen würde. Und als dann noch Hannahs Eltern kurz hintereinander verstarben, erwachte bei Greta so etwas wie ein Beschützerinstinkt. Hannah, die kleine Schwester, die sie nie hatte, die sie sich immer so sehnlichst gewünscht hatte. Und sie war für Hannah da. Als Einzelkind einer wohlhabenden Familie fühlte sich Greta oft einsam. All ihre Puppen schminkte sie zwar gern, aber reden konnten sie natürlich nicht mit ihr. Genauso wenig tat es ihr Vater, der meist auf Geschäftsreise weilte, oder ihre Mutter, die sich nicht wirklich für Greta interessierte. Die Kindermädchen gaben sich die Klinke in die Hand, zumindest kam es Greta so vor. Au-pair-Mädchen blieben immer nur eine gewisse Zeit – und dieses Geliebtwerden auf Zeit ließ sie wohl bis heute an der ewigen Liebe zweifeln. Bis gestern. Nein, bis heute.

Greta wusste, sie sollte sich nichts daraus machen, was andere über sie dachten, aber es sagte sich so leicht. Sie hatte das vermutlich von ihrer Mutter eingeimpft bekommen, wie ein Serum, das sich ohne ihren Willen in ihrem Körper ausbreitete. Gretas Mutter, eine zierliche, sehr attraktive, gepflegte Frau, lebte in der High Society als angeheiratete Unternehmersgattin, ging auf Charity-Events und achtete sehr darauf, was die Leute ihres Standes und die Presse über sie oder ihre Familie sagten oder nur dachten. Dass ihre einzige Tochter sich gesträubt hatte, ein BWL-Studium anzufangen, dass sie über Nacht von zu Hause ausgezogen war, anschließend in dieser Chaoten-Kiffer-WG hauste und dann eine Lehre zur Friseurin nebst Make-up-Artist-Ausbildung auf dieser Schule in Berlin absolvierte, das nahm sie ihr bis heute alles übel. Alles. Dass Greta etwas aus ihrem Talent gemacht und es in der Modebranche als Make-up-Artistin so weit gebracht hatte, dass sie eine Künstlerin war, das alles sah ihre Mutter nicht. Ihren edlen Freunden erzählte sie nur, ihre Tochter habe sich gegen das Familienunternehmen, das Verpackungsmaterial für Maschinenteile herstellte, entschieden und sei ganz groß in der Modebranche herausgekommen. Bei genaueren Nachfragen lenkte ihre Mutter geschickt ab, erwähnte die Designer, für die Greta arbeitete, und erntete ein begeistertes »Ach wirklich?« und »Oh!«.

Wenn die feine Dame das jetzt wüsste. Greta durchfuhr ein leichter Schauer.

Im Grunde hatte sie Angst vor ihrer Mutter, wie ihr plötzlich bewusst wurde. Vor deren Kälte, ihrer angespannten, distanzierten, zutiefst verletzenden Art. Auch deshalb musste sie aus dem Elternhaus raus, sobald sie das Abitur in der Tasche gehabt hatte. Ihr Vater, der heimlich zu ihr hielt, zahlte damals zum Glück das WG-Zimmer. Aber gegen seine Frau für sie einzutreten, dafür fehlte ihm der Mut. Anders hätte sich Greta das anfangs niemals leisten können und so fühlte sie sich ihm zu Dank verpflichtet. Doch nach der Ausbildung hatte sie rasch angefangen, ihr eigenes Geld zu verdienen, und es fühlte sich so viel besser an. Seitdem weigerte sie sich strikt, Geld von ihm zu nehmen, denn sie wusste, irgendwann würde ihre Mutter es herausbekommen und ihr vorhalten in einer ihrer lauten Schimpftiraden.

Dass sie sich mit vierzig immer noch vor dem Urteil ihrer Mutter fürchtete. Hörte das denn nie auf? Wie befreiend wäre es doch, wenn sie sich davon lösen könnte.

Das Thema Enkelkinder ließ ihre Mutter lange nicht los. Doch seit Gretas letztem Geburtstag hatte sie es aufgegeben, nach einem potenziellen Vater zu fragen. Besser keiner als einer aus dieser windigen Branche.

Dabei hatte es Greta, ebenso wie Hannah, immer tunlichst vermieden, etwas mit einem Kollegen anzufangen, ein ungeschriebenes Gesetz.

Greta betrachtete sich erneut im Spiegel, rieb sich mit einer gut duftenden Creme die Wangen ein, anschließend mit ein paar Tupfern Sonnenmilch, tupfte beides um die Augenpartie vorsichtig ein. Dann tuschte sie sich dezent die Wimpern. Hier kannte sie keiner, hier konnte sie ihrer Haut eine kleine Auszeit gönnen. Vielleicht hatte er ja recht damit, dass dieser natürliche Look auch gut aussah.

Mit dem Ergebnis zwar nicht zu hundert Prozent zufrieden, aber hungrig wie ein Bär nach einem langen Winterschlaf, ging Greta los, um Hannah zu suchen.

9. Kapitel

»Ist das herrlich hier!« Greta saß mit Hannah an einem Tisch auf der Terrasse des kleinen Cafés und genoss den Ausblick aufs Meer. Einige Badegäste standen im Wasser, einer lag auf einer roten Luftmatratze und ließ sich mit geschlossenen Augen von den Wellen schaukeln. Hannah beobachtete ihre Freundin, die, seit sie auf Mallorca angekommen war, so ruhig und nachdenklich wirkte.

»Wieso kann man nicht jeden Tag hier sitzen?«, fragte Greta seufzend nach.

Hannah bestätigte. »Weil man arbeiten muss? Sonst würde ich es bestimmt tun. Vermutlich jeder. Mit duftendem Kaffee und einem leckeren Stück Kuchen.«

»Und einem kühlen Prosecco«, fügte Greta an. »Aber stimmt, da war ja noch was. Arbeiten.« Gretas Miene wurde zunehmend ernster.

»Gab es irgendwie Stress bei der Produktion?«, hakte Hannah nach. »Hast du dich mit dem Holländer angelegt?«

Greta schüttelte den Kopf und in dem Moment kam Lucia mit einem Tablett Kaffee und Kuchen zurück und unterbrach die Freundinnen.

»So, der Kaffee und frisch gebackene mallorquinische Hefeteigschnecken.«

Ihre Stimme klang etwas angespannt, bemerkte Hannah und warf ihr einen forschenden Blick zu.

Seit sie Greta als ihre Freundin vorgestellt hatte, wirkte Lucia verschnupft. War sie etwa eifersüchtig? Oder kämpfte sie einfach mit den Schwangerschaftshormonen, die ihre Laune verschlechtert hatten? Gretas Wunsch nach einem Prosecco konnte sie nicht erfüllen, da sie außer Bier und Biermischgetränken keinen Alkohol ausschenkte.

»Danke schön, Lucia.«

Hannah hatte zuvor bedient, aber als Greta eingetroffen war, hatte Lucia darauf bestanden, wieder zu übernehmen. Es gehe ihr besser, hatte sie versichert.

»Setz dich doch einen Moment zu uns«, schlug Hannah vor.

Doch Lucia schüttelte den Kopf. »Nein, nein, ich muss weitermachen und ich will euch nicht stören.«

»Du störst nicht.«

Greta sagte die ganze Zeit nichts, sah immer wieder zwischen Hannah und Lucia hin und her. »Wenn, dann störe wohl eher ich.«

Doch statt es zu verneinen, erwiderte Lucia nichts, drehte sich um und ging zu einem Gast, der zahlen wollte.

»Was hab ich ihr denn getan?«, wollte Greta wissen.

»Nichts. Sie hat sich vielleicht einfach gefreut, mich nach so langer Zeit wieder für sich allein zu haben. Oder es sind wirklich nur die Hormone.«

»Wieso muss es so viele stutenbissige Frauen geben?«

»Lucia ist ganz bestimmt nicht so. Sie ist ein sehr herzlicher Mensch.«

»Davon hab ich bis jetzt noch nicht viel gemerkt.«

»Das wirst du schon noch.«

»Na, da bin ich ja mal gespannt. Du weißt doch gar nicht, wie sie inzwischen ist. Du meintest mal, ihr hättet euch seit der Teeniezeit nicht mehr gesehen?«

Das stimmte und darüber hatte Hannah auch bereits nachgedacht. Hatte sich Lucia tatsächlich verändert? War sie immer noch das mutige junge Mädchen, oder hatte auch sie inzwischen Verletzungen erleiden müssen, die sie stark geprägt hatten?

Sie nahm einen Schluck Milchkaffee und der vertraute Kaffeegeschmack tat gut.

Greta probierte die Hefeteigschnecken und bedeutete mit vollem Mund, wie köstlich sie schmeckten. »Mmmh. Dafür würde ich morden.«

»Lucia hat sie selbst gebacken.«

»Was Lucia alles kann.«

Hannah horchte auf. Ganz offensichtlich hatte Greta auch so ihre Schwierigkeiten mit Lucia. Oder war es nur, weil sich Lucia so abweisend verhielt? Na, das konnte ja heiter werden. Zwei Freundinnen, die nicht miteinander konnten, und Hannah, die sich zwischen den Stühlen befand. Und das in ihrem Alter.

Eine Situation, die sie an die Zeit im Studium erinnerte. Auch damals wollten zwei Frauen mit ihr befreundet sein, aber jede von ihnen am liebsten exklusiv. Hannah hatte das schon früher nicht verstanden, warum man nicht mehrere beste Freundinnen nebeneinander haben konnte, und versucht, zwischen den beiden zu vermitteln. Und jetzt mit Mitte dreißig sollte das Ganze von vorne losgehen? Nicht mit ihr!

»Greta, Lucia geht es gerade nicht so gut. Man sollte nicht immer alles auf sich beziehen.«

Greta schluckte ihren Bissen hinunter, sah sie an. »Mir geht es auch gerade nicht so gut, aber das lasse ich nicht an anderen aus.«

»Tust du wohl.«

»Tu ich nicht.«

»Dann red endlich mit mir. Seit wann erzählen wir uns nicht mehr, wenn etwas ist?«

Greta zuckte niedergeschlagen mit den Schultern. »Ich weiß es nicht. Es ist mal wieder … höchst kompliziert. Wie immer bei mir. Schätze, du kannst es nicht mehr hören.«

»Wie kommst du denn darauf?«

»Na ja, du hast mal so etwas fallen lassen.«

»Was? Wann? Ganz bestimmt nicht.«

»Und außerdem hattest du genug mit dieser E-Mail von Constantin zu tun, mit deinem eigenen Leben.«

»Das stimmt. Die Mail hat mich ziemlich kalt erwischt. Aber die Tatsache, dass er sie einfach so geschrieben hat, hat es mir leichter gemacht. Und natürlich will ich immer wissen, wie es dir geht.«

»Sicher?«

»Ganz sicher. Außerdem bin ich es von dir gewohnt, dass alles kompliziert ist. Also nicht du, sondern die Lage mit den Männern«, versuchte Hannah die Situation etwas aufzuheitern. »Also raus damit.«

»Es geht nicht nur um einen Mann.« Greta klang, als würde die Welt gleich untergehen. »Ich habe auch noch Mist gebaut.«

»Okay. Und was genau?«

»Ich …«

»Jetzt sag es bitte.«

»Na gut. Ich hab mir Geld geborgt.«

»Wofür frau ja noch nicht gesteinigt wird.«

»Aber wenn sie es ausgibt und nicht zurückzahlen kann, dann schon.«

»Mein Gott, Greta, das ist doch kein Drama.«

»Doch, bei mir ist immer alles ein Drama, das weißt du doch. Oder es artet zumindest in ein Drama aus.«

Hannah atmete durch, machte sich auf Schlimmeres gefasst. »Also, was genau ist geschehen? Von wie viel Geld reden wir?«

Greta schien zu überlegen, ob sie es ihrer Freundin wirklich sagen sollte. Dann gab sie sich offensichtlich einen Ruck. »Fünftausend Euro.«

»Was?« Hannah sah sie entsetzt an. »So viel? Wofür brauchst du denn so viel Geld? Und von wem hast du es?«

Greta nagte an ihren Fingernägeln, wie sie es wohl als Kind immer getan hatte, das hatte sie Hannah einmal erzählt. »Na ja, im Ankleidezimmer lag ein Koffer.«

»Ein Koffer?«

»Ja, ich dachte, da sei Make-up drin und dann hab ich die vielen Geldscheine gesehen.«

»Wahnsinn. Wer schleppt denn fünftausend Euro mit sich herum? Eines der Models?«

»Ja, diese Dunkelhaarige, die Arrogante, du weißt schon. Die so abfällig über ärmere Leute gesprochen hat, die fünftausend Euro für ein Shooting bekommt und nicht verstehen kann, dass manch einer dafür monatelang putzen muss. Ich hab keine Ahnung, was in dem Moment über mich gekommen ist. Ich hatte kurz zuvor einen Artikel gelesen über Kinderarmut in Kriegsgebieten, und da wurde mir wieder bewusst, wie krass die Modebranche ist. Ich meine, da verdient ein Model fünftausend Euro am Tag, nur weil sie dünn ist und schön aussieht, und ein junges Mädchen, das nicht freiwillig abgemagert ist, kann sich nicht einmal Schulbücher leisten.«

»Greta, du hast vollkommen recht, dass das unmöglich ist, aber deshalb kann man doch nicht einfach fremdes Geld nehmen.«

»Man vielleicht nicht, ich aber schon. Du weißt ja, dass ich unberechenbar bin. Ich hab das Geld eingesteckt und bin zur Bank, um es auf ein Spendenkonto einzuzahlen.«

»Das hast du nicht gemacht?«

»Doch, ich schwöre. Ich kann dir die Spendenquittung zeigen.«

Hannah lächelte Greta an. »Ich finde das ja irgendwie … stark.«

»Wirklich?«

»Einerseits. Andererseits ist es eben Diebstahl.«

»Ich weiß. Es ist kriminell. Das hab ich in dem Moment irgendwie ausgeblendet. Deshalb musste ich auch weg, als mir das so richtig klar wurde – und mir außerdem klar wurde, dass das Model eine Agentin hat, die auch was vom Kuchen abhaben will. Die ist ziemlich hinterm Geld her, hab ich mir sagen lassen. Ich hab Jeremy gesagt, meine Großmutter liege im Sterben und dass ich eine Pause brauche. Verdächtigt hat mich, glaube ich, niemand. Hoffe ich zumindest.«

»Meinst du?«

»Keine Ahnung. Ich bin schnell abgehauen, damit ich keine Lügen erzählen muss und knallrot dabei werde.«

»Du und rot werden?«

Greta lachte. »Wenn es um erotische Themen geht, nicht. Aber du hättest mich als Kind mal sehen sollen.« Leiser fügte sie hinzu: »Inzwischen ist viel passiert.«

»Ach, Greta, du machst Sachen.«

»Ja, mich solltest du nicht allein lassen.«

»Kannst du dir das Geld nicht von deinen Eltern leihen?«

»Weil sie reich und dekadent sind? Auf keinen Fall. Sie würden es mir niemals geben.«

Die Freundinnen lächelten sich bedrückt an.

»Um ehrlich zu sein, hab ich das Gefühl, dass sie mir auf der Spur ist.«

»Was? Wer?«

»Diese Agentin von dem Model. Kati hat mir gesteckt, dass sie ausgeflippt ist und gesagt hat, sie wird sich das Geld holen. Sie besitzt eine Finca auf Mallorca, und laut Kati ist sie da hingeflogen, und blöderweise hat Jeremy überall rumposaunt, dass meine sterbende Großmutter auf Mallorca wohnt. Das hatte ich behauptet.«

»Gott, Greta, ich glaube, du liest zu viele Krimis.«

»Nein, wirklich. Als ich mit dem Bus hier im Ort ankam, war da eine Frau, die könnte die Agentin gewesen sein. Ich hab sie ein paarmal bei irgendwelchen Shoots gesehen. Sie ist mir gefolgt, das ist der Beweis.«

Skeptisch runzelte Hannah ihre Stirn. »Und dann?«

»Habe ich sie abgehängt. Ich bin in einen Laden rein, hab gefragt, ob es einen Hinterausgang gibt, bin hinten wieder hinaus. Dann hab ich sie nicht mehr gesehen.«

»Ach, Greta. Ich bin mir sicher, du bildest dir das ein. Mallorca ist groß.«

»In dem Moment kam Lucia wieder aus dem Café. »Wer bildet sich was ein?«

»Ach, nichts.«

»Puh, ich muss mich jetzt doch mal wieder setzen.«

Hannah stand sofort auf, machte ihr Platz. »Und ich übernehme.«

»Würdest du das wirklich tun?« Lucia ließ sich auf den Stuhl sinken.

»Natürlich, das mache ich gern.«

Hannah zwinkerte Greta, die wenig begeistert aussah, heimlich zu und trat an den Tisch einer Touristenfamilie, die bestellen wollte.

Sollten sich ihre beiden so unterschiedlichen Freundinnen ganz in Ruhe beschnuppern, vielleicht stellten sie dann fest, dass sie sich doch mochten. Hoffentlich.

* * *

Greta fühlte sich unwohl neben dieser Lucia, die Hannah von Kindesbeinen an kannte. Die beiden Frauen saßen schweigend nebeneinander, eine jede sah auf das Meer, Greta nippte an ihrem Kaffee. Ein Gefühl von Eifersucht auf die Zeit, die Hannah und Lucia verband, machte sich in Greta breit. Sie konnte Lucia verstehen. Trotzdem mochte sie keine negativen Gefühle zwischen Frauen, suchte im Grunde immer Harmonie. Greta liebte seit Neuestem Yoga, das Universum und den Frieden zwischen den Menschen. Vermutlich auch deshalb hatte sie das Geld so kopflos genommen, um es den Armen zu geben. Je länger sie darüber nachdachte, desto weniger fühlte sie sich schlecht. Ein wenig wie Robin Hood. Jetzt musste sie nur noch die richtigen Worte für Lucia finden.

»Dein Café ist wirklich niedlich.«

»Niedlich?«

Bingo. »Ich meine, sehr hübsch. Und der perfekte Ort, um stundenlang aufs Meer zu schauen und nachzudenken. Sehr liebevoll eingerichtet.«

»Vieles hat sich Sam ausgedacht. Aber einiges auch ich.«

Greta spürte, dass Lucia nach diesen Komplimenten trotzdem ein klein bisschen auftaute.

»Hannah hat es dir ja vermutlich schon gesagt«, fuhr Lucia fort.

»Was gesagt?« Greta ahnte, dass sie ihre Schwangerschaft meinte, wollte Hannah aber nicht in die Bredouille bringen und tat so, als wisse sie von nichts.

»Dass ich schwanger bin. Genau zum falschen Zeitpunkt. Gerade jetzt, wo ich mich selbstständig gemacht habe.«

»Oh«, erwiderte Greta erst mal nur. Dann fuhr sie fort: »Vermutlich ist es fast immer der falsche Zeitpunkt, wenn man es nicht geplant hat. Aber vielleicht ist es ja auch genau der richtige. Ich denke, Kinder suchen sich ihre Eltern aus und wissen genau, wann sie zu wem wollen.«

Erstaunt sah Lucia sie an. Offenbar hatte sie Greta nicht so tiefsinnig eingeschätzt.

Sie wurde oft unterschätzt, für oberflächlich gehalten.

»Es ist nicht so leicht, wie du es hinstellst.«

Greta hob abwehrend die Hände. »Ich stelle nichts irgendwo hin.«

Lucia schien, zumindest bei diesem Thema, sehr empfindlich zu sein.

»Es geht um mein Leben, um das Leben eines anderen Menschen.«

»Ja, das ist mir klar. Es ist eine sehr schwere Entscheidung. Ich bin froh, dass ich sie nicht treffen muss.«

Lucia stand ernst auf. »Ich gehe jetzt nach Hause und lege mich hin. Hannah?«

Hannah, die gerade mit einem Tablett voller Getränke herauskam, sah sie fragend an.

»Ist es okay, wenn ich mich für eine Stunde in der Finca hinlege?«

»Natürlich, gar kein Problem, Süße, ich halte die Stellung.« Nachdem Lucia gegangen war, sah Hannah auf ihre Armbanduhr. »Mist. Eigentlich sollte ich längst wieder im Strandhaus aushelfen, das hatte ich Sam versprochen. Der kocht wahrscheinlich schon vor Wut. Aber Lucia geht jetzt vor.«

***

Sam stand in der Küche, rührte in einem Topf auf dem Herd, in dem er Orangenmarmelade einkochte. Das Aroma der Früchte erfüllte den Raum. Sam sah kurz auf die Wanduhr, sog die Luft ein. Diese Frau machte ihn wahnsinnig. Kam sie denn jemals pünktlich? Seine bisherigen spanischen Aushilfen hatten ihn mit ihrer Unpünktlichkeit und Unzuverlässigkeit oft in den Wahnsinn getrieben. Aber Hannah toppte alles. Eigentlich fand er sich selbst spießig in solchen Situationen, aber der Laden musste laufen und Sam mochte einfach keinen Ärger.

Er nahm einen Löffel, tauchte ihn in die Marmelade – ein Rezept seiner Großmutter – und kostete. Autsch. Seine Lippen brannten. Aber der vertraute bitter-fruchtige Geschmack erinnerte ihn sofort an seine Kindheit, die Zeit, an die er sich am liebsten erinnerte. Die Nachmittage bei seiner Großmutter, die ihm eine zweite Mutter gewesen war. An ihre einfühlsame, liebe Art, an ihren üppigen Busen, an den er sich als kleiner Junge so gern schmiegte. Sam pustete den Löffel Marmelade kalt und steckte ihn sich ganz in den Mund. Jetzt nur nicht sentimental werden. Noch ein wenig Zucker konnte nicht schaden.

Er nahm den Tiegel mit Zucker vom Regal und gab noch etwas hinzu. Hannah erinnerte ihn von ihrer Art ein wenig an seine Großmutter. Das helle Lachen, wie sie dabei ihren Kopf in den Nacken legte, ihre weiche Haut. Letztere war ihm sofort aufgefallen, gleich bei ihrer ersten Berührung. Fast wie ein Stück Samt, so war es ihm vorgekommen. Die spanischen Frauen der Insel hatten wettergegerbtere Haut, oder lag es einfach in ihrer Natur? Zumindest die Frauen, die er berührt hatte. Und Sam musste zugeben, dass es früher nicht wenige gewesen waren – bis … Rasch nahm er den Deckel und legte ihn auf den Marmeladentopf. Erinnerungen verblassten, sagte man. Aber ihm schien es, als träfe es nicht auf seine Erlebnisse zu. »Mein Junge, du bist hochsensibel«, hatte seine Großmutter einmal gesagt. Sam konnte damals nicht viel damit anfangen, aber inzwischen wusste er, was sie gemeint hatte. »Sei endlich ein Mann«, hatte sein Vater oft gesagt. Denn Sam hatte ihn immer wieder enttäuscht. »Zu empfindlich«, »zu nachdenklich«, hatte er über seinen Sohn geschimpft. Sam hatte sich geweigert, in die Fußstapfen seines Vaters zu treten und Koch zu lernen. Stattdessen hatte er eine Schreinerlehre gemacht und anschließend seine Tauchschule gegründet. Ihn interessierten das Meer, die Tiere, der Wind, die Natur.

»Sam!«, hörte er ihre helle Stimme in seinem Rücken. »Es ging wirklich nicht. Ich bin sonst nicht so unzuverlässig. Lucia bat mich, ihr zu helfen.«

Sam drehte sich zu ihr um, versuchte ruhig zu bleiben, aber ihr Anblick versetzte seinen Körper in Unruhe. »Und wieso rufst du dann nicht wenigstens an? Du hast mit mir einen Deal.«

Sie sahen sich an.

»Ich habe doch noch nicht einmal deine Telefonnummer.«

»Aber Lucia.«

Hannah senkte den Kopf. »Ich bin manchmal … ich bin manchmal nicht so logisch. Tut mir leid.«

Wie sympathisch, durchfuhr es ihn, beinahe musste er lächeln. Er sah ein Blatt Basilikum am Boden liegen, hob es auf, blickte ihr direkt in ihre grün schimmernden Augen, bemühte sich, streng zu klingen. »Können wir jetzt endlich loslegen?«

»Natürlich. Was kann ich tun?«

»Die Orangenmarmelade für die Frühstücksgäste habe ich bereits fertig.«

Er nahm einen Löffel, tauchte ihn in die Marmelade, reichte ihn ihr.

»Vorsicht, heiß.«

Sie pustete, kostete. »Sie schmeckt wundervoll. Verrätst du mir das Rezept?«

»Ja, es ist ein altes Familienrezept. Ich brauche jetzt aber noch Hilfe beim Ernten der Orangenblüten.«

»Orangenblüten ernten? Wieso ernten, es sollen doch Orangen daraus wachsen? Das wäre doch ein Frevel.«

Diese Großstadtpflanze hatte auch von nichts eine Ahnung. »Das erkläre ich dir auf dem Weg. Mir gehört ein Grundstück in der Nähe von Sóller, ein kleiner Orangenhain«, sagte er kurz, ging los in Richtung seines Jeeps, roch ihren Duft, der sich mit dem der Orangen an seinen Händen vermischte, hielt für einen Moment seinen Atem an, um nicht zu viel von ihr in sich hineinzusaugen.

***

Wie konnte eine Kaffeemaschine noch störrischer sein als sie selbst? Greta stand schwitzend vor der chromblitzenden Maschine und versuchte, einen Cappuccino für den attraktiven Gast zu zaubern, der mit nacktem Oberkörper und Surfershorts am Tresen stand. Aber egal, auf welchen Knopf sie drückte, das Gerät schien sie zu verhöhnen. Und der Gast, der nur Spanisch sprach, offenbar ebenso. »Una Cola por favor«, sagte er schließlich grinsend und deutete auf den Getränkekühlschrank. Seufzend wies Greta ihn gestisch an, sich eine Flasche herauszunehmen. Wieso nur hatte sie Hannah angeboten, das Café ein Stündchen alleine zu managen? Aber Hannah hatte so verzweifelt gewirkt, fast schon Angst vor diesem Sam gehabt, wollte auf keinen Fall wieder zu spät kommen. Greta hatte sie überredet, ihr ohne lange Einarbeitung das Café anzuvertrauen. Sie würde beim nächsten Gast einfach behaupten, die Kaffeemaschine sei kaputt, beschloss sie, innerlich zufrieden ob dieser Eingebung.

»Cuànto cuesta eso?«, fragte der Gast. Seine dunklen Augen funkelten lustig. Greta stellte sich kokett hin und bedeutete drei Euro. Sie hatte keine Ahnung, was eine Cola hier kostete, aber irgendetwas um den Dreh würde es schon sein. Gut, dass Hannah, die viel korrekter veranlagt war als sie, das nicht sah. Oder, noch schlimmer, Lucia. Er nahm mit seinen schönen Händen drei Euro fünfzig aus seinem Portemonnaie, reichte sie ihr, lächelte sie noch mal an, dass seine weißen Zähne blitzten, und ging.

Gar nicht so schlecht, hier zu arbeiten. Immerhin hatte man es mit attraktiven Kerlen zu tun. Auch wenn Greta gerade merkte, dass sie kein Interesse mehr an Männern hatte, egal wie gut sie aussahen. Und das sie.

Eine alte, noch sehr attraktive Spanierin betrat das Café, blickte Greta erstaunt an und redete auf Spanisch los.

Greta machte ihr rasch klar, dass sie leider so gut wie kein Spanisch verstand, und sofort sprach die alte Dame in einfachem Deutsch mit spanischem Akzent weiter. »Ah, Sie sind Deutsche. Was machen Sie hier im Café?«

»Ich? Ich, äh … stelle mich ziemlich an, fürchte ich«, scherzte Greta und plapperte weiter, »aber ich krieg das schon hin. Frauenpower, wissen Sie? Was möchten Sie gern? Der Kaffeeautomat ist heute allerdings leider kaputt.«

Die alte Frau grinste, schien Greta zu durchschauen. »Kaputt, ja? Die neue Maschine?«

»Äh, ja, sozusagen. Er ist störrischer als ich und das will etwas heißen.«

Jetzt lachte die alte Dame herzhaft. »Sie gefallen mir.«

»Danke. Sie mir auch.«

Die alte Dame trug ein rotes Seidenkleid, dazu eine grüne Halskette mit einem großen Anhänger, war dezent, aber gut geschminkt, ihre grauschwarzen Haare hatte sie zu einem eleganten Knoten gesteckt.

»Wo ist Lucia?«

»Sie wollte sich hinlegen. Ihr war kurz schwindelig«, fügte sie schnell hinzu. Vermutlich wusste diese Frau nichts von Lucias Dilemma.

»Schwindelig?«

»Ja, nichts Schlimmes. Und Hannah, die hier übernehmen wollte, muss im Strandhaus helfen. Ich bin Hannahs beste Freundin, also die aus Berlin.«

Greta ahnte, dass diese Frau eine enge Bekannte von Lucia war.

»Ah. Herzlich willkommen. Eine Freundin von unserer Hannah. Ich bin Lucias Großmutter, Sie können Elena zu mir sagen.«

»O danke, Elena, freut mich. So eine schicke, nette Großmutter hätte ich auch gern.«

Elena lächelte. »Nur leider machen meine Hände nicht mehr mit. Diese elende Arthrose. Ich kann Lucia in ihrem neuen Café so gut wie gar nicht helfen. So gern ich es täte, es ist eine Schande.«

»Das ist doch kein Problem, jetzt sind Hannah und ich ja da. Also zumindest die nächsten zwei Wochen.«

»Wunderbar. Ganz wunderbar. Gute Freundinnen braucht eine Frau so sehr wie … unsere Orangen die Sonne.«

»Das stimmt«, lachte Greta und registrierte jetzt erst eine Schale auf dem Tresen, in dem duftende Orangen lagen. Daher kam also dieser fruchtige Geruch, der sich mit dem der Kaffeebohnen auf so köstliche Weise vermischte. Greta hatte erst ein Orangenaroma für den Kaffee vermutet, aber dass es sich um frische, reife Orangen handelte, hatte sie nicht gemerkt. Mein Gott, sie musste ihre Sinne viel mehr schärfen, sagte sie sich. Hier in der Sonne Mallorcas würde ihr das hoffentlich wieder gelingen.

»Und mit Lucia ist wirklich alles in Ordnung? Ich wundere mich, dass sie ihr geliebtes Café alleine lässt.«

»Also es ist ja nicht alleine«, beeilte sich Greta zu sagen. »Und Kreislaufprobleme hat doch jede Frau mal.«

»Das ist wohl wahr.« Elena sah sich um. »Wissen Sie denn überhaupt, wie die Kasse geht?«

»Natürlich, das hat mir Hannah noch erklärt.« Dass Greta sich nicht alles merken konnte, musste Elena ja nicht erfahren. »Möchten Sie ein Mineralwasser?«

»Nein, danke«, Elena lächelte verschmitzt, »aber eine Tüte Chips hätte ich gern. Meine sind heute Morgen ausgegangen.«

»Heute Morgen?«

Wieder lachte Elena. »Ich kann sie immer nur essen, wenn Lucia aus dem Haus ist. Sie rügt mich immer, dass sie so ungesund sind. Aber in meinem Alter ist das doch egal.«

»Verstehe.« Greta musste grinsen.

»Und wo stehen die Chips?« Greta drehte sich einmal um sich selbst, sah dabei die kleinen Tüten. »Ah, schon gesehen. Adlerauge sieht alles.«

Sie reichte eine Elena. »Für Sie ist es bestimmt umsonst, richtig?«

»Schon, aber ich möchte sie trotzdem bezahlen.« Elena nahm ein paar Münzen heraus und drückte sie Greta in die Hand.

»Außerdem nehme ich noch zwei Stücke von den köstlichen Hefeschnecken mit. Lucia hat am Morgen einfach alle mitgenommen. Und zwei Orangen, damit auch etwas Vitamine dabei sind. Gut, dass ein paar Orangensorten auf der Insel schon reif sind um diese Jahreszeit.« Elena deutete auf die Hefeschnecken und zwinkerte Greta zu. »Ich habe nachher noch ein Rendezvous.«

»Oh là là!« Diese Dame wurde Greta immer sympathischer. Sie musste bestimmt schon Ende siebzig oder sogar Anfang achtzig sein und datete immer noch Männer.

»Für die Liebe ist man nie zu alt, wissen Sie.« Elena lächelte verträumt. »Die Liebe ist doch die Würze des Lebens. Ohne sie könnte ich mich gleich in einen Sarg legen.«

»Bitte nicht. Sie sind einfach wunderbar. Ich hoffe mal, dass ich in Ihrem Alter auch noch so fit bin.«

»Täuschen Sie sich nicht.« Sie hielt ihre Hände hoch. »Das ein oder andere Wehwehchen habe ich schon. Aber ich rede nicht den ganzen Tag darüber wie so manche in meinem Alter. Kein Wunder, dass die keinen Mann mehr abbekommen.«

Greta lachte, packte zwei Hefeschnecken auf eine Pappschale und wickelte sie in Papier ein.

Elena beugte sich verschwörerisch zu Greta: »Und wenn es Sie genau interessiert, dieser Mann ist der beste, den ich je hatte.«

»Wirklich? Was ist denn so wunderbar an ihm?«

Elena zögerte lächelnd. »Er ist weltgewandt, kennt sich aus in der Literatur, ist ein Feiner, verstehen Sie? Auch von Musik versteht er einiges. Und er ist deutlich jünger als ich.«

»Und das ist kein Problem, denken Sie? Ich meine, dass er um einiges jünger ist als Sie?«

Greta hoffte so sehr auf eine auch für sie beruhigende Antwort. Die alte Frau schüttelte den Kopf. »Unsinn, solange ein Mann eine Frau auf Händen trägt, spielt das Alter keine Rolle.«

Ein warmer Schauer durchfuhr Greta. Wenn so eine lebenserfahrene, weise Frau das sagte … Vielleicht würde ja auch bei ihr noch alles gut werden. Ihr Herz pochte.

Elena nestelte einen Fünf-Euro-Schein heraus. »Ich weiß, dass Lucia das nicht möchte. Aber jetzt ist sie ja nicht da.« Dann nahm sie das Kuchenpaket und die Orangen in ihre zarten, faltigen Hände, verabschiedete sich nett von Greta und ging vorfreudig lächelnd hinaus.

»Guten Appetit Ihnen beiden!«, rief Greta ihr nach. Und ihr Blick blieb auf dem Meer hängen, auf dem gerade ein kleines Segelboot seine Runden drehte. Wie einfach und schön kann das Leben sein.

10. Kapitel

Er besaß einen kleinen Orangenhain – wie hübsch das klang. Hannah saß neben Sam in dessen Jeep, und es fühlte sich seltsam vertraut an, als habe sie diese Situation schon einmal erlebt. Hannah hatte öfters diese Déjà-vu-Momente, die sie irritierten, die sie daran zweifeln ließen, dass jeder Mensch nur dieses eine Leben auf Erden hat. Konnte es möglich sein, dass man mehrmals lebte? Wusste man dann von seinen Fehlern im Leben zuvor und konnte es im nächsten Leben besser machen? Hannah fragte sich, was sie anders machen würde. Etwas anderes studieren? Sich von dieser Modebranche nicht auffressen lassen? Mit welchem ihrer Partner hätte sie niemals etwas angefangen? Was hätte sie in einer Beziehung anders machen können? Und wollte sie das überhaupt? Vielleicht war es ganz gut, dass man diese Entscheidung nicht wirklich hatte.

Sam lenkte den Wagen mit einer Hand, den linken Arm hatte er auf das offene Fahrerfenster gelegt. Die für März sehr warme Luft, die hereinströmte, hatte etwas Beruhigendes an sich und dennoch spürte Hannah eine Gänsehaut auf ihrem Unterarm. Greta hatte sich gemeldet, dass Lucia wieder übernommen habe und sie jetzt einen Strandtag einlegen wolle.

Keiner der beiden sagte etwas, das Schweigen fühlte sich mittlerweile etwas anstrengend an. Oder eher die Nähe zu diesem Mann?

Hannah räusperte sich. War er immer noch verärgert? »Erzählst du mir jetzt, was es mit den Orangenblüten auf sich hat?«, begann sie vorsichtig, um seine Stimmung auszuloten.

Sam sah kurz zu ihr herüber, überlegte einen Moment und begann: »Kennst du Fornalutx?«

»Nein.«

»Es wurde schon mehrmals zum schönsten Dorf Spaniens gewählt.«

»Oh, und ich war noch nie dort. Es gibt noch so viel zu sehen.«

»In der Nähe von Sóller, da gibt es einige Orangenhaine, die im Moment in voller Blüte stehen. Hast du davon auch noch nie etwas gehört oder die Blüten gesehen?«

»Nein, sonst würde ich ja nicht fragen. Und es liegt nicht daran, dass mich die Natur nicht interessiert, weil ich eine Großstadtpflanze bin, wie du jetzt vermutlich denkst.«

»Stimmt.«

Empört sah sie ihn an. Aber ein amüsiertes Grübchen verriet, dass er sie aufzog.

»Du warst schon oft auf Mallorca und kennst die blühenden Orangen nicht?«

»Ich glaube, das wissen wir jetzt. Aber stell dir vor, ich bin gespannt, wie sie aussehen.«

»Weiß und zart. Für mich gibt es keine schönere Blüte auf der Welt.« Er streifte sie mit seinem Blick.

Für einen Moment hielt sie den Atem an. »Du vergisst die Mandelblüte«, erwiderte sie mit belegter Stimme. »Diese kleinen rosa-weißen Blüten, die es hier im Januar und Februar gibt.«

»Ja, die Mandelblüte ist auch wunderschön. Aber die Orangenblüte finde ich ganz besonders.« Dabei sah er Hannah an, als meinte er sie. Dann konzentrierte er sich wieder auf die Straße.

Hannah atmete unhörbar durch. »Aber wieso willst du diese besonderen Blüten pflücken? Es sollen doch Orangen daraus wachsen.«

»Es sollen ja auch Orangen daraus wachsen. Aber nicht aus allen. Aus den Blüten wird zum Beispiel Orangenblütentee gemacht, sie werden beim Kochen oder Backen verwendet oder für Erfrischungsgetränke. Es gibt auch Orangenblütenöle. Man verwendet sie im therapeutischen Bereich. Außerdem pflücke ich sie nicht.«

Er verdrehte leicht die Augen, sie hatte es ganz genau gesehen.

»Das hab ich gesehen.«

»Was?«

»Das weißt du ganz genau.«

Sam schwieg. Ein Schmunzeln machte sich auf seinem Gesicht breit. Hannah verschränkte die Arme und beschloss, sich noch stärker auf diese wunderschöne mediterrane Natur einzulassen. Blühende Obstbäume zierten die Straße, Zypressen standen am Horizont wie Wächter einer anderen Zeit.

Je näher sie Sóller kamen, desto intensiver wurde tatsächlich der süße Duft der Orangenblüten, der zum geöffneten Wagenfenster hereinwehte.

»Mmhm, riecht wahnsinnig toll.«

»Ich weiß. ›Azahars‹ wird die Zeit der Orangenblüte hier genannt. ›Fira de Sa Taronja, das Fest der Orange.«

»Und wo befindet sich jetzt dein Orangenhain?«

»Die Straße weiter und dann noch ungefähr fünf Minuten.«

Endlich kamen sie im Tal der Orangen an, wie die Gegend bei Sóller genannt wurde. Sam parkte den Jeep und stieg aus. Hannah tat es ihm gleich. Die Sonne blendete sie, oder war es das einzigartige Naturschauspiel, das sich vor ihrem Auge auftat? Auf einem Hügel Orangenbäume voll kleiner weiß strahlender Blüten, dazwischen bereits einige reife Orangen. Sam hatte recht, diese Blütenpracht konnte mit der Mandelblüte wirklich mithalten. Das klare Weiß der zarten Blüten sah so rein aus, fast schon märchenhaft. Unter den Bäumen waren Netze gespannt, um die kostbaren Blüten aufzufangen.

»Wow.«

»Gefällt es dir?«

»Und wie. Und das alles gehört dir?«

»Nein, nur von da bis dahinten.« Er bedeutete ihr, wo sein Hain anfing und aufhörte.

Nicht schlecht, dachte Hannah. Dieser Mann besaß einen Orangenhain, ein Strandhaus und das kleine Café. Dabei sah er aus wie ein Freak, der den ganzen Tag nur im oder am Meer verbringt.

»Ich habe ihn geerbt, von meinen Großeltern«, erklärte er knapp. »Wie das Strandhaus und die Hütte auch, in der jetzt das Café ist. Ich habe meinem Großvater versprochen, das alles in Ehren zu halten. Meine Großeltern waren ganz besondere Menschen. Sie haben sich sehr geliebt.«

Beeindruckt sah Hannah ihn an und ein warmes Gefühl durchströmte sie. »Das finde ich sehr schön. Ich meine, dass du alles in Ehren halten möchtest.«

»Deshalb müssen wir jetzt auch das Unkraut um die Bäume herum entfernen.«

»In Ordnung.«

»Hilfst du mir anschließend, die Blüten aus den Netzen zu schütteln?«

»Natürlich.«

»Aber ganz vorsichtig.«

»Ich gebe mir Mühe.«

Sie folgte Sam, und gemeinsam rupften sie das Unkraut, das sich hier verbreitet hatte. Der Duft der Orangenblüten wurde in der Nähe noch intensiver und kitzelte ihre Nase. Wie edel diese Blüten erst von Nahem aussahen.

Die Sonne stach auf Hannahs Rücken, und sie bekam eine Ahnung, wie es für einen Feldarbeiter sein musste.

Nach getaner Arbeit und mehreren Wassertrinkpausen wies Sam sie an, wie sie die kostbaren Orangenblüten, die heruntergefallen und zum Großteil bereits getrocknet waren, aus den Netzen einsammeln konnte. Der laue Wind streichelte ihren Körper.

»Und wir nehmen nur die Blüten, die in die Netze gefallen sind?«

»Ja, das reicht mir für den Tee und die Öle, die ich herstelle. Ich freue mich dann lieber noch auf reife Orangen, aus denen ich Marmelade kochen kann.«

»Oder leckeren Orangenkuchen backen.«

Er lächelte ihr zu, schien zu merken, wie begeistert sie war. Hannah lächelte zurück und es schien eine wirkliche Verbindung zwischen ihnen zu geben.

Diese Arbeit ging ihr leicht von der Hand, der Duft erfüllte sie und machte glücklich. Die Zeit verstrich wie im Flug, und irgendwann merkte Hannah, dass sie Hunger bekam.

»Hast du etwas zum Essen eingepackt? Ich nämlich nicht, ich hatte gedacht, hier gibt es bestimmt einen Kiosk, in dem man sich wenigstens einen Schokoriegel kaufen kann.«

Sam lachte. »Direkt neben meinem Orangenhain? Ein Kiosk.«

Hannah merkte selbst, wie naiv das gewesen war.

Aber Sam schien sie nicht weiter zu verspotten, wie er es noch vor ihrer Fahrt hierher sicher getan hätte.

»Du hast Glück. Ich habe uns wirklich etwas eingepackt. Ich bekomme durch die Arbeit hier und diesen Orangenduft auch immer Hunger.« Er ging zum Jeep, öffnete den Kofferraum und kam mit einem Korb und einer Decke in der Hand zurück.

Hannah sah ihn überwältigt an. »Du hast einen Picknickkorb gepackt?«

»Nicht wirklich, nur etwas zu essen und zu trinken.«

Wie romantisch, durchfuhr es Hannah. Constantin hätte so etwas niemals gemacht. Stattdessen wäre er mit ihr zur nächsten Pommesbude gefahren. Maximal hätte er eine Thermoskanne grünen Tee mitgenommen.

Die Sonne stand mittlerweile ziemlich tief, tauchte den Orangenhain in ein fast schon magisches Licht.

Sam führte sie zu einer kleinen Wiese inmitten der blühenden Bäume, breitete die Decke aus, setzte sich und packte allerlei Köstlichkeiten vor ihr aus. Mallorquinischen Käse, eine Flasche Wein, das landestypische Weißbrot, ein Stück Salami. Dazu Holzbrettchen und Wassergläser. Hannah registrierte, dass er es vermieden hatte, Plastikgeschirr zu benutzen. Ein echter Naturbursche eben, dachte sie, aber diesmal gefiel es ihr. Auch dass er keinen Wert auf Markenkleidung legte, erschien ihr gerade sehr sympathisch. Die hippen Männer in Berlin, die sie kannte, trugen nur bestimmte Markenjeans, ließen ihren Look zwar lässig wirken, in Wirklichkeit hatten sie sich aber über jedes Detail Gedanken gemacht. Sams kurze Hose und sein Shirt dagegen sahen aus, als hätten sie schon einige Sommer überlebt, ein Schild, das besagte, welcher Designer sie entworfen hatte, konnte Hannah nicht entdecken. Nach all den Jahren in der Modebranche merkte sie selbst, wie sehr sie sich von diesem Markenwahnsinn hatte anstecken lassen. Viel wichtiger war es doch, wo und wie die Kleidungsstücke produziert und ob die Arbeiter gut behandelt wurden, wie nachhaltig alles hergestellt worden war.

»Warte, ich hole uns noch eine Orange.« Sam sprang auf, ging zu einem Orangenbaum, suchte eine reife Frucht aus und pflückte sie ab.

Er kam wieder, reichte sie ihr. Hannah nahm sie ehrfürchtig entgegen, dabei berührten sich ihre Hände kurz. »Danke.«

Sie sah die Frucht zögerlich an.

»Soll ich sie dir schälen?«, neckte er sie.

»Was? Nein, nein, das schaffe ich selbst.« Sie nahm das Taschenmesser, das er ihr reichte, schnitt die Schale in Streifen und schälte einen nach dem anderen ab. Der Duft wurde immer intensiver, Hannah merkte, wie er sie die ganze Zeit beobachtete und wie ihr das Wasser im Mund zusammenlief. Rasch löste sie einen Orangenschnitz ab und steckte ihn sich in den Mund. Die Geschmacksexplosion übertraf ihre Erwartung. Sam lächelte sie an, und Hannah verzog ob der Säure kurz den Mund, lachte dann auf. »O Gott, schmeckt die gut.«

»Die beste, die du jemals gegessen hast?«

»Die beste.«

Sie sahen sich in die Augen. Sam senkte als Erster den Blick, nahm die Weinflasche und entkorkte sie mit dem Taschenmesser.

»Er ist auch aus der Region. Ich trinke nur ein wenig. Ich muss ja noch fahren.«

Wie flink er seine Hände bewegte. Schließlich nahm er die Wassergläser, schenkte ihnen beiden ein, reichte Hannah ihr Glas.

»Ein mallorquinischer Wein, den ein Freund von mir anbaut, ganz ökologisch.«

»Spannend.« Sie nahm einen Schluck, behielt ihn im Mund, ließ ihn sein Aroma entfalten und schluckte ihn dann erst hinunter. »Fruchtig, nicht zu trocken, mit einer Tiefe, die genau meins ist.«

Er lächelte. »Dann haben wir, zumindest was Wein betrifft, den gleichen Geschmack.«

»Salud.«

Sie tranken, und wieder suchten sich ihre Augen, wanderten scheu beiseite, um sich wieder zu finden.

»Was denkst du über dein Leben?«, sagte er plötzlich.

»Wie bitte?«

»Du bist auf diese Insel gekommen, um dir Zeit zum Nachdenken zu geben, weil du in deiner Heimat nicht glücklich geworden bist, oder nicht?«

Hannah schluckte. »Wieso sagst du das?«

»Weil ich es in deinen Augen sehe.«

»Kann sein.« Sie zögerte, nahm erneut einen Schluck Wein. Wieso musste man ihr nur immer alles ansehen? Und so begann sie, von ihrem Leben in Berlin zu erzählen, von ihrem Job, der sie nicht wie erhofft glücklich machte, von ihrem geplatzten Traum. »Wenn man mit Mitte dreißig feststellt, dass das Leben nicht so gelaufen ist, wie man es sich als junges Mädchen vorgestellt hat, dann ist das nicht gerade schön. Aber wenn man dann darüber nachdenkt, dass vielleicht bald die erste Halbzeit meines Lebens vorüber ist und dass mein Leben, wenn ich nicht selbst etwas ändere, genauso weitergeht, dann ist das … gruselig.«

»Die wenigsten Menschen finden den Mut, etwas zu ändern. Oder sind in finanziellen Zwängen, oder meinen zumindest, es zu sein. Wenn man bereit ist, auf materielle Werte zu verzichten, sich einzuschränken, kann fast jeder seinem Leben noch einmal eine neue Richtung geben. Manchmal sind es gerade die kleinen Dinge, die glücklich machen.«

»Sagt der Besitzer eines Orangenhains, Strandhauses und Cafés.«

»Gut, ich habe geerbt, aber erst vor ein paar Jahren. Früher besaß ich so gut wie nichts, war aber lange zufrieden, habe mir selbst etwas aufgebaut, von dem ich dachte, dass es das Richtige für mich ist.«

»Und was ist das gewesen?« Neugierig beobachtete Hannah ihn.

Sam zögerte, nahm einen Schnitz Orange, steckte ihn sich in den Mund, seine Miene wurde ernst. »Ich hatte eine Tauchschule, im Nordosten der Insel.«

»Eine Tauchschule? Toll.«

»Ja«, erwiderte er knapp.

»Lief sie nicht gut?«

»Doch, sehr gut sogar.«

Hannah merkte ihm an, dass er nicht weitererzählen wollte, und tatsächlich lenkte er von sich ab. »Erbe verpflichtet aber auch.«

»Du Armer«, erwiderte sie sarkastisch.

Er lächelte kurz, brach etwas von dem Brot ab, reichte es ihr, anschließend ein Stück von dem Käse.

Sie kostete. Und wieder hatte er genau ihren Geschmack getroffen. »Sehr gut. Nicht zu mild.« Sie sah auf den blühenden Orangenhain. »Wenn ich nur wüsste, was ich aus meinem Leben noch machen kann. Ich habe irgendwie das Gefühl, etwas zu verpassen, kostbare Minuten zu verschwenden. Verstehst du das?«

Sam nickte, beobachtete sie ganz genau, ließ sie erzählen. Und so offenbarte sie ihm ihr Herz, diesem ja eigentlich fremden Mann, dem sie aber aus unerfindlichen Gründen vertraute. Sie erzählte ihm mehr von ihren Eltern, von deren Liebe, die sie ihr bis zuletzt schenkten. Ihr Tod hatte ihre Welt stillstehen lassen. So schnell konnte alles zu Ende sein. Sie erzählte von Greta, die in dieser schweren Zeit für sie da gewesen war. Von ihren anderen Freunden in Berlin. Die sich um sie kümmerten, obwohl sie diese durch ihren Job sträflich vernachlässigt hatte. Sam gab ihr Raum, hakte einfühlsam nach. Hannah spürte, wie gut es tat, mit ihm zu reden. Das, was sie all die Jahre nicht konnte, auch nicht mit Constantin. Sie erzählte diesem Mann sogar von der einzigartigen Liebe ihrer Eltern, dass sie eines der wenigen Paare in ihrem Verwandten- und Bekanntenkreis gewesen waren, die eine wirklich gute, offene, ehrliche Beziehung führten. »Tja, und dieses Vorbild setzt natürlich Maßstäbe. Vielleicht habe ich deshalb jede meiner Beziehungen so genau und kritisch betrachtet. Vielleicht hatte deshalb kein Mann eine echte Chance bei mir.« Sie hielt inne. Das hatte sie jetzt nicht wirklich gesagt. Sie beobachtete Sam von der Seite, wie er sich übers Gesicht fuhr, wie er mit sich zu kämpfen schien. Was belastete diesen Mann? Vermögen alleine schien auch nicht richtig glücklich zu machen.

Sie unterhielten sich den ganzen Abend, bis die Sonne als rot glühender Ball am Horizont unterging. Mit diesem Mann konnte man so wunderbar reden, dachte Hannah. Allerdings vermied er es, mehr über das zu erzählen, was ihn ganz offensichtlich belastete. Dafür fanden sie so viele Themen, die sie beide interessierten, dass es schon fast unheimlich wurde. Die ersten Sterne glitzerten am Nachthimmel.

Sam mochte vor allem rockigere Musik, nicht so chillige Café-del-Mar-Songs wie Hannah. Aber einige der Interpreten, die Hannah auf ihrer Playlist hatte, hörte er auch. Um es ihr zu beweisen, holte er sein iPod heraus, dazu einen In-Ear-Kopfhörer, und reichte ihr den einen Ohrstöpsel. Hannah zögerte einen Moment. Sie musste ihm sehr nahe kommen, um gleichzeitig mit ihm die Musik hören zu können, andererseits, was war schon dabei. Sie war Single, sie konnte tun und lassen, was sie wollte. Hannah fühlte sich frei, wild und begehrenswert. Sie rutschte auf der Decke zu ihm, zog die Knie an und steckte sich den Kopfhörer ins Ohr. Sams Duft, seine Nähe erfüllten sie und ein sanftes Kribbeln machte sich in ihrem Unterleib breit.

Noch nie hatte Musik so eine Wirkung auf sie gehabt. Noch nie erlebte sie Klänge so intensiv. In ihrem ganzen Körper breiteten sich Wellen aus, wie die Wellen des Meeres, rauschten vor und wieder zurück. Der Tag in der Sonne, die Arbeit mit den duftenden Orangenblüten, der wohlschmeckende Wein, die mallorquinischen Köstlichkeiten, die Sam für sie besorgt hatte, das alles gab ihr das Gefühl, auf einer wohligen Wattewolke zu schweben. Er bewegte sich etwas und sein Oberarm streifte ihren Schenkel. Diese weiche Haut. Sofort durchlief sie ein Schauer und ein Schwarm Schmetterlinge flatterte in ihrem Bauch. Wo kamen die denn her? Hannah fühlte, wie sehr sie sich nach einer Berührung sehnte, blickte ihn an und er sie, und es schien, als würde sie in seinen dunklen Augen versinken. Als wäre es das Natürlichste der Welt, lehnte sie ihren Kopf an seinen. Sie spürte, wie sie ihn damit überraschte, wie er sich kurz anspannte, dann aber nach einer Sekunde locker wurde. Hannah spürte seinen Atem neben ihrem Mund, sah seine vollen Lippen neben sich. Ohne darüber nachzudenken, suchten ihre Lippen die seinen, erst ganz zart und vorsichtig, dann presste er seinen Mund plötzlich voller Leidenschaft auf ihren, verharrte so, liebkoste sie mit seiner Zunge. Sie musste lächeln, überglücklich, erwiderte die sanften Bewegungen, ganz im Rhythmus der Musik. Sobald die Musik langsamer wurde, wurden es ihre Zungen auch. Hielten inne, Hannah spürte alles mit allen Sinnen, regte sich nicht, genoss. Die Bässe wummerten sanft in ihrem Magen, die Musik schwang mit ihren Gefühlen mit. Sie spürte seine Wärme, seine Nähe, und es fühlte sich an, als hörte die Erde gleich auf, sich zu drehen, oder würde explodieren wie ein Feuerball. Wieder wurden die Bässe in ihren Ohren schneller, wieder tanzten ihre Zungen einen sehnsüchtigen Tanz. So viel Harmonie hatte Hannah noch nie zuvor gespürt, so viel Sensibilität, so viel Verlangen.

Als das Lied endete, flehte Hannahs Körper, es würde niemals enden. Sam löste sich sanft von ihr, nahm ihre Hand in die Seine und flüsterte: »Lass uns nichts überstürzen.«

Wie nach einem Paukenschlag wirbelten die Schmetterlinge in ihrem Bauch umher. Wie einfühlsam, wie großartig dieser Mann offenbar war. Er ließ ihr Zeit, suchte nicht nur die Erfüllung seiner Lust, wie es so viele schon beim ersten Date taten.

Hannah lächelte ihn an. »Nein, das sollten wir nicht.«

Sam begann, den Wein, die Weingläser und all das andere zusammenzupacken. Legte es in den Korb, stand auf und streckte ihr die Hand entgegen, um ihr hochzuhelfen. Aber Hannah sprang alleine auf, nahm dann seine Hand und so gingen sie zurück zu seinem Wagen. Die Orangenblüten hatten sie schon zuvor in einem Behälter im Kofferraum verstaut, und nun machten sie sich auf, um durch die Dunkelheit zurückzufahren ins Strandhaus.

* * *

Nur die Solarlaternen am Strandhaus wiesen ihnen den Weg. Die Gäste schienen bereits zu schlafen.

»So spät ist es schon?«

»Zwei Uhr.« Sam lächelte. Er nahm den Behälter mit den kostbaren Orangenblüten zur Hand und trug ihn hinein. Hannah folgte ihm, ihr Herz klopfte. Wie würden sie sich gleich voneinander verabschieden?

Sam stellte den Behälter in der Küche ab, drehte sich zu ihr und suchte nach Worten.

Ehe er etwas sagen konnte, preschte Hannah vor. »Gute Nacht dann, ich hoffe, Greta hat sich nicht im ganzen Bett ausgebreitet.« Sie trat zu ihm, drückte ihm einen langen Kuss auf den Mund, löste sich dann aber genau in dem Moment, als er seine Hände auf ihre Hüften legte.

»Schlaf gut. Bis morgen früh.«

Sie floh. Oder wie sonst sollte sie das bezeichnen?

Rasch ging sie in den Flur, öffnete leise die Tür zu ihrem Zimmer, huschte hinein und schloss die Tür. Hannah sah Greta im Mondlicht schräg im Bett liegen, ihr eines Bein hing heraus. O nein. Sie hatte es ja schon befürchtet, denn Greta besaß zu Hause ein Kingsizebett und brauchte es auch, wie sie immer lachend betonte. Dazu noch schnarchte sie, als würde sie gerade einen ganzen Wald zersägen. Hannah zögerte. Hier würde sie kein Auge zutun, und morgen früh wollte sie Lucia wieder im Café helfen, das hatte sie ihr versprochen.

Hannah drehte sich zur Tür, atmete kurz durch, öffnete sie und erschrak sich zu Tode. Eine dunkle Gestalt stand direkt vor ihr. Sam. Sofort drückte er sie an sich, küsste erst ihren Mund, dann ihren Hals und flüsterte: »Komm, ich rühr dich auch nicht an. Außer du bestehst darauf.«

Sie musste kichern, fühlte sich leicht und frei. Er nahm sie bei der Hand, führte sie den Flur entlang zu seinem Reich. Hannah hatte es bisher noch nicht betreten und war nun sehr gespannt. Sam schaltete das Licht nicht an, aber auch dieser Raum wurde vom Mondlicht beleuchtet. Er sah noch geschmackvoller aus als die Gästezimmer des Strandhauses. Viel gemütlicher und individueller. Sam schien wirklich Sinn für Schönes zu haben. Oder hatte er nur einfach wieder genau ihren Geschmack getroffen? Gemütlich, modern, mit Grünpflanzen. Welcher Mann stellt sich schon Grünpflanzen in sein Zimmer? Außer vielleicht einem Gummibaum, weil das gerade angesagt ist. Oder einem Kaktus. Hannah merkte selbst, wie nervös sie plötzlich wurde. Aber Sam schien es nicht anders zu gehen. Er zog sie an der Hand zu sich, sodass sie ganz dicht vor ihm stand, seinen Atem spürte. »Möchtest du etwas trinken?«, flüsterte er.

»Nein.« Ihr Mund fühlte sich so trocken an, als habe sie seit Tagen nichts getrunken. Langsam näherte er seine Lippen, und endlich küsste er sie, erst vorsichtig und unsicher, dann immer leidenschaftlicher und voller Verlangen. Sam hob sie hoch, sodass Hannah ihre Beine um ihn schlingen konnte, trug sie zu seinem Bett und legte sie sanft darauf.

11. Kapitel

Die Sonne kitzelte Hannah im Gesicht. Verschlafen schlug sie die Augen auf, hatte einen Moment Mühe, zu verstehen, wo sie sich befand. Sie lag in einem fremden Bett, das Bett war leer. Sam! Sofort erinnerte sie sich an diese wunderschöne, leidenschaftliche Nacht, die so voller Sehnsucht und Zärtlichkeit war, wie es Hannah noch nie erlebt hatte. Sie setzte sich auf. Wo war Sam? Wieso lag er nicht neben ihr? Hatte er die Nacht bereut oder bereitete er ihr gerade ein Frühstück zu? Hannah stand rasch auf, zog sich ihre Sachen an, die im Zimmer herumlagen, und ging hinaus in die Küche. Kein Sam weit und breit. Sie blickte auf die Uhr und musste feststellen, dass es noch sehr früh am Morgen war. Sie könnte jetzt noch unbemerkt zu Greta ins Bett schlüpfen und damit unangenehmen Fragen der Freundin und vor allem Sam aus dem Weg gehen. Hannah wusste nicht, wie sie ihm jetzt begegnen sollte, wollte mit sich erst einmal ins Reine kommen. Sie schlich zu ihrem Zimmer, öffnete leise die Tür, trat ein, zog ihr Kleid wieder aus und kroch in Unterwäsche zu Greta unter die Decke.

»Hey, was weckst du mich denn im Urlaub?«

»Pscht, schlaf weiter.«

Greta drehte sich grummelnd auf die andere Seite, zog dabei die Decke mit sich, sodass Hannah ohne dalag. Hoffentlich schlief Greta weiter. Hannah brauchte jetzt Zeit für sich.

»Hannah?«

Hannah schloss für einen Moment die Augen. »Was?«

»Wo bist du die ganze Nacht gewesen? Ich hab mir Sorgen gemacht.«

Hannah seufzte. »Musst du nicht. Du hast dich hier so breitgemacht und hast geschnarcht, als ich ins Bett wollte, da bin ich … woanders hin.«

Greta setzte sich jetzt verschlafen auf und gähnte herzhaft, wuschelte sich durch die Haare. Dabei lächelte sie. »Lass mich raten, wohin. Aber wieso bist du jetzt wieder da?«

Hannah setzte sich nun auch auf, und die Freundinnen saßen gemeinsam unter der Decke, mit angezogenen Knien. »Ach, Greta.«

»Erzähl endlich. Und ich will alles wissen, egal wie schmutzig.«

»Hör auf, ich bin total durcheinander.«

»Schieß los.«

Und so begann Hannah ihr von dem wunderschönen Orangenhain und diesen filigranen Orangenblüten vorzuschwärmen, bis Greta stoppte: »Moment. Komm zum Punkt, ich habe noch keinen Kaffee intus, du weißt, ohne Koffein ertrage ich nicht viel.«

Hannah lächelte, erzählte von dieser einzigartigen Nacht, die ihr jetzt vorkam wie ein Traum. Dass sie aber aufgewacht war und weder Sam an ihrer Seite noch eine Nachricht vorfand, nichts. »Und Frühstück hat er auch nicht gerade gemacht, die Küche war leer.«

»Mein Gott, Hannah. Der sitzt bestimmt wieder meditierend am Meer, dieser schräge Typ.« Hannah hatte Greta davon erzählt, dass Sam dort jeden Abend saß. Bis auf gestern Nacht, fiel ihr in dem Moment ein. Vielleicht hatte Greta ja recht und er brauchte diese Zeit am Meer so sehr. Wieso nur?

»Meinst du? Ja, kann gut sein.«

»Oder er ist frische Brötchen holen, oder oder oder. Mach dich nicht verrückt. Der wohnt hier, schon vergessen? Dem begegnest du heute auf jeden Fall.«

Hannah jaulte auf. »Das ist es ja. Es war wunderschön, aber wir passen doch so gar nicht zusammen. Und er wohnt auf Mallorca, ich in Berlin.«

»Hey, du überlegst doch eh hierherzuziehen?«

»Zwischen überlegen und es zu tun ist noch ein riesiger Schritt. Hast du diese ganzen Auswandererdokus nie gesehen? Die meisten glauben, dann wird alles besser. Aber viele scheitern und merken recht schnell, dass sie ihre Probleme nicht in der Heimat lassen können. Außerdem will ich so eine Entscheidung nicht wegen eines Mannes fällen. Ich will im Moment gar keine Beziehung, ich will erst einmal herausfinden, was mir guttut, was ich weiter aus meinem Leben machen will.«

»Ist ja gut, ist ja gut.« Greta dachte nach. »Vielleicht will er ja auch keine Beziehung, also chill mal.«

»O Mann, Greta.«

»Komm her, Süße. Du musst ja keine Familie mit ihm gründen. Ihr habt doch …?«

Hannah nickte.

Greta zog sie zu sich, nahm sie in den Arm und drückte sie fest.

Hannah schluckte. Selbst wenn sie noch Kinder haben wollte, dieser freiheitsliebende Inselfreak schien so ziemlich genau nicht der Mann zu sein, um eine Familie zu gründen.

* * *

Das Meer lag ruhig und in der Morgensonne glitzernd vor ihm. Sam saß aufgewühlt im Schneidersitz auf seinem umgedrehten Boot, trug nur seine abgewetzten Shorts, mehr nicht. Diese modebewusste, bestimmt komplizierte Frau aus der Großstadt war so ziemlich genau das, was überhaupt nicht zu ihm passte, was er jetzt am allerwenigsten brauchte. Und dennoch war diese Nacht die bestimmt intensivste, verrückteste seines Lebens gewesen. Sie hatten nicht nur miteinander geschlafen, es hatte sich angefühlt, wie miteinander zu verschmelzen. Sie hatten geredet, sich gespürt, sich einfach nur im Arm gehalten. Und jetzt hatte er kalte Füße bekommen. Denn sie ging ihm viel zu nahe.

Die Müdigkeit legte sich schwer auf seine Lider. Kein Auge hatte er die ganze Nacht neben ihr zugetan, viel zu sehr war sein Puls gegangen, fast so wie damals, bei ihr. Wie konnte er nur gleich mit Hannah schlafen? Was hatte sie mit ihm gemacht? Eine Ameise krabbelte über das Holz des Bootes, und Sam wunderte sich, wie sie sich hierher verirrt hatte.

Er versuchte, langsam bis zwanzig zu zählen, um sich herunterzubringen, aber diesmal half es nicht. Nicht die Möwen, die ihre Kreise über ihm drehten, nicht die Frühlingssonne, die ihn wärmte, nicht das Meer. Das Meer, das ihm schon so oft geholfen hatte, zumindest über die schwerste Zeit seines Lebens. Als er es gar nicht mehr ausgehalten hatte, sie anzusehen, ohne sie erneut zu berühren, war er aufgestanden, hatte seine Shorts angezogen und war zum Strand gegangen. In diesen frühen Morgenstunden liebte er den Strand genauso sehr wie in der Nacht. Noch gab es keine Touristen, die die Insel beschlagnahmten, als gehörte sie ihnen. Zu viele Menschen konnte er in manchen Phasen seines Lebens einfach nicht ertragen.

Wie sollte er ihr jetzt gegenübertreten? Sam hatte den ein oder anderen One-Night-Stand gehabt in seinem Leben, aber das war in seinen Zwanzigern gewesen, seit damals nicht mehr.

Er hatte damals schnell gemerkt, dass es nichts für ihn war. Jetzt hätte ihm das nicht mehr passieren dürfen. Vor allem nicht mit einer Frau, die ihn so sehr an Juna erinnerte. Nicht Hannahs Äußeres, vielmehr ihre sensible, aber gleichzeitig selbstbewusste, etwas schräge Art. Diese Mischung, die ihn an einer Frau faszinierte. Hannah besaß viel Einfühlungsvermögen, war eine Frau, die mitten im Leben stand. Die ihr Leben zwar im Moment überdachte, aber gerade das machte sie besonders, mutig und stark. So viele Menschen taten dies nie, dabei könnten sie vielleicht viel glücklicher leben.

Genau deshalb hätte er sich mehr im Griff haben müssen. Weil sie zu sensibel, zu verletzlich wirkte. Weil er ihr nicht wehtun wollte, es aber gerade schon tat.

Sam fuhr sich verzweifelt übers Gesicht. Dass sie auch noch für ihn arbeitete, machte die Sache nicht leichter. Er könnte sie bitten, nur noch im Café auszuhelfen, nicht mehr im Strandhaus. Das erschien ihm im Moment die beste Lösung.

Die Sonne stand schon recht hoch und die ersten Touristen schleppten ihre Strandtaschen, Sonnenschirme und Kinderwagen an. Sam stand auf, ging an den Sonnenhungrigen vorbei, zurück in Richtung Strandhaus.

Seine nackten Füße spürten jedes Sandkorn, und je näher er dem Haus kam, umso mehr zog es in seinem Bauch. Ja, diese Frau hatte es geschafft, Gefühle in ihm zu wecken, von denen er dachte, sie nie wieder fühlen zu können. Und das in dieser wahnsinnig kurzen Zeit! Da er jedoch wusste, dass dies alles zu noch mehr Schmerz führte, für sie beide, musste er die Sache beenden, bevor sie begann. Eine andere Lösung gab es nicht, durfte es nicht geben.

Er tat starken Frauen nicht gut. Er musste mit ihr reden, sofort.

* * *

Hannah und Greta saßen in Lucias Café, jede einen Latte macchiato in der Hand, und sahen sich in die Augen. Sie hatten Lucia bereits eingeweiht, diese brachte ein Tablett voll frischem Obst und Brötchen, dazu mallorquinischen Käse.

»So, bitte schön. Hannah, du musst jetzt erst einmal etwas essen, das sagt meine Großmutter auch immer, wenn ich durch den Wind bin.«

»Weiß denn Elena schon, dass du schwanger bist, hast du es ihr mittlerweile gesagt?«

Lucia setzte sich bedrückt. »Nein. Wie gesagt, wozu, wenn ich nicht sicher bin, was ich tun soll. Sie ist eine alte Frau, sie würde das niemals verstehen.«

»Ach, Lucia.«

»Ach, Hannah«, seufzte Lucia und legte ihr die Hand auf den Arm. »Manchmal geht die Leidenschaft mit einem durch. Ich hätte dich mehr vor ihm warnen sollen. Er ist kompliziert. Weißt du noch, damals, als du mich gewarnt hast?«

Greta, die diese Vertrautheit zwischen den Freundinnen offensichtlich nur schwer ertrug, hakte nach: »Was war denn damals?«

»Erzähl du«, bat Hannah Lucia und schnitt sich ein Brötchen auf. Sie hatte zwar keinen Appetit, aber einen flauen Magen und vielleicht half das ja.

»Also gut.« Lucia sah Greta an. »Hannah war schon als Kind meine beste Freundin.«

Hannah sah sofort, wie sich Gretas Mundwinkel anspannten. Auch das noch.

Lucia fuhr fort. »Einmal, ich war ungefähr fünfzehn, wurde ich von einem Mädchen, von dem ich dachte, sie sei meine Freundin, in der Schule gemobbt. Damals nannte man das noch nicht so, aber es fühlte sich schrecklich an und Hannah hatte mich vor ihr gewarnt. Ihr ist es ähnlich gegangen in Deutschland.«

»Du wurdest gemobbt?«, wandte sich Greta an Hannah.

»Damals war ich noch nicht so selbstbewusst wie heute. Aber ich schätze, es hat mich stark gemacht, vielleicht muss ich ihr sogar dankbar sein.«

»Und was hatte sie gegen dich?«

»Sie stand auf den Jungen, der mich gut fand. Ich konnte also wirklich nichts dafür.«

»Man kann ja eigentlich nie etwas dafür. So eine Nuss.«

»Ja. Und Lucia hatte Ähnliches erfahren. Wir konnten endlich mit jemandem darüber reden, der einen verstand. Meinen Eltern wollte ich das damals nicht erzählen.«

»Klar, welcher Teenie redet schon mit den Eltern.«

Lucia fiel ein: »Und dann, als wir beide die Schule beendet hatten, wussten wir beide ganz genau, was wir machen wollten. Im Gegensatz zu unseren Schulkameraden, die rumhingen. Du Modedesign, ich Immobilienmaklerin. Tja, bei mir wurde ja doch etwas anderes daraus.«

»Nicht nur bei dir.«

Lucia lächelte Hannah warm an, die auf ihrem Brötchen herumkaute. »Und jetzt haben wir uns beide auf Männer eingelassen, mit denen es keine Zukunft gibt.«

»Wieso bist du dir so sicher, dass es mit Sam für Hannah keine Zukunft gibt?«

Lucia zuckte mit den Schultern.

Hannah schluckte. »Er ist nicht offen für etwas Neues. Er ist so komplett anders.«

Lucia nickte.

»Ist er das wirklich?«, hakte Greta nach.

Lucia überlegte. »Ich mag Sam sehr, und wie gesagt, ich hatte mich auch mal in ihn verliebt, wie so einige hier. Er ist ehrlich, hilfsbereit, emotional. Aber er ist auch kein einfacher

Mensch, sehr unnahbar, vor allem seit er wieder im Ort ist. Was sich in der Zwischenzeit in seinem Leben ereignet hat, weiß ich nicht, das weiß, glaube ich, keiner hier.«

»Na wunderbar«, stellte Greta fest. »Der verletzte einsame Wolf. Wie ich solche Männer liebe.« Greta sah verträumt zum Strand. Die bunten Sonnenschirme ergaben ein schönes Bild. »Es gibt aber auch andere.«

Hannah sah sie forschend an. »Greta, diesen Blick kenne ich. Du hast jemanden kennengelernt und sagst es mir nicht? Dann muss es etwas Ernstes sein.«

Greta wirkte ertappt, trank einen Schluck Kaffee. Dann wischte sie sich den Milchbart ab. »Oder etwas unsagbar Dummes.«

»Nicht du auch noch.« Hannah und Lucia warfen sich einen kurzen Blick zu.

»Irgendwie ist das Ding mit der Liebe eine echt komplizierte Nummer. Selbst noch mit vierzig. Oder vielleicht auch erst recht dann.«

»Jetzt sag schon. Verheiratet?«

»Nein, diesmal nicht. Zumindest glaube ich das nicht.«

»Und was ist dann das Problem?«

Greta zögerte. »Es ist nicht ganz so wie bei Heidi.«

Hannah verstand. »Er ist deutlich jünger?«

Greta nickte, schnitt sich ein Stück Käse ab und steckte es sich in den Mund. »Yepp.«

»Wie viel?«

»Fünfzehn.«

Lucia sah sie entgeistert an. »Er ist fünfzehn Jahre jünger? Wie alt bist du denn?«

»Vierzig. Er ist fünfundzwanzig.«

Lucia schüttelte spontan den Kopf. »Das wär mir zu viel. Entschuldige, das muss natürlich jede selbst wissen.«

»Ach was, ich finde das nicht schlimm. Umgekehrt ist das absolut keine Seltenheit. Männer haben doch oft viel jüngere Frauen. Was ist denn da der Unterschied?«, erklärte Hannah.

»Schlimm finde ich es auch nicht. Im Moment geht es vielleicht noch«, erklärte Lucia. »Aber was, wenn du älter wirst, dein Körper nicht mehr so schön aussieht … ich könnte das nicht.«

Greta regte sich auf. »Ich sehe immer schön aus. Und du bist sehr konservativ, das muss ich mal sagen.«

Die beiden blickten sich an. Hannah versuchte zu beschwichtigen. »Jetzt hört bitte auf. Was macht er denn? Ist er aus unserer Branche?«, versuchte sie abzulenken.

Greta schüttelte den Kopf. »Zum Glück nicht.«

Lucia stand auf. »Entschuldigt, ich muss mich um meine Gäste kümmern.«

Hannah stützte ihren Kopf in die Hände. »Das sind bei ihr bestimmt auch die Schwangerschaftshormone.«

»Nein, die Mallorquiner sind konservativer – aber leider auch viele Deutsche. Ich weiß nicht, ob ich diese ständigen Kommentare aushalten würde.«

»Ach, Greta, du doch sicher. Hast du dich denn so richtig in ihn verliebt?«

»Bis zum Haaransatz, fürchte ich. Dem bereits leicht ergrauten Haaransatz«, scherzte Greta bemüht.

Die beiden Freundinnen lachten kurz. »Na dann. Wie heißt er, wo wohnt er, was macht ihn so besonders?«

Greta begann zu erzählen, und je mehr sie erzählte, desto klarer wurde, wie verliebt sie bereits war. »Er heißt Yann und wir sind vor meiner Haustür zusammengestoßen.« Sie lachte. »Ich mit dem Müllbeutel in der Hand, er mit einer Tüte frischer Brötchen. Die sind auf den Boden gekullert, und er hat vorgeschlagen, ob wir zusammen frühstücken gehen. Einfach so, ganz unkompliziert. Echt, Hannah, sonst ist das immer so ein Act, sich zu daten und alles. Ich hatte nur meine Schlabberhaussachen an, war kaum geschminkt und so sind wir zum Kiosk um die Ecke zum Frühstücken gegangen. Es war Samstag und ich musste nicht arbeiten und er studiert noch, Medizin, und hat mir ganz viel davon erzählt. Du weißt ja, dass ich eigentlich auch immer noch eine Fortbildung machen wollte, und deshalb fand ich das alles wirklich spannend. Irgendwie ist dann die Zeit dahingesaust und wir sind noch spazieren gegangen und haben gequatscht ohne Ende.« Greta hielt seufzend inne. »Mir war schon klar, dass er um Einiges jünger ist, aber doch nicht so viel. Das kam erst raus, als es schon um mich geschehen war.«

»Mensch, das klingt doch alles toll. Wieso hast du mir nichts erzählt?«

»Weil ich es meiner Nachbarin im ersten Überschwang erzählt hatte und die gleich ein paar dumme Kommentare von sich gab. Ich wollte es … behüten. Verstehst du?«

»Natürlich. Alles gut. Hat er ein Problem mit dem Altersunterschied?«

»Nein, soviel er sagt, nicht. Und es klang glaubhaft. Und zauberhaft.«

»Na dann. Was machst du dann noch hier ohne ihn?«

»Das Geld, schon vergessen? Ich musste aus der Schusslinie. Wobei mich diese Agentin von dem Model vielleicht ja schon im Visier hat.«

»Wie gesagt, das glaube ich nicht. Und immerhin hast du es nicht behalten, sondern für einen guten Zweck gespendet.«

»Keine Ahnung. Vor allem hab ich die Auszeit und Sonne gebraucht, um mir klar zu werden, ob ich mich da drauf einlassen will. Lucia hat schon recht. Wenn es was Ernstes wird und ich irgendwann fünfzig oder sechzig bin, dann wirke ich neben ihm wie seine Mutter.«

»Und wenn schon. Wenn ihr euch so gut versteht. Das mit Emmanuel Macron haben auch alle akzeptiert. Lass ein paar reden.«

»Du hast recht. Aber so was von. Oh, Hannah, ich glaube, ich hab ihn ein bisschen vor den Kopf gestoßen vor meiner Abfahrt. Was, wenn er jetzt gar nicht mehr will?«

»Was hast du denn gesagt?«

»Dass es keinen Sinn hat, lächerlich ist. Fürchte ich.«

»O nein, der Arme. Dann ruf ihn an und stell es klar.«

»Ich weiß nicht. Oder ich gehe noch mal in mich.«

»Oder du fragst ihn, ob er nachkommt. Allerdings kann er nicht auch noch bei uns im Bett schlafen.«

»Och, wieso denn nicht? – Nein, natürlich, er müsste sich irgendwo in der Nähe ein Zimmer nehmen. Mal sehen, ob ich ihm so eine Reise wert bin.«

»Hat er denn Geld dazu? Darum geht es ja erst mal. Ich meine, er studiert ja noch.«

»Ja, aber sein Dad sponsert ihn, hat er gesagt.«

»Dann ruf ihn an.«

»Mach ich. Und du und Sam?«

»Das scheint leider auch nicht einfach.«

»Einfach wäre ja auch langweilig.« Greta grinste. »Vielleicht wartet er im Strandhaus schon sehnsüchtig auf dich, war nur kurz Brötchen holen und heult sich die Augen aus.«

Hannah musste unwillkürlich lächeln und ihr Herz klopfte.

»Ich musste erst mal weg, in Ruhe nachdenken. Verstehst du doch, oder?«

»O ja.« Die Freundinnen lächelten sich an. »Egal was kommt, wir halten zusammen, okay?«

»O ja, Süße. Was wäre die Welt ohne beste Freundin. Ich bin so froh, dass es dich gibt.«

»Und Lucia.«

»Und Lucia. Wenn du sie noch besser kennenlernst, wirst du sie auch mögen.«

***

Der Weg vom Café zum Strandhaus an der Klippe entlang schien sich über Nacht auf die doppelte Entfernung gestreckt zu haben. Oder lag es an ihrer Nervosität, dass er ihr so lang vorkam? Wie würde ihr Sam gleich gegenübertreten? War er sauer oder enttäuscht, dass sie sich aus seinem Zimmer geschlichen hatte? Oder hatte er es vor ihr getan und wusste nun nicht, wie er sich aus der Nummer verabschieden konnte? Hannah fühlte sich flau im Magen. Die Sonne stach. Wieso nur hatte sie sich darauf eingelassen, für ihn zu arbeiten? Wie sollte die restliche Zeit nur werden? Greta wollte noch ein wenig im Café bleiben und in Ruhe in ihrem E-Book-Reader lesen.

Die letzten Meter zum Strandhaus kamen Hannah vor wie ein Hindernislauf. Sie stolperte, als sie in eine Kuhle trat, eine Mücke flog ihr direkt ins Auge, sodass es tränte. Sie wischte sich die Tränen weg, aber es hörte nicht auf zu brennen. Na wunderbar.

Von Weitem konnte sie Sam nicht sehen. Sie ging hinein, und da stand er, in der Wohnküche, mit dem Rücken zu ihr. Zum Glück befand sich keiner der Gäste hier, um sich einen Tee zu machen oder Ähnliches.

»Guten Morgen«, sagte sie leise.

Sofort drehte er sich um, blickte sie ernst an. »Guten Morgen.« Seine Stimme klang verletzt, oder bildete sie sich das ein?

Beide schwiegen nun und Hannah hielt diese Stille wieder einmal nicht aus. Die Stille danach. Genau das, was sie nie erleben wollte.

»Sam, du warst nicht da.« Es klang wie ein Vorwurf, das sollte es nicht sein.

Er drehte sich sofort zur Seite, öffnete den Kühlschrank, holte eine Flasche Mineralwasser heraus und trank ein paar Schlucke. Die Muskeln seines nackten Oberkörpers spannten sich an. Dann blickte er wieder zu ihr. »Ja, ich … es tut mir leid.«

»Was? Was genau tut dir leid?«

Er schien zu überlegen. Hannah wurde schwindelig, als säße sie in einem Karussell.

»Ich kann das nicht. Sei mir bitte nicht böse«, sagte er schließlich gepresst.

»Was kannst du nicht?« Sie ließ nicht locker. Ihr Atem ging flach.

»Wäre es okay für dich, wenn du nur noch im Café aushilfst? Für die Pensionsgäste finde ich jemanden, wenn ich wegmuss. Es muss gehen.«

»Und schlafen soll ich auch nicht mehr hier? Am Strand oder wo?« Ihre Stimme klang schrill.

»Nein.« Er fuhr sich betreten über das Gesicht. »Natürlich nicht am Strand. Schlafen kannst du hier, wenn du das möchtest. Ich möchte es so.«

»Aber ich nicht mehr. Dafür will ich wissen, was diese Nacht für dich war.«

Er litt, sie konnte es sehen.

»Sam, du bist mir eine Antwort schuldig.«

»Ich weiß. Es liegt nicht an dir. Es ist mein Ding. Mehr kann ich dazu nicht sagen.«

Hannah spürte Wut in sich hochkriechen. Ein Wutmonster, das all die kleinen Schmetterlinge, die sich noch in ihrem Bauch befanden, erschreckte, sie zusammenzucken ließ, sie verjagte.

»Klasse. Also doch nur ein Mann, der nicht reden kann.« Es klang verächtlich und das sollte es auch.

Hannah drehte sich auf dem Absatz um und verließ die Wohnküche. Sie ging schnellen Schrittes in ihr Zimmer, schloss die Tür hinter sich und lehnte sich dagegen. Tränen traten ihr in die Augen, aber sie versuchte stark zu bleiben, sie wegzublinzeln. Wie konnte er nur so kühl sein? Sie ohne eine wirkliche Erklärung abservieren, nach dieser Nacht? Wieder kam dieses Gefühl in ihr hoch, verlassen worden zu sein, wie nach dem kurz aufeinanderfolgenden Tod ihrer Eltern. Verlassen von den Menschen, die sie geliebt hatte, in so kurzer Zeit. Hätte sie weiter auf einer Antwort insistieren sollen? Nein, ihr Stolz ließ dies im Moment nicht zu. Hannah schnaubte aus, ging zu ihrem Bett, legte sich auf den Rücken und starrte zur Decke.

***

Sam spürte diesen starken Drang in sich zu verschwinden. Aber zunächst musste er Lucia Bescheid geben, dass sie Unterstützung im Café bekommen würde. Er hatte sowieso den Eindruck, dass es ihr nicht gut ging in letzter Zeit, Hannahs Aussage hatte das bestätigt. Lucia sah oft blass aus, nicht dass sie ernsthaft krank werden würde? Mit Lucia, die wie eine kleine Schwester für ihn war, verband ihn eine lange Freundschaft. Seit er allerdings vor ein paar Jahren das Gefühl bekommen hatte, dass sie mehr für ihn empfand, hatte er sich zurückgezogen, das Verhältnis auf ein etwas distanzierteres, inzwischen geschäftlicheres gehoben. Die Idee, das kleine Café in dem alten Holzhaus seiner Großeltern zu eröffnen, war von Lucia gekommen. Sam hatte sich bereit erklärt, einen Teil des Geldes, das er geerbt hatte, darin zu investieren, Teilhaber zu werden. Lucia hätte sich diesen Traum niemals alleine erfüllen können. Und Sam konnte schon immer keinem seiner Freunde etwas abschlagen. »Zu gut für diese Welt«, hatte Lucias Großmutter einmal über ihn gesagt. Wenn sie jetzt hören würde, wie er Hannah behandelte, würde sie ihre Meinung über ihn ganz sicher ändern.

Sam fuhr in seinem Jeep am Parkplatz des kleinen Cafés vor, sodass der Kies aufspritzte. Er wollte es rasch hinter sich bringen, ihren Nachfragen ausweichen und dann wie jeden Tag in die Berge fahren, zu ihr.

»Sam!« Lucia hatte ihn bereits entdeckt, kam freudestrahlend auf ihn zu. Ganz offensichtlich hatte Hannah sie nicht gleich angerufen. Sie küssten sich freundschaftlich zur Begrüßung. »Wie geht es dir?«, erkundigte er sich.

»Es geht. Heute ist mein Kreislauf etwas im Keller.«

»Das trifft sich gut.«

»Wie bitte?«

»Ich brauche Hannah im Strandhaus nicht mehr. Ich habe ihr schon gesagt, dass sie besser nur noch dir im Café helfen soll.«

»Was? Wieso das denn?« Lucia kräuselte misstrauisch ihre Stirn. »Ich dachte, du und Hannah …«

Sam drehte sich unwohl ab, sah auf das Café. »Wie waren die Einnahmen die letzten Tage?«

»Gut. Sam, bitte tu Hannah nicht weh.«

Unwohl strich er sich über seine kurzen Haare, legte den Kopf in den Nacken, sah in den Himmel. »Das wollte ich nicht, das musst du mir glauben«, flüsterte er. Dann sah er sie wieder an. »Ich muss los.«

»Sam, bitte!«

Seine Lunge fühlte sich an, als werde sie zusammengepresst. Sein Atem ging flach. »Ich muss los, ich bin eh schon viel zu spät.«

»Wo fährst du nachmittags immer hin?«, fragte Lucia nach. »Jeden Tag fährst du weg.«

Doch er schüttelte nur den Kopf und ging zu seinem Wagen, stieg ein und brauste los.

Greta, die die beiden vom Café aus beobachtet und Wortfetzen aufgeschnappt hatte, kam fassungslos zu Lucia. »Das darf jetzt nicht wahr sein. So ein Schwein!«

»Moment, Sam ist ganz sicher kein Schwein. Wenn er sich so verhält, hat das Gründe.«

»Ach ja, und welche?«

»Das weiß ich nicht. Seit er mit mir das Café betreibt, verhält er sich mehr wie mein Chef als wie mein Freund. Überhaupt redet er nicht viel über sich, seit er wieder im Ort ist.«

Greta knetete wütend ihre Hände. Sie hatte gerade lange mit Yann telefoniert, sich bei ihm entschuldigt und ihm vorgeschlagen, ob er sie auf Mallorca besuchen wolle. Er schien sich im ersten Moment sehr zu freuen, zögerte dann aber und meinte, er würde es sich überlegen. Allein das hatte sie gerade schon wütend und traurig gemacht. Aber dass dieser Sam jetzt auch noch so verletzend zu Hannah gewesen war, bestätigte sie wieder in ihrem Männerbild. Frauen würden niemals miteinander so umgehen, sie würden sich erklären, auch wenn es kompliziert wäre. Und ja, es gab jede Menge komplizierte Frauen. Vermutlich genauso viele wie Männer.

Lucia und Greta blickten sich an. »Hoffentlich kriegt er sich wieder ein.«

»Ja, hoffentlich«, bestätigte Lucia, strich sich über den Bauch.

»Wie geht es dir mit dem Kleinen?«, fragte Greta nett nach.

Lucia sah sie an, überlegte einen Moment. »Die Vorstellung, ein Kind allein großziehen zu müssen, dazu noch von Anfang an, macht mir Angst.«

Greta sah sie mitleidig an. »Das glaube ich. Aber ganz alleine wärst du ja nicht. Du hättest Elena, und Hannah kann sich gut vorstellen hierzubleiben.« Sie räusperte sich. »Konnte sie zumindest bis vor ein paar Stunden.«

Lucia atmete durch. »Ich habe ja noch etwas Zeit, mich zu entscheiden.«

Greta bestätigte schnell: »Ja, das will alles gut überlegt sein. Ich hab auch drüber nachgedacht, nach unserem ersten Gespräch – wie ich mich entscheiden würde, meine ich. Ganz ehrlich, ich weiß es nicht. Eine Freundin von mir, die abgetrieben hat, leidet seitdem unter Panikattacken. Eine andere lebt sehr gut damit und ist froh um die Entscheidung.«

»Schön, dass du jetzt alles etwas differenzierter siehst, Greta, und nicht mehr nur die eine Seite.«

Greta schluckte einen Kommentar hinunter.

Lucia wollte jetzt offensichtlich nicht weiter darüber reden. »Ich rufe Hannah an, dass sie zu uns kommen soll. Ich will jetzt für sie da sein, kann aber hier nicht weg.«

»Ich könnte zu ihr gehen. Dann nehme ich sie einfach in den Arm«, schlug Greta vor.

Lucia lächelte sie das erste Mal ehrlich nett an. »In Ordnung. Du bist eine sehr gute Freundin. Schön, dass sie dich hat.«

»Hannah ist sehr wichtig für mich.«

»Keine Sorge, ich nehme sie dir nicht weg. Vielleicht werden wir ja auch irgendwann Freundinnen.«

Lucia ließ Greta stehen, ging zurück ins Café zu einem Gast und Greta sah ihr nachdenklich und beeindruckt hinterher.

Dann drehte sie sich um und machte sich auf den etwas mühsamen, aber wunderschönen Weg am Meer entlang zum Strandhaus. In Berlin hätte sie niemals so lange Fußmärsche gemacht, aber hier auf dieser Insel in der Natur machte es richtig Spaß. Vorausgesetzt, man trug die richtigen Schuhe. Greta hatte zum Glück keine High Heels, sondern Turnschuhe und flache Sandalen eingepackt. Make-up und Haare waren ihr enorm wichtig, aber sonst sollte es möglichst bequem sein. Zumindest in ihrer Freizeit. »Wieso sollten sich Frauen quälen, nur um Männern zu gefallen?«, war ihre Devise. Wenn einer etwas von mir will, dann auch in silbernen Einhorn-Turnschuhen. Sonst kann er mal schön das Weite suchen. Sie dachte an Yann, der ihr so verflixt gut gefiel. Bei dem sie sich fühlte wie mit Ende zwanzig. Wieso nur musste er im falschen Jahrhundert geboren sein, zumindest kam es ihr so vor. Aber da Greta eigentlich noch nie ein Problem mit dem Älterwerden hatte, oder zumindest so gut wie nie – dank Schminke konnte man schließlich viel wegretuschieren –, wollte sie jetzt auch nicht damit anfangen. Yann mochte sie, so schräg und unperfekt, wie sie war. Oder nicht? Am Telefon vorhin hatte er so verhalten geklungen.

Je näher Greta dem Strandhaus kam, umso mehr wuchs ihr Mitleid mit Hannah. Erst die Trennung von Constantin, dann nur Mist im Job und jetzt auch noch die Enttäuschung mit Sam. Außer Atem blieb sie an einem Felsvorsprung stehen, stemmte die Hände in die Hüften, drehte sich dabei ein bisschen nach rechts. Eine Frau folgte ihr und sie sah aus … wie diese Modelagentin! Greta bekam Panik, ihr Puls beschleunigte sich. War sie wirklich hinter ihr wegen des Geldes her? Greta eilte rasch weiter, wagte es nicht mehr, sich umzudrehen, fing sogar an zu rennen – und das sie, für die Joggen einer Höchststrafe glich.

Die Sonne stach, der Schweiß lief ihr in Rinnsalen die Schläfen hinunter. Kurz vor dem Strandhaus, als Greta bereits schnaufte wie ein krankes Walross, kam ihr Elena, Lucias Großmutter, Hand in Hand mit einem grauhaarigen Herrn Anfang siebzig entgegen. Die beiden spazierten am Meer entlang, plauderten vergnügt miteinander und wirkten frisch verliebt. Und das, obwohl Elena die siebzig schon weit überschritten hatte.

»Greta, wie schön!«, rief ihr Elena entgegen. »Mädchen, was joggst du denn in dieser Hitze?«

»Ich, äh …« Greta stoppte, wischte sich den Schweiß von der Stirn. »Mir war gerade einfach danach.«

Sie drehte sich unauffällig nach der vermeintlichen Agentin um, aber sie schien sie abgehängt zu haben.

»Darf ich dir meinen Pablo vorstellen?« Elena trug ein leichtes, blumiges Sommerkleid, dazu einen gelben Sonnenhut.

»Sehr gern.«

Pablo sprach nur Spanisch, nahm Gretas Hand und hauchte ihr einen galanten Kuss auf den Handrücken. Er sah wirklich attraktiv aus für sein Alter. Obgleich man sah, dass Elena älter war, bildeten sie ein entzückendes Paar. Greta dachte sofort an Yann und sich. Auch wenn sie nie an die ewige Liebe geglaubt hatte, so hoffte etwas in ihr gerade, dass es mit ihm klappen würde – das, von dem so viele träumten. Andererseits war Pablo auch nicht Elenas langjährige große Liebe, sondern sie hatte ihn gerade erst kennengelernt.

»Wie gesagt, für die Liebe ist es nie zu spät, Alter spielt einfach keine Rolle. Auf die Seele kommt es an. Wenn sich zwei Seelen finden, das ist das größte Glück auf der Welt. Und ich hatte dieses Glück nur einmal in meinem Leben. Bei fünf längeren Partnerschaften.«

»Oh.«

»Und Pablo ist ein weiterer Glücksfall, eine Seele von Mensch.«

»Wie wunderschön. Ich freue mich für Sie.«

»Danke. Das können nicht alle. Viele im Ort lästern und schäumen vor Missgunst, aber mittlerweile ist mir das egal. Sie sind doch nur neidisch, mit ihren griesgrämigen Männern zu Hause.« Die alte Dame lachte.

Greta musste mitlachen. »Sie sind großartig, Elena. Ein Vorbild für jede Frau.«

»Ach nein, das wäre zu viel der Ehre. Auch ich habe natürlich meine Macken.« Sie zwinkerte Greta zu. »Nur hat Pablo die entweder noch nicht herausbekommen, oder er weiß, was er verschmerzen kann. Hauptsache, er versucht nicht, mich zu ändern. Das versuche ich bei ihm nämlich auch nicht. Viele meinen, den anderen zurechtzubiegen, sei der richtige Weg, dabei ist genau das der falsche.«

»Ich fürchte, den Fehler habe ich auch oft gemacht.«

Elena lächelte sie an. »Fehler sind dazu da, um daraus zu lernen. Sie sind großartig, Greta. Das spüre ich.«

Greta merkte, wie gut das tat, und erwiderte selbstbewusst lächelnd: »Ja, das weiß ich. Sie auch.« Vielleicht lag es an der Sonne, dem Meer, dem Wissen, eine beste Freundin zu haben, oder an dieser wundervollen Frau – Greta war in dieser kurzen Zeit auf der Insel wieder bewusst geworden, dass sie als Mensch mit all ihren kleinen Fehlern richtig war. Dass sie nicht so oft an sich zweifeln sollte, wie sie es die letzte Zeit, nach vielen missglückten Dates, insgeheim immer wieder getan hatte. Auch wenn sie nach außen stark wirkte, so steckte unter ihrer perfekt geschminkten Maske oft eine verletzliche, manchmal zweifelnde Frau. Darüber nachzudenken, warum man immer zuerst an den Oberschenkeln zunahm, machte nur unglücklich und brachte einen nicht weiter.

* * *

Verschlafen und blinzelnd sah Hannah ihre Freundin Greta an, als diese das gemeinsame Zimmer betrat. Hannah lag auf dem Bett, war tatsächlich eingeschlafen. Sofort erinnerte sie sich wieder an alles, an Sams Haut ebenso wie an seine Worte. »Es liegt nicht an dir.«

»Wie geht es dir, Süße?«

»Ich … weiß nicht, ich muss eingeschlafen sein.« Hannah rappelte sich auf, fuhr sich übers Gesicht.

»Lucia und ich haben uns Sorgen gemacht.« Greta ging zu ihr, schloss sie in ihre Arme. Für einen Moment konnte sich Hannah fallen lassen, atmete das vertraute Parfum ihrer Freundin ein. Wie gut das tat.

Greta löste sich nach einer Weile wieder sanft. »Komm raus an die Sonne, wir trinken im Café eine kühle Limo und einen Cappuccino.«

»Gute Idee.«

Hannah stand langsam auf, ein bisschen wurde ihr schwummrig.

»Alles klar?«

»Geht schon. Muss ja. Lieb von dir, dass du mich holst. Hier will ich auch nur noch zum Schlafen sein.«

»O Mann. Dabei wolltest du dich auf Mallorca erholen.«

»Ich hätte diesen Aushilfsjob nicht annehmen sollen. Aber sonst hätte ich mir diese Reise nicht leisten können.«

»Eben. War schon richtig so. Immerhin wolltest du ja auch Lucia wiedersehen. Und sie dich. Sie ist übrigens ein wenig aufgetaut mir gegenüber.«

»Wie schön.«

»Ab jetzt hilfst du halt ein bisschen im Café. Und ich packe auch mit an, wenn es gewünscht ist. Aber nicht hier. Das kann er mal schön vergessen. Wir können ja gucken, ob wir eine billige Unterkunft für uns beide finden.«

»Das wäre mir recht. Es muss nichts Tolles sein. Nur eben hier im Ort in der Nähe von Lucia.«

»Ich googel nachher mal. Jetzt los, ehe er zurückkommt.«

»Ist er nicht da?«

Greta zögerte. »Er ist vorher im Café vorbeigefahren und dann sofort weitergedüst. Lucia meint, dass er jeden Nachmittag ins Tramuntanagebirge fährt, seit er wieder zurück ist im Ort. Das hat er ihr mal erzählt. Deshalb wollte er auch eine Aushilfe, weil er nachmittags immer drei, vier Stunden weg ist. Sie weiß aber nicht, was er dort macht.«

Nachdenklich folgte Hannah Greta. »Er wird doch nicht jeden Tag zu seinem Orangenhain fahren?«

»Kann ich mir jetzt auch nicht vorstellen. Außer er ist ein Orangennerd und meditiert vor seinen Bäumen, damit sie schöne Früchte tragen«, versuchte sie zu scherzen.

»O Mann, Greta, auf was für einen Mann habe ich mich da eingelassen. Wieso habe ich das nicht früher gemerkt?«

»Weil er verdammt interessant und ziemlich aufregend wirkt. Eine fatale Mischung, auf die viele Frauen reinfallen, glaub mir.«

Hannah versuchte, sich zusammenzureißen. Es war nur eine Nacht, eine einzige Nacht, mehr nicht. Rasch ging sie ins Bad, erfrischte ihr Gesicht mit kühlem Wasser, sah sich einen Moment im Spiegel an. Dann trocknete sie sich ab, drehte sich zu Greta um und folgte ihr.

* * *

Im Café, das gut besucht war um diese Zeit, stand Peter mit einer Getränkekiste in der Hand bei Lucia; die beiden lachten gerade zusammen.

»Oh, wer ist das denn?«, hakte Greta neugierig nach.

»Du wieder. Ich dachte, du bist verliebt?«

»Na und? Deshalb muss ich ja nicht mit Scheuklappen herumlaufen. Also?«

»Er heißt Peter. Lucias Lieferant. Ein deutscher Auswanderer. Es lief aber leider nicht alles so wie geplant.«

»Ah, ja, das soll ja einigen so gehen. Aber es gibt ganz sicher auch Leute, die superglücklich sind mit ihrem neuen Leben.«

»Ganz bestimmt.«

Greta sah Hannah forschend an. »Deine Auswanderungspläne sind jetzt wohl tiefgefroren, oder?«

Hannah zuckte mit den Schultern. »Ich möchte mein Leben nicht von einem Mann abhängig machen. Insofern, nein, sie sind noch nicht ad acta gelegt. Ich kann einfach noch nicht sagen, was ich möchte.«

»Also ich freue mich, wenn du bei mir in Berlin bleibst.«

»Ich weiß. Das ist auch ein riesiger Punkt, der gegen diese Insel spricht.«

»Entspann dich einfach, du musst das nicht jetzt entscheiden. Hauptsache, es geht dir gut, egal wo du am Ende lebst.«

Greta legte ihren Arm um Hannah und drückte sie fest. Arm in Arm gingen die Freundinnen schließlich weiter auf das Café zu.

»Hannah!«, rief Peter erfreut. Lucia blickte etwas verhalten.

Greta löste rasch ihren Arm von Hannah. »Lucia guckt schon wieder so geknickt. Man musste es ja nicht überstrapazieren«, flüsterte sie.

»Hallo, Peter«, sagte Hannah, als sie vor ihm standen. »Das ist Greta, das Peter.«

Die beiden gaben sich die Hand.

»Hallo, Greta.«

Peter musterte Hannah besorgt. »Du siehst blass aus, geht es dir nicht gut?«

Lucia half ihr schnell aus der Bredouille. »Hannah hat sehr helle Haut. Sie sieht oft blass aus.«

»Lucia hat früher Milchmädchen zu mir gesagt«, bestätigte Hannah schnell und warf ihr einen dankbaren Blick zu.

Sie spürte weiter Peters Blick auf sich, setzte sich an einen der Tische.

»Hast du heute noch viel zu tun?«, fragte Lucia, an Peter gewandt.

»Ich? Nein, ich habe jetzt Feierabend für heute und kann die Sonne genießen.« Spontan schlug er vor: »Wenn du nichts dagegen hast, Hannah, setze ich mich kurz zu dir.«

Hannah zögerte. Greta nickte ihr zu. »Natürlich, gern«, erwiderte Hannah schließlich notgedrungen.

Er setzte sich, und Greta schlug vor, dass Lucia sie doch an der Kaffeemaschine einweisen könne. »Ich steh mit der Technik auf Kriegsfuß, und wenn ich hier ab und zu einspringen soll wie geplant ... diese Maschine ist lebensrettend, das wichtigste Gerät ever und sie muss sich mir unterordnen.«

»Und du dich mir«, fügte Lucia gespielt streng hinzu.

Peter lachte, setzte sich zu Hannah. Greta warf Hannah noch einen aufmunternden Blick zu und folgte Lucia ins Café.

»Hier sitze ich am liebsten. Hat Lucia nicht einen wundervollen Ort der Ruhe geschaffen?«

»Ja, das hat sie.« Zusammen mit Sam, dachte Hannah sofort schmerzhaft.

Am Strand spielten Kinder, zwei Jungs stritten sich gerade um eine Schaufel, der eine schrie gellend los. Peter lachte und auch Hannah musste nun lachen, auch wenn ihr gar nicht danach zumute war.

»Die sind ja zu drollig«, sagte er. »Magst du Kinder?«

»Mmhm.« Hannah versuchte, das Thema zu wechseln. »Wie lief das bei dir denn damals, als du auf die Insel gezogen bist. Wie lange hast du nach einem Job gesucht?«

Peter dachte nach. »Ganz am Anfang hab ich gar nicht gesucht, weil ich genug Startkapital hatte. Aber dann habe ich einige Bewerbungen an hiesige Werbeagenturen geschickt. Ich weiß nicht genau, woran es lag, aber ich habe nur Absagen bekommen. Mein Spanisch war damals natürlich auch noch nicht besonders.«

»Verstehe. Meines ist dank Lucia, die mir als Kind in den Urlauben immer versucht hat, Spanisch beizubringen, und einem Spanischkurs ganz okay, würde ich sagen.«

»Das ist doch gut. Falls du dich für eine neue Heimat entscheidest, hilft das ungemein.«

»Eine neue Heimat. Geht das überhaupt? Wird nicht immer Berlin, wo ich aufgewachsen bin, meine Heimat bleiben?«

»Ich würde sagen, Heimat ist da, wo die Menschen sind, die man liebt.«

Wie recht er hatte.

»Es gibt aber dort und auf Mallorca wichtige Menschen …« Hannah presste die Lippen aufeinander. Wen hatte sie außer Lucia und Elena hier schon? Und wen außer Greta und ein paar anderen Freunden in Berlin? Familie fehlte ihr wieder einmal sehr. Nicht einmal irgendwelche Tanten gab es noch, da ihre Eltern beide Einzelkinder gewesen waren.

Kann man sich wirklich anhand der Anzahl der Menschen entscheiden, in welcher Stadt beziehungsweise welchem Land man leben will? Das allein kann doch auch kein Entscheidungskriterium sein. Denn man lernt im Laufe eines Lebens ja immer noch einige neue Menschen kennen, die einem ans Herz wachsen.

»Weißt du was, hör einfach auf das da drinnen.« Er pochte sich auf die linke Brust.

Hannah lachte bitter auf. »Wenn ich darauf höre, gerate ich von einem Schlamassel in den nächsten.«

Peter lächelte sie verstehend an. »Stimmt, geht mir ähnlich. Okay, dann vielleicht eher auf deinen Bauch. Das Bauchgefühl ist bei euch Frauen doch viel besser als bei uns.«

»Ist es das?«

»Habe ich mir zumindest sagen lassen.«

»Ich fürchte, selbst das ist in den letzten Jahren kaum beachtet worden. Vermutlich muss ich das erst wieder lernen. In mich hineinhören, fühlen, was mir guttut.«

»Ich habe Yoga angefangen und es dadurch wieder gelernt«, fuhr Peter fort.

Hannah stellte sich ihn sofort in einer Yogapose – dem Hund – vor. Sie musste unwillkürlich lächeln.

»Yoga ist auch keine Lösung«, scherzte sie.

Er lachte, sah sie intensiv an.

Hannah wurde wieder ernst. »Durch meinen Job konnte ich nie verbindlich an einem Kurs teilnehmen, weil wir so oft bis spät in die Nacht gearbeitet haben.«

»Diese heftige Arbeitszeit solltest du auf jeden Fall reduzieren, sonst endest du wie ich mit einem Herzinfarkt oder indem du sonst wie krank wirst.«

»Ich weiß. Eine Kollegin von mir ist mit neunundvierzig Jahren ganz plötzlich an einem Infarkt verstorben. Es war für alle ein großer Schock.«

»O Gott ja, das ist schrecklich, erst recht so ohne Vorwarnung, ohne dass man sich von einem Menschen verabschieden kann. Deshalb leb jeden Tag, als sei es dein letzter. Man sagt das öfter, aber man tut es nicht.«

Hannah merkte, wie gut es tat, mit Peter zu reden. Und ihr persönliches Drama, in Sam offenbar nur einen Mann für eine Nacht gefunden zu haben, reduzierte sich plötzlich sehr. Immerhin war es eine wundervolle Nacht gewesen.

Ohne es zu wissen, hatte Peter ihr geholfen, Dinge wieder geradezurücken, die Wichtigkeit dieses Erlebnisses in einem anderen Licht zu sehen.

Da kamen Greta und Lucia mit je einem Kaffee und Mandelkuchen in der Hand, die sie vor den beiden abstellten. »Bitte schön. Ihr habt jetzt die Ehre, Gretas ersten selbst gemachten Kaffee zu testen«, erklärte Lucia. »Ich muss sagen, nachdem sie sich die Finger an der Milchdüse verbrannt und anschließend die falschen Knöpfe gedrückt hat, sodass die Milch durchs ganze Café spritzte, hat sie sich sehr gut angestellt.« Die beiden lachten, sahen sich freundschaftlich an.

Ein Glück, dachte Hannah. Sie schienen eine Wellenlänge gefunden zu haben. Was sich neckt, mag sich.

»Danke, Lucia«, erwiderte Greta. »Du warst eine penetrante Lehrerin, der Albtraum eines jeden Schülers, aber es hat gewirkt. Ich habe meine Technikphobie überwunden, und falls der Kaffee doch nicht schmecken sollte, könnt ihr euch mit dem Mandelkuchen trösten, keine Sorge, den habe ich nicht gebacken«, frotzelte Greta weiter. »Buen apetito.«

»Na dann, setzt euch zu uns«, schlug Hannah vor. »Wir sind die gnadenlose Jury.«

Die Freundinnen ließen sich nieder und beobachteten Hannah und Peter erwartungsvoll, vor allem Greta.

Hannah nahm einen Schluck, tat so, als spüle sie ihn durch den Mund wie beim Verkosten eines Weins. Nachdenklich kräuselte sie die Stirn, ließ Greta zappeln, um schließlich zu verkünden: »Nicht zu schwach und nicht zu stark, genau so, wie ich Kaffee liebe.«

»Puuuh.«

Peter nahm bereits einen zweiten Schluck. »Das perfekte Aroma«, pflichtete er bei. »Was natürlich auch an den guten Kaffeebohnen liegt, die ich liefere«, frotzelte er, sah Hannah dabei lächelnd an.

So langsam wurde ihr unwohl, mochte er sie etwa doch mehr als Lucia? Sie wollte ihrer Freundin auf keinen Fall den Verehrer ausspannen. Nicht auch noch dieses Drama in ihrem Leben.

12. Kapitel

Die nächsten Tage schaffte es Hannah irgendwie, Sam im Strandhaus und auch sonst aus dem Weg zu gehen. Greta und sie standen für ihre Verhältnisse extrem früh auf und liefen dann gemeinsam den Weg am Meer entlang zum Frühstücken. Danach halfen sie Lucia im Café oder genossen es, nach dem Frühstück den Norden Mallorcas mit kleinen Wanderungen zu erkunden.

In den frühen Morgenstunden versprühte die Insel einen ganz besonderen Charme. Der Kaffee, den Greta im Café für sie immer als Erstes bereitete, schmeckte köstlich, und Lucia zauberte jeden Morgen ein ganz besonderes Frühstück mit frischen Orangenspalten, die sie schön drapierte. »Ich freue mich so, dass du hier bist, Hannah«, sagte sie eines Morgens herzlich. »Dass *du* da bist, Greta, freut mich inzwischen auch«, fügte sie lächelnd hinzu.

»Oh, wow, danke.«

»Meine spanischen Freundinnen sind leider seit einigen Jahren in alle Winde verstreut, viele auf dem Festland, die meisten verheiratet und nur noch im Familienmodus.«

»Das kenne ich aus Berlin. Eine meiner besten Freundinnen, Pia, hat sich komplett verabschiedet, nachdem sie endlich ihren Traummann gefunden, ihn geheiratet und Kinder bekommen hat. Zuvor, als ihr Leben noch chaotisch war, haben wir sehr viel Zeit miteinander verbracht und dachten, unsere Freundschaft würde für immer halten.«

»Ja, selbst Frauenfreundschaften sind zerbrechlich. Man muss sie hegen und pflegen wie eine empfindliche Pflanze. Nicht allen Frauen ist bewusst, wie kostbar sie sind. Dass es zwar Phasen gibt, in denen man sich selten sieht, vielleicht auch nicht so mag, aber eine gemeinsame Vergangenheit nicht ersetzbar ist«, sagte Lucia.

»Es war wirklich höchste Zeit, dass ich wieder nach Mallorca geflogen bin.«

»Bist du wirklich seit dem Tod deiner Eltern nicht mehr hier gewesen?«, fragte Greta einfühlsam nach.

»Ja. Dabei hätte es mir im Nachhinein gutgetan, Lucia und Elena, meine Ersatzfamilie, zu sehen. Ich hatte Angst, dass es zu sehr schmerzt, weil hier alles an meine Eltern erinnert.«

»Jetzt bist du ja gekommen.« Lucia legte ihr die Hand auf den Arm.

»Dank deiner Nachricht«, erwiderte Hannah. »Dank deinem neuen kleinen Café. Ich bin sehr stolz auf dich, Lucia, dass du dir diesen Traum erfüllt hast.«

Lucia nickte, stand auf. »Ja, hoffen wir mal, dass die Touristen nicht ausbleiben, sonst platzt mein Traum schneller als ein Ballon, der auf einem Nagel landet.«

Hannah und Greta sahen ihr nach. »Risiko ist immer dabei. Schade, dass das so sein muss. Mir wäre es ohne lieber.«

»Ohne Risiko ist das Leben fad wie … Salami ohne Pfeffer. Jeder kann sich eine Scheibe abschneiden, und die schmeckt auch gar nicht schlecht, aber der Pfeffer gibt allem erst die richtige Würze. Finde ich zumindest.«

»Ach, Greta, du bist eine Nudel, deine Vergleiche.« Hannah lachte. »Ich bin so froh, dass es dich gibt. Ich kann es nicht oft genug sagen.«

Greta strahlte. »Gib mir mehr.« Dann wurde sie wieder ernst. »Nachdem mich Yann ganz offensichtlich nicht besonders vermisst.«

»Was? Ich dachte, er überlegt sich, ob er kommen kann?«

»Schon. Aber wie lange überlegt der Kerl denn? Flug buchen, zack, geht alles ratzfatz im Internet. Das Geld ist nicht das Problem, hat er versichert. Er könnte sich also sogar ein Hotelzimmer leisten, von dem wir nur träumen können.«

»Mmhm. Vielleicht kann er nicht alles stehen und liegen lassen?«

»Hab ich doch auch gemacht.«

»Aber nur, weil du untertauchen musstest. Hast du eigentlich noch irgendwas gehört, ob sie das Geld überhaupt vermisst haben?«

»Ich weiß es nicht. Aber mir ist wieder diese Frau begegnet, die aussieht wie die Modelagentin.«

Greta hatte ihr schon von der Begegnung auf den Klippen erzählt. »Und?«

»Ich konnte ihr zum Glück wieder entwischen.«

»Du bist dir aber nicht sicher, dass sie es ist?«

Greta wiegte den Kopf. »Zu achtundachtzig Prozent. Sie sieht sehr danach aus. Mensch, Hannah, das war jedes Mal verdammt knapp. Ich hab echt Schiss, dass sie mich doch noch drankriegen. Agentinnen sind bestimmt gnadenlos. Aber lass uns von etwas anderem sprechen.«

Hannah seufzte. »Mein Thema ist auch nicht besser.«

»Ach Süße, es tut mir so leid mit Sam. Das hast du echt nicht verdient, nach einer solchen Nacht derart abweisend behandelt zu werden.«

»So etwas hat keine Frau verdient. Aber zu seiner Verteidigung muss ich sagen, er scheint es nicht als One-Night-Stand geplant zu haben. Diese Nacht, seine Berührungen, seine Gedanken, es fühlte sich alles so nah und echt an. Das kann niemand schauspielern. Ich denke, er wurde am nächsten Morgen von früheren Gefühlen überrollt.«

Greta verdrehte die Augen. »Wieso müssen Frauen Männer eigentlich immer in Schutz nehmen?«

»Ich mache das normalerweise nicht. Aber Sam ist kein oberflächlicher Typ, das weiß ich jetzt. Er hat etwas erlebt, was er noch nicht verarbeitet hat, fürchte ich. Es hat bestimmt mit den Fahrten zu tun, die er jeden Nachmittag unternimmt.«

Greta grübelte. »Weißt du was, Hannah?«

»Ja. Du findest, es ist sein Päckchen.«

»Genau.«

»Trotzdem.« Hannah sah ihre Freundin aufgeregt an. »Wir könnten ihm hinterherfahren.«

»Wie bitte?«

»Wieso nicht? Natürlich so, dass er es möglichst nicht bemerkt.«

Greta schien zu überlegen. »So dumm scheint diese Idee nicht zu sein. »Er kennt aber deinen Mietwagen.«

»Jeder zweite Touri fährt hier so einen. Das fällt nun wirklich nicht auf.«

»Er erkennt dich hinter dem Steuer. Und mich auf dem Nebensitz.«

Hannah überlegte einen Moment. »Mist.«

Dann schien Greta eine Idee zu haben und lächelte vorfreudig. »Wozu ist deine beste Freundin Make-up-Artistin? Ich verwandele dich so, dass du dich selbst nicht mehr im Spiegel erkennst.«

Hannah lachte. »Wow, das klingt gruselig. Ich bin sehr gespannt.«

* * *

Die Buchstaben vor ihm flackerten, verschwammen vor seinen Augen. Sam stand am Empfang und starrte auf den Bildschirm. Ohne Hannah fehlte etwas, ohne sie fühlte er sich leer. Nicht nur als Aushilfe hier im Strandhaus vermisste er sie, sondern vor allem als Mensch, und zwar schmerzlich. Wie hatte das so schnell geschehen können? Die alte Alda, die bei ihm putzte, sprang ab und zu am Empfang ein, aber sie kam mit dem Computer nicht zurecht, konnte kein Englisch, verursachte Chaos und Missmut. Auf die Schnelle war keine pfiffige jüngere Aushilfe zu bekommen, zumindest meldete sich niemand auf sein Gesuch im Internet. In Deutschland gingen bald die Osterferien los und Mallorca befand sich im Ausnahmezustand. Die Saisonaushilfen arbeiteten in Hotels, die mehr bezahlen konnten. Wer wollte in seiner kleinen Pension aushelfen, noch dazu nur für ein paar Stunden am Tag? Aber genau um diese Überbrückung ging es ihm jetzt. Die Stunden am Nachmittag, in denen er jeden Tag weg musste. Er konnte seine Pensionsgäste nicht zu oft so lange sich selbst überlassen. Es gab schon die ersten Beschwerden, seit Hannah aufgehört hatte, die ersten negativen Rezensionen im Internet. Wie er das hasste. Diese moderne gläserne Welt, die einen unter Druck setzte, die eine Existenz ruinieren konnte, wenn ein paar Nörgler meinten, sie müssten ihren selbst gebackenen Lebensfrust kundtun. Die meisten Gäste verhielten sich chillig, aber ein paar Stinkstiefel gab es immer wieder. Hannah hatte es in diesen wenigen Tagen mit ihrer natürlichen, herzlichen Art geschafft, auch die genervten zu besänftigen. Das wurde ihm jetzt klar. Völlig falsch eingeschätzt hatte er diese Frau am Anfang. Er spürte ein schmerzliches Ziehen im Magen. Jetzt war es genau so gekommen, wie er es befürchtet hatte. Sie bedeutete ihm etwas – aber er musste ihr wehtun. Auch wenn er sich sträubte.

Wütend schlug er auf die Tastatur, ein quietschendes Geräusch brachte ihn zur Besinnung. Er hatte alles zerstört. Mal wieder. Und wieder hatte er es nicht verhindern können.

Sam sah auf die Uhr. In einer Stunde sollte er los. Den nächsten mit Hannah zusammen geplanten mallorquinischen Abend hatte er bereits abgesagt. Auch das schmeckte seinen Gästen nicht. Aber jetzt auch noch kochen, für mehrere Leute ganz alleine, das packte er nicht. Früher oder später würde sich eine andere Aushilfe melden, dann konnte er die Events wieder anbieten. Auch wenn sie fad sein würden ohne Hannah.

Die Leute liebten, was er kochte. Kein Wunder, die Rezepte seines Vaters kamen schon immer gut an. Besonders bei Frauen, sein Vater hatte es oft getestet.

Sam fuhr sich durchs Haar. Dann bewegte er die Maus am Computer, klickte eine Suchmaschine an und gab ihren Namen ein. »Hannah Blumberg.« Sofort erschienen Bilder, Bilder von ihr. Aus Instagram, aus Facebook. Hannah bei Modenschauen, mit Designern und Models. Hannah in einer anderen, glitzernden Welt. Was wollte diese Frau von ihm? Das alles konnte er ihr niemals bieten. Wollte es vor allem auch nicht. Auf keinen Fall. Diese Scheinwelt, die keine Rücksicht nahm auf den Menschen. Hannah hatte es selbst doch verstanden – war es das? Fühlte sie sich deshalb zu ihm hingezogen? In seiner Welt glitzerte das Meer. Oder die Sterne nachts am Himmel. Sonst funkelte nichts.

Sam sah ihr in die Augen. Wie sie ihn auf diesem einen Foto anlächelte. Sie wirkte fröhlich, aber nicht glücklich. Ihr bisheriges Leben, alles nur Show? Ihre Augen erzählten Geschichten. Von Hoffnung, Enttäuschung, Stolz und Trotz.

Sam klickte sie weg. Dann ließ er den PC herunterfahren, stellte das verhasste Schild auf: »Empfang geschlossen. In dringenden Fällen wählen Sie bitte …«

Die Leute riefen ihn selten am Handy an. Viel lieber beschwerten sie sich hinterher direkt oder eben im Netz.

Eine Touristin Ende zwanzig betrat das Strandhaus, zerrte einen roten Rollkoffer hinter sich her, sah abgekämpft, aber hübsch aus. Fast weißblonde lange Haare, vielleicht eine Schwedin? »Hallo. Sprichst du Deutsch?«

»Ja, hallo und willkommen. Wie kann ich dir helfen?« Doch keine Schwedin, eher aus Süddeutschland, vom Akzent her Niederbayern.

»I mechat gern a Zimma. Also, ich möchte gern ein Zimmer.«

»Wir sind leider ausgebucht.«

»O naa. Owei is ois ausbucht. Hätt i doch bessa von dahoam aus buchn soin?«

»Ja, das wäre besser gewesen. Ich weiß leider auch nichts, aber sieh doch mal im Internet nach, dann musst du nicht überall extra hin.«

Die Frau seufzte. »Vor allem mit dem damischen Bus, koa Ahnung, wann der wohin fährt.« Sie zog ihr Smartphone hervor. »Und auf welcher Seitn soll i suchn?«

Sam nannte ihr zwei Seiten, entschuldigte sich. »Ich muss jetzt leider weg.«

Sie nickte nur, sah verzweifelt aus, tat ihm leid. Sam trat zu ihr, sah ihr über die Schulter, gab ihr Tipps. Die Zeit rannte ihm davon, aber er konnte diese junge Frau unmöglich sich selbst überlassen. Sie schien noch nicht viel herumgekommen zu sein in der Welt, wirkte komplett überfordert. Endlich hatten sie eine bezahlbare Unterkunft etwas weiter im Landesinneren für sie gefunden und online gebucht. »Ich kann dich hinbringen, es liegt fast auf dem Weg.«

»O wirkli? Des is ja nett.« Sie strahlte ihn an. Mit leuchtend blauen Augen. »I bin die Susi.«

Er dachte an Hannah.

»Komm.«

Die Fahrt im Jeep kam ihm endlos vor. Ihr Geplapper rauschte an ihm vorbei wie die Zypressen und blühenden Obstbäume am Straßenrand. Die Musik aus dem Radio gefiel ihr, beruhigte sie, wie sie sagte, und sie drehte sie einfach lauter. Seine Ohren schmerzten, aber es handelte sich nur noch um ein paar Minuten, also ließ er sie gewähren.

Irgendwann fiel ihm der Wagen hinter ihm auf. Zwei Frauen saßen darin, beide mit großen Sonnenbrillen, die eine mit einem mondänen Hut, der ihr halb ins Gesicht hing, die andere mit Kopftuch, als handelte es sich um ein Cabrio. Eigentlich fielen sie ihm nur deshalb auf. Wegen der Kopftuchfrau, die im falschen Auto zu sitzen schien. Und weil sie ihn nicht überholten. Sam fuhr an dieser Stelle gern langsam, er wollte rechtzeitig bremsen können, da hier des Öfteren Ziegen die Straße kreuzten. Normalerweise überholten ihn alle auf dieser Strecke. Nur diese beiden Touristinnen in ihrem Mietwagen nicht. Sie hielten genau den gleichen Abstand zu ihm, egal ob er bremste oder Gas gab. Gleich musste er abbiegen, um Susi zu ihrem Hotel zu bringen, und bog auf eine kleine nichtasphaltierte Straße ein. Die Frauen hinter ihm taten es ihm gleich. Wollten sie auch zu diesem Hotel? Gut, dass er für die Bayerin online vorgebucht hatte. Die Frauen hinter ihm schienen sich zu streiten, gestikulierten wild, der Wagen schlingerte etwas.

Susi nörgelte herum, wie sie von hier jemals an den Strand kommen sollte. »Des is ja hier in der Pampa. Da hätt i a dahoam bleibn können.«

Wäre vielleicht besser gewesen, konnte sich Sam gerade noch verkneifen. Stattdessen sagte er: »Bestimmt wird ein Strandshuttle angeboten. Sieh doch nicht immer nur das Negative. Sieh dich um, wie schön es hier ist. Kein Partylärm, viel Natur und Tiere.«

In der Tat wirkte das Landgut wie eine romantische Finca, wie ein Ort, in dem man zu sich selbst finden konnte.

Susi zog einen Schmollmund, sie hatte sich wohl eher auf Party gefreut.

»Wenn du Party willst, bist du im Norden Mallorcas sowieso nicht optimal. Also ein bisschen feiern geht schon, aber nicht so, wie du es vielleicht aus dem Fernsehen kennst.«

»Naa, des passt scho.« Susi hatte einen Hund gesehen, der freudig auf sie zulief. »Mei, is der liab.«

Der Wagen mit den Frauen hinter ihnen blieb stehen, sobald Sam vor dem Hotel anhielt. Also mitten auf der Straße. Dann wendeten die Frauen und fuhren zurück. Seltsam. Hatten sie sich verfahren?

Sam half Susi, den Koffer aus dem Kofferraum zu hieven, verabschiedete sich. Jetzt musste er sich beeilen.

Kies spritzte auf, als er Gas gab, um endlich weiterzukommen.

An der nächsten Weggabelung stand er wieder, der Wagen der Frauen. Die eine hatte ihr Kopftuch abgenommen und erinnerte ihn an irgendjemanden. Aber Sam hatte jetzt keine Zeit, darüber nachzudenken. Er brauste an ihnen vorbei in Richtung Westen.

Kurz darauf sah er den weißen Corsa erneut im Rückspiegel. So langsam bekam er den Eindruck, verfolgt zu werden.

* * *

»Auffälliger gehts nicht«, regte sich Hannah gerade mit hoher Stimme auf. »Und jetzt hat er dich auch noch ohne Kopftuch gesehen.«

»Na und? So gut, wie ich geschminkt bin, kann er mich gar nicht erkannt haben.«

»Hoffentlich«, flüsterte Hannah angespannt und zog sich den mondänen Designerhut noch tiefer in die Stirn. Auf was für eine Schwachsinnsaktion hatte sie sich da nur eingelassen.

Aber Greta war nicht mehr zu bremsen. Und Hannahs Bitte, das Ganze abzubrechen und zurückzufahren, prallte an ihr ab.

»Du wolltest wissen, wo er ständig hinfährt, also.«

»Ich will es nicht mehr wissen. Dieser Typ ist mir egal. Was will ich denn von so einem? Jetzt kutschiert er auch noch Blondinen herum.«

»Jetzt hör auf, ich weiß genau, dass du immer noch Gefühle für ihn hast.«

»Und wenn schon. Die vergehen mit der Zeit.«

»Tun sie aber schneller, wenn du weißt, dass er wirklich ein Idiot ist. So heulst du mir sonst noch die nächsten Monate die Ohren voll, wie toll er doch eigentlich ist und dass es an dir lag.«

»Das tu ich nicht!«, erwiderte Hannah aufgebracht. »Du stellst mich dar wie einen Teenie.«

»Sorry, aber in Sachen Liebe verhalten wir uns alle wie Teenies. Ist nun mal so. Ich genauso.«

Hannah atmete durch. »Du drehst jetzt sofort um. Wenn ich gewusst hätte, wie dicht du dich dranhängst …«

In dem Moment trat Greta auf die Bremse, denn der Jeep vor ihnen hatte plötzlich abgebremst. »Spinnt der?«

Sam hielt jetzt komplett, und auch Greta war gezwungen anzuhalten, gerade noch rechtzeitig, um ihm nicht aufzufahren. Panisch sah sich Hannah um, doch in dieser Situation schien es unmöglich zu wenden.

Sam stieg aus, kniff die Augen zusammen, um die Frauen besser sehen zu können, und kam direkt auf sie zu.

»Ich sterbe«, flüsterte Hannah.

»Ich bin schon tot.« Die beiden Freundinnen nahmen sich an der Hand.

Sam klopfte an die Scheibe. Greta ließ die Scheibe notgedrungen etwas nach unten.

Auf Englisch erklärte er ihnen nett, dass sie ihr Fernlicht anhatten und das in seinem Rückspiegel immer wieder aufblitzte.

»Thank you«, brachte Greta in quietschendem amerikanischem Englisch heraus, ließ die Scheibe dann wieder nach oben.

Sam ging zurück zu seinem Jeep, stieg ein und fuhr weiter.

Hannahs Herz begann langsam wieder zu schlagen, sie atmete aus.

Greta lachte auf, bekam einen Schluckauf. »Er hat uns nicht erkannt. Yeah, er hat uns nicht erkannt! Ich bin so gut, so gut, so gut.« Hicks.

Hannahs Anspannung wich ebenso und auch sie lachte jetzt leicht hysterisch. »Das hätte ich jetzt nicht gedacht. Er hat uns wirklich nicht erkannt.«

Sie setzte den Hut und die Sonnenbrille ab, fuhr sich über das nassgeschwitzte, stark geschminkte Gesicht.

Trocken fügte Greta hinzu: »Aber er hat uns abgehängt.«

»Stimmt. Aber lieber so. Lass uns zurückfahren, ich brauche jetzt einen starken Kaffee.«

»Und Kuchen. Ganz viel Kuchen bei Lucia im Café.«

***

»O Mann, euch kann man offenbar nicht alleine lassen«, lachte Lucia, als sie von der Aktion der Freundinnen erfuhr.

Greta leckte ihre Kuchengabel ab. »Mein Make-up, die perfekte Verkleidung, hat alles eins a funktioniert, nur dass ich an dieses dumme Fernlicht gekommen bin, war wirklich Pech.«

»Schade, hätte mich schon auch interessiert, wo Sam immer hinfährt.«

»Mich jetzt irgendwie nicht mehr. Soll er doch hinfahren, wo der Pfeffer wächst«, erklärte Hannah bemüht cool.

»Ja, ja, das nimmt dir jetzt jeder ab, Schatz«, stellte Greta sarkastisch fest.

In dem Moment ging ihr Handy, sie sah auf das Display. »Yann«, flüsterte sie tonlos, und ihr Herz wummerte, als hätte jemand eine Küchenmaschine angestellt. Ihre Finger fühlten sich wie gelähmt an.

»Na, dann nimm schon ab.«

»Und was sag ich ihm?«

»Wieso du? Jetzt wart doch erst mal ab, was er dir zu sagen hat.«

»Natürlich.« Sie konnte nicht mehr klar denken. Die ganze Zeit hatte er sich nicht gemeldet und sie im Unklaren gelassen, ob er nach Mallorca kommen wolle oder nicht. Ob er nun einen Rückzieher machte?

Greta schaffte es, den grünen Button zu wischen und das Handy an ihr Ohr zu halten.

»Greta?« Seine Stimme klang so sexy.

»Ja?« Hörte man das Zittern bei ihr? Hoffentlich nicht.

»Hier ist Yann.«

»Gleich erkannt.«

»Freust du dich nicht?«

»Du hast die ganze Zeit nicht angerufen oder dich sonst wie commited, und jetzt soll ich, schwupps, in Jubelschreie ausbrechen? Typisch Mann. Bei mir kriegst du so was nicht.«

»Deshalb lieb ich dich ja.«

»Was?« Verdattert hielt Greta den Hörer enger ans Ohr. Hatte er das jetzt wirklich gesagt? Hannah und Lucia sahen sie neugierig und fragend an. Greta presste die Lippen aufeinander und ein Grinsen machte sich auf ihrem Mund breit. Hannah und Lucia wirkten erleichtert.

Plötzlich hörte sie seine Stimme genau hinter sich. »Ich liebe dich, hab ich gesagt.«

Greta und auch Hannah und Lucia schnellten herum. Yann stand leibhaftig vor ihnen, das Handy am Ohr, einen Rucksack über der Schulter, und lächelte. Ein jungenhaftes, freches Lächeln, das ihm verdammt gut stand. Greta sprang freudig auf, stieß jetzt doch einen Jubelschrei aus und fiel ihm um den Hals.

»Das gibts ja wohl nicht, kommst du einfach heimlich hierher, ohne mir einen Ton zu sagen.«

»Sonst wär's ja keine Überraschung.« Sie knutschte ihn auf den Mund und auch er knutschte sie nieder. Greta hielt die Augen geschlossen, hörte das Klatschen von ein paar Touristen, aber das war ihr jetzt egal. Er roch so gut und fühlte sich so wahnsinnig warm und muskulös an. Dieser große, schlanke Mann, der so was von auf sie stand, das merkte sie jetzt wieder, so wie er sie hielt. Ihr Alter schien ihm schnurzegal zu sein. Was machte es auch schon. Hauptsache, die Gefühle stimmten, und Greta konnte sich nicht erinnern, so viel Herzklopfen bei einem Kuss gespürt zu haben, mindestens die letzten zehn Jahre nicht. Yann löste seine Lippen sanft, näselte kurz mit ihr, strahlte sie an. Dann lachte er. »Wie siehst du denn eigentlich aus?«

Greta wurde sich ihrer Maskerade gewahr. Sie trug immer noch das extreme Make-up, ihre knallroten Lippen mussten jetzt komplett verschmiert sein, dazu das Kopftuch, das um den Hals gerutscht war, die mondäne Sonnenbrille im Haar. »Ach das, erklär ich dir später.« Sie wischte sich den Mund fröhlich mit einer Serviette ab. »Jetzt lernst du erst mal meine Freundinnen kennen. Das ist Hannah und das ist Lucia. Ihr gehört das kleine Café. Also sie betreibt es.«

»Wow, echt, cool. Freut mich.« Er gab beiden die Hand, und Greta konnte an Hannahs Miene ablesen, dass sie ihn sehr sympathisch fand. Lucia ebenso. Die verabschiedete sich an die Arbeit.

»Setz dich doch, Yann«, schlug Greta vor. »Hier gibt es phänomenalen Kuchen.«

Yann setzte sich, schüttelte den Kopf. »Nee, danke, ein Burger wär mir jetzt, ehrlich gesagt, lieber.«

»Ein Burger? Den gibts hier nicht.«

Er sah auf das Meer. »Der Ausblick hier ist ja mega.«

»Das ist er.« Hannah stand lächelnd auf, zwinkerte Greta heimlich zu. »Ich helfe Lucia in der Küche.«

Greta nickte dankbar, nahm Yanns Hand in ihre und drückte sie fest. »Ich freu mich so, dass du gekommen bist. Das ist eine Megaüberraschung.«

Hand in Hand liefen sie barfuß durch den Sand, fast im Wasser. Yann hatte riesige Füße, der zweite Zeh überragte den großen. Seine schlanken Finger fühlten sich in ihrer Hand nicht so männlich an, wie es Greta von anderen Verehrern gewohnt war. Kurz ertappte sie sich, an einen Teenie zu denken. Dabei war das natürlich Unsinn, Yann war fünfundzwanzig, also weit davon entfernt, ein Jugendlicher zu sein.

Er redete wenig, summte immer mal wieder ein paar Takte eines Sommerhits vor sich hin. Wozu auch ständig reden. Zusammen schweigen können, darauf kam es doch an. Mit wem konnte man das schon?

Greta spürte die Sonne Mallorcas in ihrem Gesicht, atmete tief durch und lächelte wie ein Honigkuchenpferd. Sie fühlte sich plötzlich wie Mitte zwanzig, erinnerte sich an die schwerelose Zeit, in der man sich noch keine ernsteren Sorgen machte. Eine großartige Karriere stand einem bevor, eine verrückte Liebe, vielleicht sogar Familie. Nicht, dass Greta der Typ Frau war, der sich auf jeden Fall Kinder wünschte. Eher sogar im Gegenteil, wenn sie an die nervigen Söhne ihrer Schwester dachte, die sie öfter an die Wand klatschen könnte. Obwohl sie auch ziemlich niedlich sein konnten. In letzter Zeit, seit sie die vierzig überschritten hatte, dachte sie doch hin und wieder darüber nach, wie es wäre mit eigenem Kind. Sie hatte weder einen Vater dafür noch wollte sich entscheiden, aber die Wahl haben, das wollte sie.

Ein kleines Mädchen mit rosa Sonnenhut warf Yann mit ihrer Schippe Sand auf die Füße.

»What?! Frechheit!«, rief er lachend, bückte sich und bewarf die kleinen Füße des Mädchens ebenfalls mit Sand.

Das Mädchen kreischte los wie eine Sirene. Die Mutter sprang auf, eilte ihr zu Hilfe.

»Yann, das kannst du doch nicht machen«, hielt Greta ihn kichernd zurück, zog ihn weiter mit sich, die bösen Blicke der Mutter im Genick.

»Schuldigung«, rief er der Mutter noch zu, wandte sich dann an Greta.

»Wieso denn nicht? Das muss sie lernen. Sonst wird sie so eine freche Frau wie du«, scherzte er. »Obwohl, eigentlich steh ich ja da drauf.«

Sie knuffte ihn, er legte seinen Arm um sie und so gingen sie weiter.

»Wo schläfst du eigentlich?«, fragte Greta nach.

»Wie, ich dachte natürlich, ich kann bei dir schlafen.«

Greta hielt inne. »Oh, Mist. Normal schon, aber ich schlafe ja schon bei Hannah im Bett. Und das Zimmer ist nicht riesig. Die Pension ist ausgebucht.«

»Mmhm, dann suchen wir uns was zusammen.«

»Wird nicht einfach werden. Im Frühling, kurz vor Ostern, ist auf Mallorca mächtig was los. Und ich will hier in der Nähe meiner Freundinnen bleiben. Jetzt haben wir wohl ein Problem.«

»Ach was, Problem. Wir finden schon was. Sonst schlafen wir am Strand, ist doch auch geil.«

Diese Sorglosigkeit mochte sie an ihm, sie zeigte ihr, wie leicht man das Leben nehmen konnte und sollte. Wie schnell sich manche Probleme in Luft auflösen ließen, wie groß man sie sich manchmal redete.

Yann tat ihr gut. Wann hatte sie eigentlich das letzte Mal am Strand geschlafen?

»Ich glaube, ich war siebzehn damals. Mit meinem ersten Freund, an der Ostsee, und es war verdammt kalt.« Greta kuschelte sich an Yann, gemeinsam lagen sie im Sonnenuntergang am Strand, beobachteten die letzten Touristen, die sich in ihre Ferienunterkünfte zurückzogen, um zu duschen und anschließend schön essen zu gehen. Greta fühlte sich verklebt vom Tag, eine Dusche wäre jetzt tatsächlich nicht schlecht. Aber sie wollte nicht uncool sein und ohne ging es auch.

»Kann ich mir vorstellen. An der Ostsee ist es abends meistens kalt. Ich war da schon öfter surfen.«

»Du surfst?«

»Manchmal.«

Wie wenig wusste sie von ihm und er von ihr. Die kommenden gemeinsamen Tage würden sie einander näherbringen. So schön, dass er wirklich gekommen war. Sie auch noch überraschen wollte. Yann streichelte sie sanft am Arm. Zurückhaltend, fast schon keusch. Sie hatten noch nicht miteinander geschlafen und Greta war schon sehr gespannt darauf, sehnte sich nach ihm, spürte aber, dass er sich Zeit lassen wollte. Wie kaum einer ihrer Männer zuvor. Greta selbst wollte normalerweise schnell austesten, ob es auch im Bett passte. Aber meist, selbst wenn es in ihren Augen sehr gut passte, verloren die Männer anschließend das Interesse an ihr. Oder nahmen sie als Affäre, beichteten von ihrer Ehefrau. Wie sehr Greta das verletzte. Eigentlich immer hatte sie die Sache dann sehr schnell beendet. Nur einmal schaffte sie es nicht sofort. Um ehrlich zu sein, ein paar Jahre nicht. Verlorene Jahre, hatte Hannah immer gesagt. Aber Greta hatte sich eingeredet, trotz allem glücklich zu sein. Dass dieses damalige Glücksgefühl im Vergleich zu diesem Moment in Yanns Armen nichts war, wusste sie jetzt erst.

Ein tiefer Seufzer entfuhr ihr. »Ach, ist das schön. Kann man das bitte so einfrieren?«

Yann flüsterte: »Same here.« Er zog sie zu sich und küsste sie. Zärtlich, liebevoll und ganz ernst, als hielte er etwas Zerbrechliches in seinen Armen.

13. Kapitel

Jedes Mal, wenn er aus dem Inland der Insel von ihr zurückkam, dachte er viel über das verflixte Leben nach. Heute erst recht, heute hatte es besonders lange gedauert. Heute war es besonders emotional gewesen. Sam lenkte den Jeep auf den Parkplatz am Strandhaus. Die Sonne ging bereits unter, färbte den Himmel in ein blasses, kitschiges Rosa. Seit er Hannah so wehgetan hatte, fühlte er sich schlecht und elend, als habe er sich den Magen verdorben. Wieso nur hatten sie gleich miteinander geschlafen? Es war diese unerklärliche Anziehung gewesen, die ihnen den Verstand geraubt, das Gehirn ausgeknipst hatte. Hannahs Haar duftete so vertraut, in ihrer Gegenwart fühlte er sich frei, lebendig und schwerelos. All dies hatte ihm das Gefühl gegeben, als würden sie sich schon ewig kennen, als hätten sich ihre Körper schon mehrmals berührt.

Er stieg aus, knallte die Tür des Wagens lautstark zu und holte eine Obstkiste aus dem Kofferraum. Auf dem Nachhauseweg war er noch schnell einkaufen gewesen. Im Strandhaus fehlten Kerzen, Servietten, Obst und frische Milch fürs Frühstück der Gäste. Sam trat zum Empfang, wo schon ein genervter Gast auf ihn wartete, sein Rucksack stand neben ihm. »Hey, da bist du ja endlich, Sam.« Ein junger Typ, Flip-Flops, abgewetzte Jeans.

»Hallo, hast du es nicht am Handy versucht?«

»Nein. Bringt ja nichts, wenn du nicht da bist.«

»Jetzt bin ich ja da. Also, wo brennts denn?«

»Der Wasserhahn in meinem Zimmer tropft. Ich will früher abreisen.«

»Wegen eines tropfenden Wasserhahns?« Sam runzelte die Stirn, konnte es nicht fassen. Wie unselbstständig manche Jungs sind.

»Was? Ach nein, nicht deshalb. Ich muss wieder, mein Chef macht Theater.«

»Verstehe.«

»Ich muss dann doch nicht die nächsten zwei Nächte bezahlen, oder? Sozusagen höhere Gewalt.« Er lachte unsicher auf.

Sam zögerte. Den Richtlinien nach müsste er es schon bezahlen. Aber um die Wogen zu glätten und weil er ein netter Mensch war, schüttelte er den Kopf. »Nein, nein, passt schon. Im Moment sind Zimmer heiß begehrt.«

»Cool.« Der Typ reichte ihm den Schlüssel, verabschiedete sich und ging zu seinem Mietmoped.

Sam sah ihm nach, dann blickte er gedankenverloren auf den Schlüssel in seiner Hand. Jetzt könnte er Greta ein eigenes Zimmer geben. Dann hätte Hannah ihre Ruhe. Die sie brauchte, das merkte er ihr an. Morgens, wenn sie ihm zufällig im Flur begegnete, sah er es in ihrem unruhigen Blick. Sein Puls beschleunigte sich. Ein Gefühl der Fürsorge übermannte ihn. Ein Teil von ihm sehnte sich unendlich nach ihr, ein anderer Teil schrie: »Nein!« Sam hasste diese innere Stimme, die es nicht zuließ, dass er wieder glücklich wurde, die ihn marterte wie einen auf dem Meer Treibenden, festgebunden auf einem Floß.

Das Telefon klingelte und riss ihn aus seiner Starre. Sam nahm ab, lehnte eine Reservierung ab und legte auf. Dann packte er die Einkäufe, brachte sie rasch in die Küche in den Kühlschrank, ging zurück zu seinem Auto und fuhr wieder los.

* * *

Das kleine Café leuchtete in der Sonne in kräftigem Türkisblau. Sam liebte diese Farbe und hatte Lucia davon überzeugt, das Holz so zu streichen. Grünblau wie das Meer, blau wie der Himmel, was gab es Schöneres.

Er saß im Auto und beobachtete vom Parkplatz aus das Treiben im Café. Lucia bediente gerade Gäste, alle Tische waren besetzt. Hannah oder Greta konnte er nirgends entdecken. Ach doch, unten am Strand saßen sie, mit Blick auf das Wasser. Eine jede hielt eine Limoflasche in der Hand. Gerade stellte Hannah ihre Flasche ab, stand auf, sie trug einen weißen Bikini, und ging auf das Meer zu. Sam konnte seinen Blick nicht von ihrer Figur wenden. Erinnerte sich sofort wieder, wie er diesen Körper berührt hatte, an welchen Stellen, wie lange, ihre Brüste, ihren Po. Ihm wurde heiß. Er wischte sich über die Stirn, blieb sitzen und überlegte. Hannah ging gerade ins Meer, drehte sich lachend zu Greta um, bedeutete, wie kalt es war, spritzte sie nass, sodass diese mit einem Aufschrei aufstand, auf Hannah zurannte und sie verfolgte. Greta trug Shorts und ein Top, jagte Hannah ins Wasser, die daraufhin mit einem Köpfer untertauchte. Wie elegant es ausgesehen hatte. Wie schön diese Frau war, bestimmt ging sie in der Großstadt regelmäßig in ein Fitnessstudio. Wie wenig sie zu ihm passte. Das musste er sich immer wieder klarmachen. Außerdem traute er ihr nicht zu, sich für ein Leben auf dieser Insel zu entscheiden. Zu langweilig würde es ihr hier werden. Zu wenig Glamour, zu wenig Modeszene, von allem zu wenig.

Hannah tauchte wieder auf, schwamm im kühlen Nass weiter hinaus und Greta lief zu den Handtüchern zurück und legte sich in den Sand. Da kam Lucias Lieferant, dieser Peter, den Strand entlanggejoggt, sah Hannah, winkte ihr und schien etwas zu rufen. Sie machte kehrt, schwamm nun Richtung

Strand auf ihn zu. Sam kniff die Augenbrauen zusammen. Jetzt stand Hannah im Bikini vor Peter, glitzernde Wasserperlen auf ihrer Haut, und die beiden unterhielten sich lächelnd. Der Deutsche flirtete sie doch an, oder nicht? Sam spürte, wie sich Eifersucht in ihm regte, wie er jetzt am liebsten auf Peter zugegangen wäre und ... Sam ballte die Fäuste, zog rasch den Autoschlüssel ab, stieg aus. In dem Moment verabschiedete sich Peter, joggte weiter, und Hannah stapfte, ihr Gesicht der Sonne zugewandt, zurück ins tiefere Wasser und schwamm aufs offene Meer hinaus.

Sam atmete durch, sein Herz wummerte. Er ging zu Lucia ins Café, die gerade Cappuccino zubereitete. Die teure Kaffeemaschine brodelte und zischte, der aromatische Geruch des Kaffees kitzelte seine Nase.

»Hey«, sagte er.

»Hey, Sam, du hier?«

»Wieso nicht? Läuft alles oder brauchst du was?«

»Nein, nein, danke, die Mädels waren vorhin für mich einkaufen, es läuft.«

»Gut.«

Lucia sah ihn forschend an, hielt im Milchaufschäumen inne.

»Willst du mir was sagen? Oder besser Hannah?«

Sam drehte sich einen Moment weg, dann wieder zu ihr. »Ja, ich ...« Er brach ab.

»Was?«

Sam sagte nichts mehr.

»Du hast sie sehr verletzt.«

»Das wollte ich nicht.«

»Seit du wieder im Ort bist, vermittelst du nicht den Eindruck, als würdest du wissen, was du willst. Keiner weiß, wohin du jeden Nachmittag gehst, was du dort machst ...«

Darauf ging er nicht ein, platzte heraus: »Ich möchte ihr zeigen, dass man sich auf mich verlassen kann.«

Lucia sah ihn verblüfft an, lächelte dann warm. »Das ist toll von dir. Wirklich.«

Er zögerte, lächelte schwach.

»Aber du weißt nicht, wie?«

»Was? Doch … Ich bin mir nicht sicher.«

Lucia trat auf ihn zu, schien zu überlegen. Ihre Augen funkelten. »Offiziell hab ich nicht mit dir gesprochen, okay?«

»Okay.«

»Du kannst es mir also sagen, was du dir überlegt hast.«

Sam zögerte, dann legte er los.

* * *

Das Schwimmen im Meer hatte so gutgetan, auch wenn das Wasser noch sehr kalt war zu dieser Jahreszeit. Ihre Haut fühlte sich jetzt trotz des Salzwassers viel weicher an. Hannah liebte das Wasser, ging in Berlin ab und zu in ein Hallenbad, wenn es ihre Zeit zuließ. Zugegeben, in den letzten Jahren eher weniger bis gar nicht mehr. Deshalb genoss sie es so, hier auf Mallorca jeden Tag mehrmals ins kühle Nass springen zu können. Kein Vergleich zu einer nach Chlor riechenden Schwimmhalle. Allein der Duft des Meeres. Hannah hatte ihn beinahe vergessen und das gab ihr zu denken. Aber nicht nur das.

Sie rubbelte sich die Haare mit einem Handtuch trocken, stand jetzt in ihrem übergeworfenen Kleid mit Jäckchen vor Lucia und bemühte sich, ihre Stimme gleichgültig klingen zu lassen. »Was wollte er denn im Café?«

»Wer?«

»Na, Sam.« Sie hatte ihn weggehen sehen.

Lucia zuckte nur kurz mit den Schultern, drehte sich dann wieder zur Kaffeemaschine. »Im Café nach dem Rechten gucken, ob ich alles habe«, murmelte sie. Dann betätigte sie den Milchaufschäumer, wie um jede Unterhaltung zu beenden.

Hannah verstand. Lucia wollte sich raushalten, stand als Teilhaberin des Cafés zwischen den Stühlen. »Brauchst du mich gleich? Ich würde sonst ein bisschen in ein paar Läden bummeln gehen.«

»Nein, ich brauche dich nicht, aber …« Lucia drehte sich zu ihr um. »Also hier nicht. Aber könntest du etwas für mich abholen? Mit dem Mietwagen?«

»Reicht das nach dem Shoppen? Ich wollte nach einem Souvenir für meine Nachbarin schauen. Sie gießt die Blumen.«

»Also, es wäre mir lieb, wenn du gleich fahren könntest. Deine Nachbarin siehst du doch eh erst nach deiner Rückreise wieder.«

»Stimmt. Kein Problem – wenn du hier sonst noch Hilfe brauchst, Greta liegt am Strand.«

»Alles klar.«

»Also, wo soll ich was abholen?«

»Ich schreibe dir die Adresse auf, die gibst du dann einfach in den Navi ein, okay?«

»Das schaffe ich. Und was soll ich holen?«

»Ach, das siehst du dann.«

Hannah wunderte sich kurz über Lucias geheimnisvolle Bemerkung, wurde aber von einem kleinen Jungen abgelenkt, der plötzlich neben ihr stand und sie mit großen Kulleraugen anblickte. Mein Gott, sah der niedlich aus. Ein warmes Gefühl durchströmte sie. Er hatte die gleiche Haarfarbe wie Sam, die gleichen Locken. Seine Mutter, eine temperamentvolle Spanierin, zog den Kleinen am Ärmchen zu sich und entschuldigte sich bei Hannah. Wofür eigentlich? Warum hatten Mütter immer das Gefühl, ihre Kinder störten andere? Weil es ihnen so oft vermittelt wurde? Hannah wurde bewusst, wie kinderfeindlich es zumindest in Deutschland oft zuging. Ihre Freundinnen mit Kindern hatten ihr oft davon erzählt. In manche Cafés in Berlin-Mitte durfte man mit Kinderwagen nicht hinein, um die Laptop-Insassen nicht zu stören; einmal hatten Nachbarn sogar ohne Vorwarnung das Jugendamt alarmiert, nur weil das Baby in der angrenzenden Wohnung so viel weinte. Aber es gab wie immer auch die erfreuliche Seite. Menschen, die mit anpackten, wenn es galt, den Buggy zu tragen, weil die Rolltreppe zur U-Bahn defekt war, und für die es selbstverständlich war, eine Tür aufzuhalten. Oder die Mutter einer Freundin, die wirklich alles für ihre Enkel tat, sie von der Kita abholte, mit ihnen spielte, sie sogar noch ins Bett brachte. Ein Rundumservice für gestresste berufstätige Mütter. Hannah dachte schmerzlich daran, dass ihre Eltern ganz sicher auch wundervolle Großeltern gewesen wären, dass sie, falls Hannah jemals ein Kind bekommen würde, es nie kennenlernen durften. Der Verlust der beiden geliebten Menschen wurde ihr wieder in seiner ganzen Tragweite bewusst, und sie hatte Mühe, aufkommende Tränen wegzublinzeln.

»Hannah? Alles okay?« Lucia schrieb gerade die Adresse auf, sah ihre Freundin besorgt an.

»Ja, alles gut. Sag mal, Greta ist jetzt schon mehrmals einer Frau begegnet, fühlt sich von ihr irgendwie verfolgt. Vielleicht kennst du sie ja?«

Lucia lächelte. »Keine Ahnung, wie sieht sie denn aus?«

»Ach ja, dumme Frage. Schlank, dunkle Haare, die sie meist zu einem Dutt trägt, mit einer Blume darin, wie eine typische Spanierin, ein paar Jahre älter als wir.«

»Mmhm. Diese Beschreibung trifft auf ziemlich viele zu.«

»Stimmt.«

Lucia zuckte mit den Schultern, reichte Hannah den Zettel. »Wieso fragt Greta sie nicht einfach, was sie von ihr will?«

»Äh, weil sie immer ganz schnell verschwindet.«

»Wird wohl nichts dahinterstecken. Aber du kannst mir diese Frau ja mal zeigen, wenn du sie hier siehst. Schau, das ist die Adresse. Man fährt ungefähr eine halbe Stunde.«

»Gut, wird erledigt.«

»Danke, du bist ein Schatz.«

Die Freundinnen küssten sich rechts und links und Hannah machte sich auf den Weg.

* * *

Spanische Tangomusik klang aus dem Autoradio und versetzte Hannah in eine melancholische Stimmung. So wie es ihr das Navi anwies, steuerte sie den Mietwagen auf die Straße, die in die Berge führte. Die karge, aber sehr pittoreske Landschaft Mallorcas gefiel ihr extrem gut, seit ihrer Kindheit liebte sie diese mediterrane Landschaft so sehr. Doch konnte das hier jemals ihre Heimat werden? Oder war sie zu sehr in Deutschland sozialisiert, würde Berlin bald vermissen? Die Sommer in Deutschland gefielen ihr, aber die langen, tristen Winter schlugen ihr oft aufs Gemüt. Die Flucht in die Arbeit half da etwas, aber seitdem Hannah beschlossen hatte, sich nicht länger ausbeuten zu lassen, hieß das ja auch, früher Feierabend zu machen.

Ob sie wohl etwas für Lucias Baby abholen sollte? Eine Wiege oder etwas in der Art? Das würde bedeuten, dass sich Lucia entschieden hatte, ihr Kind zu behalten. Hannah fühlte so sehr mit ihrer Freundin mit, die sich in so einem großen Konflikt befand.

Ein Auto hinter ihr drängelte und lenkte ihre Aufmerksamkeit wieder ins Hier und Jetzt. »So ein Idiot!«, rief sie aus, schlug auf das Lenkrad. Dies hatte auch Sam gegolten. Wieso behandelte er sie so kühl, redete nicht wirklich mit ihr?

Das Navi leitete sie ein paar kleinere Straßen entlang, wies sie an, erst links, dann wieder rechts abzubiegen. Wo führte sie dieser Weg hin?

Nun sollte sie sogar auf einen Feldweg einbiegen. Der Schotter unter den Rädern knirschte.

In einiger Entfernung sah sie eine Finca oder eher ein Gehöft aus Steinmauern, große Bäume standen im Innenhof. Hannahs Neugier wuchs. Was sie wohl für Lucia dort abholen sollte? Vielleicht wirklich eine Wiege oder ein Kinderbett aus Familienbesitz? Dieses Anwesen sah jedenfalls sehr romantisch aus. Ziegen weideten rechts auf der Wiese und wandten die Köpfe zu ihrem Auto. Als sie die Finca erreichte, kam ihr ein Hund entgegen, wedelte freudig mit dem Schwanz. Was für eine nette Begrüßung. Hannah liebte Hunde über alles, hatte in Berlin nur leider nicht die Zeit, sich ausreichend um einen zu kümmern.

Aus dem Augenwinkel hatte sie im Vorbeifahren ein Schild am Wegesrand erhascht; was in kleinen Lettern und auf Spanisch darauf stand, konnte sie allerdings so schnell nicht lesen. Egal, sie würde ja gleich sehen, was sie erwartete.

Hannah parkte den Wagen auf dem dafür vorgesehenen Platz. Die Finca war viel größer, als es von ferne den Anschein gemacht hatte, es handelte sich um ein ehemaliges Gehöft mit mehreren Stallungen. Es sah aber aus, als wären Letztere zu Wohngebäuden umgebaut worden, denn vor jeder Tür befand sich eine kleine Terrasse. Vielleicht Ferienwohnungen? Das konnte gut sein. Wie herrlich musste es sein, hier seinen Urlaub verbringen zu können.

Ein alter Mann saß auf der einen Terrasse, wie sie jetzt erkannte, rührte stoisch in einer Tasse, blickte sie an. Hannah stieg aus, lächelte den Mann an und sah sich um. Der Hund, ein Mischling mit weiß-schwarzem Fell, kam sofort zu ihr und beschnupperte sie, Hannah ging in die Knie und streichelte ihn. »Na, du bist ja ein Hübscher. Wie du wohl heißt?«

Nach einer kurzen Streicheleinheit stand Hannah wieder auf. Was sollte sie jetzt also hier? Außer dem Alten war kein Mensch zu sehen.

»Ola«, rief sie ihm zu. Aber der Mann reagierte nicht. Vielleicht war er schwerhörig?

In dem Moment ging die Tür zum Haupthaus auf und ein anderer Mann trat heraus. Da dieser Eingang von Wein überwachsen war, sah sie ihn zunächst nur schemenhaft im Schatten der Blätter. Erst als er auf sie zukam, erkannte sie ihn. Sam! Was machte er hier? Unwillkürlich erinnerte sich ihr Körper an seine Hände, die über ihre Haut strichen, die sie zart berührten, dann wieder voller Verlangen. Mit einem Kribbeln sagte er ihr, wie sehr er sich nach diesem Mann sehnte, auch wenn ihr Verstand wusste, dass er ihr nicht guttun würde.

»Hallo, Hannah«, sagte Sam ernst. »Schön, dass du da bist.«

»Hallo. Was soll das?«

Er trat ganz nah zu ihr, trug eine lässige kurze Jeans, ein weißes T-Shirt, sah sie mit seinen dunklen Augen an. Steckte Lucia mit ihm unter einer Decke? Hatte sie Hannah nicht richtig zugehört? Hannah ärgerte sich maßlos über ihre Freundin.

Sam trat noch einen Schritt näher. »Es tut mir leid. Ich möchte dir zeigen, warum ich nicht anders konnte. Warum ich bin, wie ich bin. Dass ich nicht so oberflächlich und verantwortungslos bin, wie du die letzten Tage vermutlich gedacht hast.«

Hannah kräuselte die Stirn, sah ihn immer noch wütend an. »Es ist mir egal, wie du bist.«

Er schluckte, sein Kehlkopf bewegte sich auf und nieder.

Etwas Verächtlicheres hätte sie nicht sagen können, das wurde ihr in dem Moment selbst bewusst. »Sorry, aber erst zerschneidest du alles mit einem großen Messer und dann Schwamm drüber oder wie?«

»Nein.«

»Wie nein.«

»Komm mit.« Er bedeutete ihr, ihm zu folgen. Hannah zögerte einen Moment. Noch kochte sie vor Wut. Über Lucia, der sie vertraut hatte. Über Sam, der meinte, sein Verhalten irgendwie entschuldigen zu können. Warum? Wozu?

Ihre extreme Neugier, die sie schon als kleines Kind in brenzlige Situationen gebracht hatte, ließ sie ihm schließlich folgen.

Sie traten durch den Haupteingang auf eine Art Rezeption zu. Im Raum standen einige Grünpflanzen, zwei Ohrensessel luden zum Lesen ein. Sehr gemütlich. Sam führte sie weiter in einen größeren Raum, in dem sich ein paar ältere Menschen aufhielten. Zwei Frauen spielten Karten, ein Mann blätterte in einem Buch, eine andere alte Dame saß einfach da und lächelte vor sich hin. Irritiert blickte Hannah sich um.

»Das hier ist eine Wohngemeinschaft für demente ältere Menschen.«

»Was?« Überrascht blickte Hannah die Herrschaften an. Sie wirkten überhaupt nicht dement, aber im nächsten Moment wurde ihr bewusst, dass man dies den Menschen ja auch nicht unbedingt ansah.

Sam begrüßte die alten Leute und sie grüßten ihn freudig zurück. Dann führte er sie zu der einzelnen Dame, die in ihrem Sessel saß und vor sich hin lächelte.

»Frau Henning, darf ich Ihnen Hannah vorstellen?«

Ein deutscher Name, registrierte Hannah.

Sie lächelte die Dame notgedrungen an, reichte ihr ihre Hand, aber die alte Frau reagierte nicht, nahm ihre Hand nicht, wippte leicht mit dem Kopf. Hannah zog ihre Hand wieder zurück.

»Sie ist gerade in ihrer ganz eigenen Welt. Sie hatte wieder einen Schub, ihre Demenz ist sehr weit fortgeschritten, besonders während der letzten Wochen.«

»Das tut mir leid.«

»Ich denke, es geht ihr gut. Meistens zumindest. Nicht immer. Komm.«

Sam ging weiter, verließ den Raum und Hannah folgte ihm. Sie traten hinaus in einen üppig bewachsenen Hinterhof. Er wirkte wie eine grüne Oase, ein Springbrunnen plätscherte, ein kleiner Tisch mit zwei Stühlen stand daneben. Auf den Tisch hatte jemand eine Karaffe mit Limonade sowie zwei Gläser gestellt. »Lass uns hier Platz nehmen, dann erkläre ich dir alles.«

Hannah verspürte Durst, setzte sich und ließ sich von ihm Limonade einschenken. Eine Zitronenscheibe schwamm darauf, außerdem ein paar Minzblätter. Sie schmeckte herrlich erfrischend und selbst gemacht.

Sam sah sie schweigend an, schien nicht zu wissen, wie er anfangen sollte. Hannah half ihm nicht, blickte ihn einfach nur an. Sein Gesicht wirkte angespannt, seine Kiefermuskeln zuckten.

»Ich kenne Frau Henning schon länger. Die Demenz hatte sie da noch nicht. Sie ist wie viele deutsche Rentner nach Mallorca gezogen, um hier ihren Lebensabend in der Sonne am Meer zu verbringen.«

Er hielt inne, aber Hannah sagte immer noch nichts. Sam knetete seine Finger. »Es ging ihr sehr lange gut, sie hat das Leben auf der Insel genossen, hat Bekanntschaften geschlossen, Freunde gefunden. Bis es mit der Demenz losging. Sie wurde schnell sehr vergesslich, und irgendwann wurde allen klar, dass sie nicht mehr allein leben kann. Ihre Tochter wohnt aber in Hamburg. Sie wollte sie holen, dort in ein Heim bringen, aber Frau Henning hat sich vehement gesträubt. Nicht in das regnerische Hamburg, auf keinen Fall. Das hat sie sogar von einem Notar aufschreiben lassen. Sie hatte Streit mit ihrer Tochter.«

Hannah atmete durch, nahm erneut einen Schluck. Was hatte Sam mit dieser Frau Henning zu tun?

Er fuhr fort: »Ich kannte ihre Tochter. Sie hat ihre Mutter auf Mallorca besucht, Urlaub gemacht, überlegt, hierzubleiben wie du, sie hat mich in meiner Tauchschule kennengelernt«

»Ach ja, deine Tauchschule.« Er hatte sie erwähnt.

»Wir haben uns … Juna und ich waren zusammen.«

Hannah horchte auf. Juna. Ein Stich durchfuhr sie. Sie hatten sich verliebt, wollte er zuerst sagen.

»Als Juna wieder nach Hamburg abgereist ist, habe ich nach ihrer Mutter gesehen, denn sie hatte sich mit meiner Großmutter angefreundet. Bevor meine Großmutter starb, hat sie mich gebeten, mich um Frau Henning, ihre inzwischen beste Freundin, zu kümmern. Ich habe meine Großmutter sehr geliebt und Frau Henning ist ihr sehr ähnlich. Eine sehr gebildete, interessante Dame. Wir haben uns angefreundet, viel über das Leben diskutiert. Es wird zu oft vergessen, wie viel Lebenserfahrung ältere Menschen weiterzugeben haben, wie wichtig es ist, sich dem nicht zu verschließen. Vor allem die Erlebnisse aus dem Zweiten Weltkrieg. Frau Henning ist damals aus Ostpreußen geflohen, wurde im Westen Deutschlands freundlich aufgenommen als Flüchtling.« Sam fuhr sich wieder durchs Haar, wie er es oft tat, registrierte Hannah. »Mir ging es damals nicht gut und … Die Ratschläge der alten Dame haben mir sehr geholfen. Als es ihr dann schlecht ging, habe ich diese Demenz-WG hier auf der Insel für sie gefunden, sie hier angemeldet und hierhergebracht. Mit ihrer Tochter hat sie sich inzwischen komplett zerstritten. Juna leidet darunter – soviel ich weiß –, ändert die Situation aber nicht.«

Er hielt inne, sah Hannah an, als erwarte er eine Reaktion von ihr. Doch Hannah wusste nicht, was sie sagen sollte, zu sehr berührt hatte sie sein Bericht. Zu viele unterschiedliche Gefühle prallten aufeinander. Eifersucht, Mitleid, Liebe. Was für ein wundervoller, selbstloser Mann. Er schien diese Juna sehr geliebt zu haben, wie sehr, das konnte sie an seinem Gesicht ablesen. Und das tat weh.

Was war damals vorgefallen, dass Juna zurück nach Deutschland gegangen war, Sam verlassen, sich mit ihrer Mutter entzweit hatte? Oder hatte er damals Schluss gemacht?

Hannah versuchte, es vorsichtig zu ergründen, aber Sam machte sofort dicht, wollte nichts weiter erzählen, sondern ihr viel lieber den Garten zeigen. Er bat sie aufzustehen, ihm wieder zu folgen, führte sie zu einem Torbogen, an dem Bougainvillea üppig wuchs, diese leuchtend lila-rosa-farbene Ranke, die man so oft auf der Insel bewundern konnte. Hannah wurde ein wenig schwindelig. Was war damals geschehen? Was hatte ihn so verletzt? Konnte er sich deshalb auf keine Beziehung mit ihr einlassen?

Sam blieb stehen, sah sie sehnsüchtig an. »Ich wollte dir das erzählen, damit du mich besser einschätzen kannst. Damit du nicht denkst, ich bin so ein oberflächlicher, verantwortungsloser Typ, der ein Ferienhaus verwaltet und Urlauberinnen abschleppt. Das bin ich nicht. Hannah, du musst mir glauben, das, was in dieser Nacht mit uns geschehen ist, das war etwas ganz Besonderes für mich.«

»Und wieso verhältst du dich dann so?«, entfuhr es ihr aufgebracht.

Sam zuckte leicht zusammen. »Es hat nichts mit dir zu tun, wirklich«, presste er heraus. »Du bedeutest mir sehr, sehr viel. Das wollte ich dir sagen.«

Hannah starrte ihn verblüfft an. Er empfand wirklich etwas für sie. Aber wieso verhielt er sich dann so wankelmütig? Was trieb diesen Menschen an? Wieso bestellte er sie hierher? Nur um sich als Gutmensch darzustellen?

»Sam! Warum ging es dir damals so schlecht? Wieso ist diese Juna nicht mehr hier?«

Seine Augen funkelten, er drehte sich kurz weg von ihr, presste die Lippen aufeinander, schien nach einer Antwort zu suchen. »Bitte, lass mir Zeit.«

Hannah rang mit sich, blieb stark, atmete durch. »Ich weiß noch nicht, ob ich das kann und möchte. Ich gehe jetzt. Lucia braucht meine Hilfe und ich habe auch noch ein Wörtchen mit ihr zu reden.« Sie drehte sich auf dem Absatz um und ging in Richtung Parkplatz davon. Ein Teil von ihr hoffte, dass er ihr nachlaufen, sie in die Arme schließen und küssen würde – aber nichts dergleichen geschah.

14. Kapitel

Greta lag mit Yann in dem frei gewordenen Zimmer im Strandhaus im Bett und kuschelte sich an ihn. Sam hatte sie am Strand abgefangen und ihr den Schlüssel in die Hand gedrückt. »Kostet euch nichts«, hatte er gesagt. Wer konnte da schon Nein sagen. Und Lucia hatte versichert, ihre Hilfe heute nicht mehr zu benötigen.

»Was haben wir für ein Glück mit dem Zimmer. So bin ich weiter ganz nah bei Hannah.« Sie trugen beide noch ihre Klamotten, und Greta konnte sich gerade noch den flapsigen Ausspruch verkneifen, dass sie noch nie mit einem Mann im Bett gelegen hatte, ohne nackt zu sein. Vermutlich hätte Yann das schockiert. Je näher sie ihn kennenlernte, desto klarer wurde ihr, dass er noch nicht viel Erfahrung mit Frauen hatte. Zwei kurze Beziehungen hatte er vor ihr gehabt und nichts dazwischen. »Ich bin also deine dritte Sexpartnerin«, war ihr fassungslos herausgerutscht.

Yann erklärte, dass das in seinem Alter doch normal sei, und Greta hatte ihm ganz schnell beigepflichtet. Schließlich sollte er nicht denken, dass sie eine Schlampe sei. Wie süß, so einen Mann hatte sie noch nie kennengelernt. Deshalb zog er ihr auch nicht gleich das Kleid und die Unterwäsche aus, ließ sich Zeit und auch ihr. »Zuerst müssen sich doch noch mehr Gefühle entwickeln«, hatte er gesagt. Einerseits niedlich, andererseits klang das, als sei er sich seiner Sache noch gar nicht so sicher. Und das, wo Greta merkte, sich bereits Hals über Kopf in Yann verliebt zu haben. Endlich wusste sie wieder, wie sich das anfühlt, wenn Schmetterlinge in ihrem Bauch ihr Unwesen treiben. Warum so viele in ihrem Bekanntenkreis oft herumjammerten, wenn ein Date sich nicht wieder meldete. Greta nahm das Leben leicht, zumindest vermittelte sie das nach außen, und bis zu einem bestimmten Grad traf es auch auf sie zu. Seit der großen Enttäuschung mit dem verheirateten Steffen hatte sie ihre Gefühle gut im Griff gehabt. Bis Yann kam und sie mit seinen blauen Augen so fasziniert angesehen hatte. »Eine Frau wie dich hab ich noch nie kennengelernt«, hatte er gesagt. Greta nahm es als Kompliment, denn sie war stolz darauf, besonders zu sein. Er mochte ihren schrillen Stil, fand es rockig und sexy.

Gretas Kopf lag auf seiner Brust, sie hörte sein Herz pochen. Seine Nähe gab ihr das Gefühl von Vertrauen, ließ sie herunterkommen, sich entspannen. Er schloss gerade die Augen, sie tat es ihm gleich.

Es mussten einige Stunden vergangen sein. Greta kitzelte etwas an der Nase und so musste sie niesen und schlug gleichzeitig die Augen auf. Yanns Haare hatten den Nieser verursacht. Er lag schlafend neben ihr, sah so unschuldig aus, so lieb. Ein Blick auf die Uhr sagte ihr, dass es bereits Abend war. Sie hatten also am helllichten Tag so lange geschlafen? Und das, wo sie sich kaum kannten, eigentlich heiß aufeinander sein müssten und eher kein Auge zutun sollten. Greta bekam ein seltsames Gefühl in der Magengegend. Was, wenn sie sich ineinander verliebt hatten, es aber keinerlei sexuelle Anziehung gab? Eine Liebe wie bei Brüderchen und Schwesterchen? Schockiert setzte sich

Greta auf. Tatsächlich hatte auch sie keine Lust gehabt, mit ihm zu schlafen. Und verspürte sie auch jetzt nicht. Sie schlich sich möglichst leise aus dem Zimmer, ging ins Bad. Dort betrachtete sie sich im Spiegel. Die vierzig sah man ihrer Haut zweifelsohne an. Zu viel hatte sie in ihrer Jugend geraucht, zu oft ohne Sonnenschutz in der Sonne gelegen. Und etwa zu viel gelacht? Das bestimmt nicht, sie mochte ihre feinen Lachfältchen und er offenbar auch. Ach, was sollte es schon. Die perfekte Liebe gab es nicht auf Dauer, egal, wohin man sah. Hannah und Sam schienen Gefühle füreinander zu haben, aber glücklich wirkten beide nicht, und Lucia hatte mit dem Vater ihres Kindes ganz offenbar auch kein Händchen gehabt. Greta beschloss, Yann und sich eine Chance zu geben. Wenn etwas nicht ganz optimal anfing, konnte es doch nur besser werden. Sie stieg in die Dusche, machte sich frisch und zog anschließend eines ihrer Kleider an, die für den Abend gedacht waren. Ein wenig Parfum, dezentes Make-up, und so weckte sie Yann mit einem Kuss auf den Mund.

»Hey.« Sie lächelte ihn an, setzte sich zu ihm auf die Bettkante. »Na, du Murmeltier.«

»Oh, wow, du siehst toll aus.« Er rappelte sich auf. »Wie lange hab ich denn geschlafen?«

»Keine Ahnung. Ein paar Stunden waren es. Hast du Lust, essen zu gehen? Den Strand entlang gibt es ein kleines Fischrestaurant.«

»Ich mag keinen Fisch.«

»Du magst keinen Fisch?«

»Nicht mal Fischstäbchen. Gibt es irgendwo auch ein Burgerrestaurant?«

Etwas enttäuscht sah Greta ihn an. Sie hatte sich das so romantisch vorgestellt. Aber was sollte es, Burger schmeckten ihr auch. »Das finden wir raus.«

Er zog sie lächelnd zu sich und küsste sie. Und seine Lippen schmeckten so gut, dass sie alles andere vergaß. Aber dann hielt er inne. »Komm, ich sterbe vor Hunger.«

Irritiert stand sie auf.

»Okay, dann versuchen wir deinen plötzlichen Tod zu verhindern.«

* * *

Der einzige Burgerladen im Ort glich einem Imbiss und lag nicht am Meer. Aber Yann hatte sich nicht davon abbringen lassen, hier etwas zu essen, und Greta, die aus ihren früheren konfusen Beziehungen eines gelernt hatte, nämlich dass man durchaus den ein oder anderen Kompromiss eingehen musste – manchmal zumindest –, hatte eingewilligt. Burger auf Mallorca zu essen, was gab es Perverseres. Greta hatte die deutschen Touristen noch nie verstanden, die im Urlaub auf ihrem Wiener Schnitzel bestanden. Die landestypische Küche – gerade auf Mallorca – war doch um so vieles interessanter. Greta liebte es zu kochen, was man an ihren ein wenig zu runden Kurven sah, was sie aber durch modische Kleidung geschickt kaschierte. Eigentlich hatte sie vor, für Yann in Berlin auch mal zu kochen. Aber wenn er so gar nicht auf frisches Gemüse oder Fisch stand, würde es schwierig werden. Greta aß wenig Fleisch, die Tiere taten ihr leid, und wenn doch, dann musste es Bio sein. Sie biss herzhaft in ihren Gemüseburger und beobachtete Yann, der seine Pommes genoss. Er hatte Grübchen und ein verdammt süßes Lächeln.

»Hey, was denkst du?«

»Nicht jugendfrei«, neckte sie ihn.

Röte schoss in sein Gesicht.

»Nein, Spaß«, beschwichtigte sie schnell. »Was machen wir denn gleich? Am Strand entlangbummeln? Der Sonne entgegen?«

Diese ging bereits unter und tauchte den Himmel in ein fantastisches Licht.

Yann überlegte. »Gibt es hier keine Bars?«

»Doch, klar. Aber wir können ja erst an den Strand und ein wenig am Meer entlanglaufen und dann in die Bar, okay?«

»Okay.«

Yann und Greta standen auf und gingen Arm in Arm in Richtung Meer. Kurz zuckte Greta zusammen, als ihr eine Spanierin entgegenkam, die sie an diese Modelagentin erinnerte. Zum Glück hatte sie die Frau seit einiger Zeit nicht mehr gesehen, aber die Sorge, doch noch für ihren Robin-Hood-Einsatz und den Diebstahl, der es ja letzten Endes war, belangt zu werden, saß ihr im Genick.

Aber die Spaziergängerin sah beim Näherkommen viel älter aus. Greta atmete erleichtert durch.

Dann schweiften ihre Gedanken zu Hannah, wo diese wohl steckte? Sie hatte Greta eine WhatsApp geschrieben, dass sie für Lucia etwas erledigen sollte, aber seitdem hatte sie nichts mehr von ihr gehört. Greta fischte ihr Handy heraus und schrieb ihr eine Nachricht.

»Du und deine Freundin, ihr seid wohl ganz dicke, was?«, fragte Yann.

»Ja, das sind wir. Aber mach dir keine Sorgen, Hannah findet dich sympathisch, das hab ich ihr angesehen.«

»Ach so«, er lachte, »stimmt, wenn die Freundin einen nicht mag, hat Mann verloren, richtig?«

»Ganz genau.« Greta küsste ihn von der Seite, lächelte und schmiegte sich an ihn. So anschmiegsam wie eine Katze kannte sie sich gar nicht. Sie, die sich nie festlegen wollte, sie, die Frau mit Beziehungsangst.

Da ertönte ihr Handy, eine Nachricht von Hannah: »Lucia hat mich zu Sam geschickt. Erzähl ich dir später. Bin wieder im Café. Und du?«, schrieb sie.

Greta antwortete, tippte schnell: »Ups. Bin gespannt. Ich bin mit Yann am Meer. Küsschen«, schrieb sie zurück. Und dann noch: »Haben von Sam eigenes Zimmer neben deinem gekriegt.«

»Schön. Werde dein Schnarchen vermissen, Smiley«, antwortete Hannah.

»Können wir jetzt in die Bar? Einen Mai Tai trinken?«, fragte Yann. Dabei waren sie gerade mal ein paar Minuten im Sand gegangen. Greta bohrte ihre Zehen in den Sand. Der fühlte sich warm an. Jetzt war es aber genug mit Kompromissen. »Noch nicht, ich finde es traumhaft hier. Ich will noch bleiben. Komm.« Sie zog ihn an der Hand weiter. Und sie beschloss, Kompromisse gut und schön, aber sie wollte in einer Beziehung sie selbst bleiben. Entweder Yann mochte sie so, wie sie war, oder eben nicht. Die Greta, die gern mal auf Krawall gebürstet war, meldete sich wieder. Die Greta, die früher sogar Pippi Langstrumpf genannt wurde, weil sie nie angepasst lebte, ihren eigenen Kopf hatte, bunt und verrückt herumlief. Deshalb mochte sie sich auch selbst immer ganz gut leiden. Und das sollte auch so bleiben.

* * *

Die Sterne glitzerten am Firmament, als Hannah müde mit ihrem Mietwagen vom Café zum Strandhaus zurückfuhr und ihren Wagen auf dem Parkplatz abstellte. Sams Jeep stand da nicht, registrierte sie sofort. Er war also noch unterwegs. Um diese Zeit? Hannah stieg aus. Sie hatte Lucia zur Rede gestellt, und diese hatte sich entschuldigt, Hannah in Sams Arme gelockt zu haben. Aber sie habe es nur gut gemeint, hatte sie versichert. Sie sehe doch, dass Hannah und Sam zusammengehören und viel füreinander empfinden, hatte sie sich verteidigt. »Aber das alleine reicht nicht immer«, konterte Hannah wütend. »Sam ist einfach nicht offen für eine Beziehung, warum auch immer, und ich bestimmt auch nicht so kurz nach Constantin. Wenn ich überhaupt beziehungsfähig bin.«

»Unsinn, Constantin hast du nie richtig geliebt, und natürlich bist du das.« Lucia sah Hannah herausfordernd an und Hannah musste insgeheim zugeben, dass sie recht hatte, dass sie für Constantin nie das empfunden hatte wie in dieser kurzen Zeit für Sam. Plötzlich schien die Zeit mit Constantin seltsam unwichtig zu werden, zu verblassen wie ein altes Foto in einem Fotoalbum. Sie hatten guten Sex zusammen gehabt, aber tiefe Gefühle hegten vermutlich beide nicht für den anderen. Erzwingen konnte man so etwas nicht.

Hannah stieg aus dem Wagen, ging auf das Strandhaus zu, das, von Lampions erleuchtet, wunderschön strahlte. Der Kies knirschte unter ihren Turnschuhen. Ein paar Gäste saßen bei Kerzenlicht auf der Veranda, tranken Wein und unterhielten sich angeheitert. Sam saß nicht dabei, das sah Hannah sofort. Wo steckte er nur? Womöglich immer noch bei Frau Henning? Plötzlich durchfuhr sie ein Gedanke: Oder war ihre Tochter, Sams frühere große Liebe, nach Mallorca gekommen? War diese seltsame Frau, von der Greta dachte, sie sei die Modelagentin, etwa Juna auf Hannahs Fersen? War es Sams Ex, die Hannah beobachtete und nicht Greta? Nein, ganz offensichtlich ging ihre Fantasie mal wieder komplett mit ihr durch. »Du bildest dir manchmal Sachen ein, das ist wirklich faszinierend«, hatte ihre Mutter einmal zu ihr gesagt.

Schnellen Schrittes trat Hannah ins Haus, machte einen Abstecher in die Wohnküche, um sich eine Flasche Mineralwasser zu holen. Es prickelte in ihrem Mund, löschte ihren Durst aber nicht. Wo blieb Sam um diese Uhrzeit? Wie er ihr kürzlich gesagt hatte, ging er nie in Bars oder Restaurants, früher einmal, aber schon lange nicht mehr. Natürlich, er saß wie jeden Abend am Meer! Hannah überlegte, ob sie zu ihm gehen sollte. Aber wieso stand sein Jeep nicht hier? War ihm vielleicht etwas zugestoßen? Hannah stellte die Flasche in den Kühlschrank zurück, holte sich eine Taschenlampe, die immer auf dem Schränkchen in der Wohnküche stand, und machte sich auf, an den nächtlichen Strand.

Wieder erklang diese warnende Stimme in ihr: Alleine sollte man als Frau nicht an menschenleere Strände gehen. Aber da Sam vermutlich dort auf seinem Boot saß, wie immer, schien das Risiko gering.

Tatsächlich befand sich keine Menschenseele am Strand. Hannah knipste die Taschenlampe an. Heute sah man nicht so viele Sterne am Himmel, ein paar Wolken verdeckten die Sicht. Tapfer ging sie in Richtung des umgekippten Bootes, auf dem Sam immer saß. Aber schon von Weitem konnte sie erkennen, dass niemand darauf saß.

Wo war dieser Kerl? Etwas in ihr vermisste ihn, hatte sich auf ihn hier am Strand gefreut. Hannah entfuhr ein tiefer Seufzer. Plötzlich sah sie von Weitem einen Mann am Meer entlang auf sie zukommen. Der Statur nach handelte es sich nicht um Sam. Hannah sah sich unwohl um. Immer noch keine andere Menschenseele weit und breit. Sie trat schnell den Rückweg an, ging immer schneller und schneller und kam außer Atem am Strandhaus an. Die angetrunkenen Gäste auf der Terrasse johlten, vermutlich hätten sie Hilfeschreie nicht gehört.

Hannah trat rasch ins Haus, schloss die Tür hinter sich, lehnte sich daran. Was sollte sie jetzt tun? Sam konnte überall sein. Er war ein erwachsener Mann, vielleicht verbrachte er die Nacht ja auch bei einer Frau, von der sie nichts wusste. Genau, vielleicht war eine andere Frau das Problem, warum er sich so von ihr distanzierte. Wieso hatte sie nicht gleich daran gedacht? Ein Mann wie er.

Hannah spürte einen Stich, ging in ihr Zimmer, aus dem Greta natürlich schon ihre Sachen geräumt hatte, wie sie jetzt sah. Erschöpft und mit immer noch erhöhtem Puls ließ sie sich auf ihr Bett sinken. Dann stand sie wieder auf, ging ins Bad, wusch sich das Gesicht, putzte ihre Zähne, zog sich ihr Schlaf-T-Shirt an und legte sich ins Bett. Greta fehlte ihr. Eigentlich war es superschön gewesen, mit der besten Freundin in einem Bett zu schlafen. Aber sie wünschte ihr und Yann nur das Allerbeste. Hannah spürte, wie ihre Augenlider immer schwerer wurden. Hoffentlich war Sam nichts zugestoßen.

* * *

Schweißgebadet wachte sie auf. Die ersten Vögel fingen gerade zu zwitschern an, die Sonne war noch nicht aufgegangen. Sechs Uhr. Hannah stand auf, sah aus dem Fenster, von dem aus man den Parkplatz im Licht der Solarlampen überblicken konnte. Sams Jeep stand nicht da. Okay, entweder er schlief in den Armen einer schönen Frau oder seiner Ex oder er hatte einen Autounfall oder Ähnliches gehabt. Er würde sein Strandhaus in der Hauptsaison nicht so lange alleine lassen, das sah ihm, so wie sie ihn bisher kennengelernt hatte, einfach nicht ähnlich. Hannah zog sich rasch ein paar Klamotten über, ging leise im Dunkeln hinaus zu ihrem Mietwagen. Sie wollte den Weg abfahren, den sie zu Frau Henning und den anderen alten Leuten genommen hatte. Vielleicht hatte Sam nach Hause fahren wollen, eine Panne gehabt und … Unsinn, schalt sie sich innerlich selbst. Er hat ein Handy, er steht ganz sicher nicht mehr am Wegesrand. Und dennoch fuhr sie weiter, weil sie nichts tun konnte als das. Hannah wollte sich nie wieder ohnmächtig fühlen, so ohnmächtig wie nach dem Tod ihrer Eltern, das hatte sie sich damals geschworen.

Zum Glück hatte das Navi die Adresse des alten Gehöfts gespeichert. Endlich kam Hannah dort an, wurde sich aber gewahr, dass das Motorengeräusch und das Licht des Wagens die alten Leute wecken könnten. Sie hielt an, schaltete die Scheinwerfer aus. Was tat sie hier? Sams Jeep stand auch hier nicht. Hannah fühlte sich, als schlafwandelte sie, ein wenig wie in Trance. Wieder startete sie den Wagen und fuhr den Weg im Morgengrauen zurück.

Ein paar Nachtschwärmer kamen ihr ebenfalls in einem Mietwagen mit laut dudelnder Musik entgegen und hupten. Hannah schreckte auf. Der Schein des entgegenkommenden Autos erhellte für einen Moment eine Parkbucht und da sah sie ihn. Sams Jeep! Hannah stieg auf die Bremse, ein Glück, dass keiner hinter ihr fuhr. Sie bog in die Parkbucht ein, stieg eilig aus und ging zum Wagen. Sam saß nicht darin, auf dem Rücksitz stand ein Korb voller Einkäufe. Frische Milch, Käse, alles verderbliche Ware. Seltsam. Wo war Sam?

Hannah sah sich um, ein kleiner Pfad führte zu einem Feld voller Orangenbäume. Erst jetzt registrierte Hannah, dass sie sich am Fuß von Sams Orangenhain befand. Sie hatte die Orientierung komplett verloren gehabt, so im Halbdunkeln. Auch gestern hatte sie nicht gemerkt, dass der Weg hier vorbeiführte, zu sehr hatte sie sich auf die Anweisungen des Navis und den Verkehr konzentriert.

Zum Glück hatte Hannah die Taschenlampe mitgenommen. Sie fürchtete sich zwar etwas, ging aber weiter, um nach Sam zu suchen. »Sam?«, rief sie dabei, aber außer einem Käuzchen antwortete ihr keiner. Immer wieder »Sam« rufend, ging sie weiter, umhüllt von dem herrlichen Duft der Orangenblüten.

Sie stolperte über eine Wurzel, fiel hin, rappelte sich auf, hörte ein Rascheln an einem Orangenbäumchen.

»Hannah?« Seine Stimme klang belegt, zutiefst verwundert, erleichtert. »Was machst du denn hier so früh am Morgen?«

»Und du? Ich habe dich gesucht.«

Sie leuchtete ihm ins Gesicht, er hielt sich die Hand vor die Augen, da sie ihn blendete. »Entschuldigung.« Schnell senkte sie die Taschenlampe. »Geht es dir gut? Bist du verletzt?«

»Ich fürchte, ja. So etwas ist mir noch nie passiert.« Er sah sie beeindruckt an und fügte hinzu: »Dass eine Frau mich um diese Tageszeit in der Pampa sucht und findet.« Er lächelte.

Hannah lachte auf, all die Sorge fiel von ihr ab. »Ich bin eben nicht wie viele andere. Was manchmal verheerend ist. Aber in dem Fall ist es wohl gut.« Die ganze Situation um Sams Verschwinden hatte sie zu sehr an die Sorge um ihre Eltern erinnert. Auch damals hatte sie gespürt, dass etwas passiert sein musste.

»Zum Glück bist du etwas Besonderes«, flüsterte er, räusperte sich. »Mein Bein, ich bin abgerutscht und im lose herumliegenden Draht des alten Zauns zum Nachbargrundstück hängen geblieben.«

Erschrocken leuchtete Hannah hin. Jetzt erst sah sie den Stacheldraht, der sich irgendwie um seinen Unterschenkel gewickelt hatte und zum Teil in seiner Wade feststeckte. »O nein!«, schrie sie auf.

»Sieht schlimmer aus, als es ist.« Er bewegte leicht sein Bein, wie um ihr zu zeigen, wie harmlos es war, doch sofort verzog er das Gesicht vor Schmerz.

»Es ist schlimm! Mein Gott, was machen wir denn jetzt? Ich rufe den Notarzt.«

»Mein Akku war alle. Aber bevor du jetzt alle aufscheuchst, hilf mir doch bitte, den Stacheldraht etwas zu entwirren und vom Bein zu ziehen. Dann muss keiner kommen.«

»Was? Auf keinen Fall.«

»Doch, Hannah, du schaffst das. Bitte. Ich habe jetzt keine Lust auf den Stress mit Notarztwagen.«

Wie tapfer er war. Hannah schüttelte den Kopf. »Die Stacheln haben sich tief in dein Bein gebohrt, das muss unbedingt verarztet werden.«

»In meinem Jeep hab ich ein Notfallset. Da ist alles drin, was ich danach brauche. Aber erst mal muss dieser Draht weg. Ich fühl mich wie ein Kaninchen in einer Falle.«

Hannah atmete durch.

»Bitte. Du bist stark, das weiß ich.«

»Ich auch«, konterte sie schwach lächelnd. »Na gut. Du sagst aber sofort stopp, wenn ich aufhören soll.«

»In Ordnung. Hast du zufällig Whisky dabei?«

»Zufällig nicht.«

»Oder ein Stück Holz zum Draufbeißen?« Er lächelte.

Wie konnte er jetzt noch lächeln. Mit diesen Stacheln in seinem Bein!

Hannah sah sich um. »Willst du wirklich ein Holz?«

»Nein.« Er lächelt. »Ich meditiere, dann spüre ich weniger. Warte einen Moment.«

Er schloss tatsächlich die Augen, konzentrierte sich und Hannah wartete. Dann nickte er leicht, gab ihr ein Zeichen und Hannah kniete sich zu ihm. Das Bein hatte sich wirklich äußerst ungünstig im Stacheldraht verheddert, der tief in die Wade einschnitt. Hannah biss sich auf die Unterlippe, wollte Sam durch eine Ungeschicklichkeit nicht noch mehr wehtun. Dann fasste sie den Draht mit aller Vorsicht an, und es gelang ihr, das Schlingengewirr zu weiten und die Stacheln dabei behutsam aus dem Bein zu entfernen. Sams Lippen zuckten ganz leicht, aber er hielt still. Blut lief ihm aus mehreren kleinen Schnitten und einer großen Wunde die Wade hinab, aber die Drahtschlinge ließ sich zum Glück, ohne weiteren Schaden anzurichten, über den Fuß ziehen, und nach ein paar schrecklichen Sekunden konnte sie die heimtückische Falle beiseitelegen.

»Geschafft, es ist vorbei.«

Sam hatte die ganze Zeit ruhig gehalten, dabei musste er schreckliche Schmerzen gehabt haben.

»Danke! Und jetzt hol schnell den Notfallkoffer aus meinem Auto.« Er hielt ihr die Jeepschlüssel hin. Wieso hatte sie das nicht vorher gemacht, schalt sie sich innerlich, nahm den Schlüssel und rannte los.

Als sie damit zurückkam, saß er da und inspizierte seine Wunde.

»Da ist alles.« Sie öffnete den kleinen Koffer, holte ein Desinfektionsspray und eine sterile Kompresse heraus.

»Es sieht schlimmer aus, als es ist«, sagte er ruhig.

»Du bist wohl ein Indianer«, scherzte sie. Fürsorglich besprühte sie die Wunde, legte die Kompresse darauf und umwickelte seine Wade mit einer Mullbinde. Sam, der sie aufmerksam beobachtet hatte, hielt nun ihre Hand fest, sah ihr ernst in die Augen.

»Hannah, ich möchte dir alles erklären.«

Verblüfft nickte sie nur. Er bedeutete ihr, sich zu ihm zu setzen. Bevor sie sich niederließ, pflückte sie noch eine reife Orange von einem Ast über ihnen. Inzwischen war die Sonne aufgegangen, auch das registrierte Hannah jetzt erst.

Hannah schälte die Orange und reichte ihm die Hälfte der Frucht. Er nahm sie dankend, begann zu erzählen.

»Ich wollte mich nie auf eine Beziehung mit einer Touristin einlassen, weil es keine Zukunft hat, weil der Schmerz programmiert ist. Aber Juna hat es geschafft, all meine Vorsätze über Bord zu werfen. Sie hatte schließlich eine Mutter, die auf Mallorca lebte, und sagte, dass sie sich gut vorstellen könne hierherzuziehen.«

Wie ich, dachte Hannah, und mit einem Mal wurde ihr klar, dass ihn das daran erinnert haben musste.

»Ich hatte damals eine eigene Tauchschule, im Nordwesten der Insel. Sie lief gut, es machte mir großen Spaß, ich liebe die Unterwasserwelt der Balearen. Bist du schon einmal getaucht?«

»Nein, nur geschnorchelt.«

Er nickte, fuhr dann fort: »Das Strandhaus gab es damals nicht als Gästehaus, es war das Haus meiner Großeltern. Meine Tauchschule, damit hatte ich mir einen Traum erfüllt. Juna absolvierte einen Tauchkurs bei mir. Sie wollte nur mich als Tauchlehrer, stellte sich etwas ungeschickt an, aber ich dachte, das sei Koketterie. Die ganze Technik machte ihr Angst. Auch vor der Dekompressionskrankheit hatte sie Angst.«

»Was ist das?«

»Das lernt man, wenn man den Tauchschein absolviert. Wenn man zu rasch aus der Tiefe auftaucht, kann der Stickstoff nicht schnell genug wieder abgebaut werden. Dadurch kann es zur Bläschenbildung im Blut kommen, ähnlich wie wenn du eine Sprudelflasche öffnest. Im schlimmsten Fall kann es ein Barotrauma geben, dann geht die Lunge auf wie ein Luftballon und kollabiert. Das wird so in den Lehrbüchern beschrieben und Juna hatte immer dieses Bild vor Augen. Sie hat viel Fantasie, wie du, sie ist Schauspielerin.«

»Verstehe.« Schauspielerin. Bestimmt eine sehr interessante, extrovertierte Frau.

Sam tat sich schwer weiterzuerzählen. »Ja, und dann hat sie erneut einen Tauchgang gemacht, mit mir als Buddy, also als Tauchpartner. Sie meinte im Nachhinein, ich sei ihr zu weit vorgetaucht. Was ich nie tue, aber sie hatte kein Gefühl von Sicherheit mehr.«

Hannah ließ ihn reden. Eine Ameise krabbelte über ihre Beine, hielt in der Sonne inne. Ameise müsste man sein.

»Juna hat Panik bekommen, als wir unten waren, hat gedacht, ihre Sauerstoffflasche ist zu leer, dabei war noch genug drin. Sie hat sich hochtrudeln lassen, was man nicht tun soll.«

Er atmete durch. »Und sie hat nicht genug getrunken an dem Tag. Oben hat sie nach einer gewissen Zeit ein Kribbeln in den Fingerspitzen gefühlt, ein untrügliches Zeichen für die Dekokrankheit, also diese sogenannte Taucherkrankheit. Ich hab ihr gesagt, dass sie sofort in die nächste Dekokammer, also Überdruckkammer, muss, aber sie hat nur gelacht und gesagt, ich übertreibe maßlos. Es war ihr peinlich, dass sie Panik bekommen hat, dabei muss das niemandem peinlich sein. Sie hat einfach nicht auf mich gehört, wollte nicht einmal Sauerstoff, wir haben uns sehr gestritten.«

»Aber du hattest recht?«

Fast unmerklich nickte er, starrte vor sich hin, zupfte einen Grashalm ab und drehte ihn in den Fingern. Dann redete er so leise, dass Hannah ihn fast nicht verstehen konnte. »Sie hat nach ein paar Tagen halbseitige Lähmungserscheinungen und Schmerzen bekommen, ist dann in Palma in eine Druckkammer gegangen. Auch ihr Gehör hat sich verschlechtert. Sie wollte mich partout nicht dabeihaben, ist ausgeflippt.«

»O je. Und konnte man ihr helfen?«

»Nach mehreren Behandlungen in der Dekokammer in Berlin wurden die Lähmungen etwas besser. Ganz verschwunden sind sie nicht, vor allem die Schmerzen in der linken Körperhälfte nicht. Dann hatte sie noch Hör- und Gleichgewichtsstörungen. Nun, die Schmerzen in der linken Körperhälfte spürt sie noch heute.«

»O weh. Ich wusste gar nicht, dass das beim Tauchen passieren kann.«

»Wenn man alles befolgt, was man gelernt hat, nicht. Aber zu schnell auftauchen darf man eben nicht. Viele Leute nehmen Tauchgänge im Urlaub viel zu leicht. Das ist ziemlich unverantwortlich, vor allem von den Anbietern dieser Schnuppertauchgänge, die die Touristen mit achtzehnjährigen

Tauchlehrern runterschicken. Ich habe meine Tauchschule aufgegeben, es hat mich alles zu sehr an sie erinnert.«

Er hatte sie sehr geliebt, das spürte Hannah und ein Kloß im Hals erschwerte ihr plötzlich das Schlucken. Die Ameise setzte ihren Weg fort. Hannah schob sie von ihrem Bein.

»Und seitdem machst du dir Vorwürfe, gibst dir eine Mitschuld?« Sie klang wütend, denn ihrer Meinung nach hatte er nichts falsch gemacht, wenn seine Schilderung so stimmte, wovon sie ausging.

Er atmete durch. »Natürlich. Sie war sehr unsicher unter Wasser, hat das gut überspielt. Ich hätte es merken müssen.«

»Sie ist Schauspielerin, hast du gesagt.«

»Ja.«

»Macht sie dir Vorwürfe?« Hannah klang jetzt streng, fast wie eine Lehrerin, das merkte sie selbst.

Sam zögerte, nickte dann. »Dass ich zu weit vorgetaucht bin, weil dort ein interessanter Fisch geschwommen ist, behauptet sie. Ich habe es so nicht empfunden. Ich lasse meine Tauchpartner nie alleine.«

»Dann musst du dir doch auch keine Vorwürfe machen.«

Er zuckte mit den Schultern. »Wenn ich sie schneller hätte überreden können, in eine Dekokammer zu gehen, ginge es ihr heute vielleicht besser.«

»Wenn, vielleicht … Sie hatte es selbst nicht gewollt, selbst so entschieden. Sie ist erwachsen und für sich verantwortlich.«

Sam sah Hannah traurig an. »Sie ist dann abgereist nach Deutschland und nie wiedergekommen. Hat den Kontakt mit mir abgebrochen und den mit ihrer Mutter auch. Weil Frau Henning auf meiner Seite war, weil sie wütend auf ihre Tochter war, dass sie mir diese Vorwürfe machte, und auch weil sie sich so vehement gegen eine Behandlung gewehrt hatte. Frau Henning war damals wie eine Großmutter zu mir. Hat mir Pfannkuchen gebacken, sich um mich gekümmert. Und heute kümmere ich mich um sie. Auch weil sie wegen dieser Sache keine Tochter mehr hat.« Er räusperte sich. »Später hat mir Frau Henning gestanden, dass Juna von mir schwanger war, das Kind nach dem Tauchunfall nicht wollte. Sie hätte schwanger auch gar nicht in eine Dekokammer dürfen. Aber sie wusste es da noch nicht. Juna hat es mir selbst nie erzählt. Und ihrer Mutter strikt verboten, es mir zu sagen.«

»O nein, das tut mir so leid.« Fassungslos hatte Hannah ihm zugehört und sie verstand ihn jetzt sehr gut. Der Verlust des Kindes musste sehr schwer für ihn gewesen sein. Die ganze Zeit danach. Und vermutlich hatte Hannah als Deutsche, die überlegte, auf diese Insel zu ziehen, ihn sehr an das alles erinnert. Voller Mitleid sah sie ihn an.

»Und Frau Henning hat Juna auch nicht in Deutschland besucht?«

»Doch. Aber Juna hat sie nicht bei sich schlafen lassen, war wohl ziemlich unfreundlich zu ihr, weil sie durch meine Anrufe wusste, dass ihre Mutter mir schließlich doch von unserem Kind erzählt hat. Ich vermute, dass es noch andere Verletzungen von früher gab. Jedenfalls habe ich gemerkt, dass Juna nicht der Mensch ist, den ich in ihr gesehen habe. Das hat mir zumindest dabei geholfen, mich zu entlieben.«

Hannahs Herz klopfte so laut, dass sie fürchtete, er könne es hören. Er liebte sie nicht mehr, und das verstand sie gut. Was für eine anstrengende Frau. Wobei Hannah ja nicht wusste, was diese Juna sonst schon erlebt hatte. »Man darf einen Menschen nicht für seine Taten und Handlungen verurteilen, wenn man seine Geschichte nicht kennt.« Diesen Satz hatte ihr kurz vor seinem Tod ihr Vater gesagt und er hatte dabei sehr ernst gewirkt. Für einen Moment dachte sie damals, er wollte ihr etwas sagen, aber dann hatte er abgebrochen und das Thema gewechselt. Wie er es gerne tat.

Ein Frosch hüpfte plötzlich aus dem Gras, landete direkt vor Hannahs Füßen. »Huch, wo kommt der denn her?«

»Hier in der Nähe ist ein Teich.« Er lächelte Hannah an. Die Sonne stand jetzt noch höher. »Jetzt hast du meinetwegen viel zu kurz geschlafen.«

»Nicht schlimm.« Und sie dachte: Dafür weiß ich jetzt endlich, was ihn quält.

Sams Miene wurde wieder ernst. »Ich wollte mich nie wieder auf eine Touristin einlassen, die nur kurz auf der Insel ist – und dann kamst du.«

»Ich kann dir auch nicht versprechen, dass ich bleibe«, rutschte es ihr heraus. Was sagte sie da? Aber sie wollte ihre Entscheidung nicht von ihm abhängig machen. Nicht von einem Mann. Wollte dies klarstellen, sofort.

»Ich weiß. Und ich mag keine Winter in Deutschland.«

»Ich auch nicht.« Sie lächelten sich an. Ihre Köpfe näherten sich. Hannahs Herz schlug so schnell, als müsse es rennen.

»Wer mag die schon«, flüsterte er. Dann hielt er inne, zog seinen Kopf abrupt zurück, stand auf. Dabei schmerzte offenbar sein Bein, er verzog kurz das Gesicht.

»Geht es?« Natürlich, dieser Mann würde sich immer wieder zurückziehen. Auch Hannah stand ernüchtert auf.

»Ja, klar. Ich brauch jetzt einen starken Kaffee und muss mich um die Feriengäste kümmern, die gleich ankommen.« Sam humpelte in die Richtung, in der sein Jeep stand.

»Was machen wir denn jetzt mit zwei Wagen? Du kannst doch nicht fahren.«

»Natürlich kann ich fahren.«

»Sam! Du bist ziemlich heftig verletzt.«

»Ach was. Das geht schon.«

»Sam! Dein rechtes Bein ist verletzt und tut bei jeder Bewegung weh, das sehe ich dir doch an.«

Er hielt inne, atmete aus. »Ich kann fahren.« Er zögerte. »Wenn du unbedingt willst, kannst du hinter mir herfahren, falls es doch nicht geht.«

»Sturer Hund«, flüsterte sie mehr zu sich selbst, ging an ihm vorbei zu ihrem Auto.

Sam humpelte zu seinem Jeep, biss sich offensichtlich auf die Zähne, warf ihr einen kurzen, ernsten Blick zu und startete dann seinen Wagen.

15. Kapitel

An diesem Morgen schien die Frühlingssonne besonders bezaubernd auf Lucias Café, die weißen Sonnenschirme strahlten im Licht. Greta und Yann setzten sich an einen kleinen Tisch, Greta sah sich unwillkürlich um, ob die Luft rein war. So musste sich ein Verbrecher auf der Flucht fühlen. Ein Leben in Angst, stets auf der Hut. Sie bedauerte inzwischen allein deshalb, das Geld genommen zu haben. Zum Glück sah sie keine Modelagentin weit und breit. Ganz bestimmt hatte diese auch Besseres zu tun, als ihren Prozenten so lange nachzulaufen. Vielleicht hatte sie ja aufgegeben und genoss ihre Finca auf Mallorca, so hoffte Greta.

Sie reichte Yann die Karte und beobachtete ihn, während er sie studierte. Um seine Augen herum konnte sie kein einziges Fältchen entdecken. Kein Wunder, in dem Alter hatten sich auch bei ihr noch keine gebildet. Sie hatten heute Nacht tatsächlich miteinander geschlafen, aber es war sehr anders gewesen als mit anderen Männern zuvor. Greta konnte noch nicht einmal sagen, ob besser oder schlechter, auf jeden Fall gut. Wo auf der Skala von ein bis zehn?, würde Hannah wissen wollen. Greta schmunzelte innerlich. Erneut fragte sie sich, warum die Freundin heute so lange schlief. Sie hatte kurz in ihr Zimmer gelinst, aber Hannah lag im Tiefschlaf in ihrem

Bett, seltsamerweise angezogen. Auf diese Geschichte war Greta schon jetzt gespannt.

»Ich nehm das Frühstück mit Rührei und Speck.«

Warum wunderte Greta das nicht? Sie entschied sich für das Obstfrühstück und ging zu Lucia hinein, um es ihr zu sagen und ihr anzubieten, bei der Zubereitung zu helfen.

Lucia lächelte ihr entgegen. »Na, wie läuft es mit Yann?«

Greta musste unwillkürlich grinsen. »Also heute lief so einiges«, scherzte sie übertrieben.

»So genau will ich es gar nicht wissen. Und verknallt?«

Greta hielt inne, überlegte. »Schon. Aber was das alles wird, keine Ahnung.«

»Das weiß man doch nie.«

»Da hast du auch wieder recht. Also Yann möchte das Rührei mit Speck und ich nehme das Obstfrühstück und natürlich zwei Kaffee dazu. Und ich helfe dir.«

»Brauchst du nicht. Mein Kreislauf ist heute früh super, genieß du deinen jungen Mann. Ich bring euch gleich alles.«

Da war er schon, der erste Kommentar. Greta überging das. »Wirklich?«

»Wirklich. Wo ist denn eigentlich Hannah?«

»Die schläft noch. In Klamotten wohlgemerkt.«

»Aha. Wieso das?«

»Keine Ahnung, das werden wir noch erfahren.«

Greta ging zu Yann, der jetzt seine Sonnenbrille trug und das Gesicht in die Sonne hielt. Greta wollte schon ansetzen, ob er sich eingecremt habe und dass er mit zu viel Sonne Falten und Hautkrebs riskiere, aber dann kam sie sich vor wie seine Mutter, biss sich auf die Zunge und setzte sich zu ihm, sodass sie im Schatten saß.

»Lucia will sich nicht helfen lassen.«

»Macht doch nichts«, brummelte er nur und sonnte sich weiter.

Machte schon etwas, dachte Greta, schließlich war Lucia schwanger und sollte sich nicht überarbeiten. Das kleine Café war gut besucht, Lucia hatte sicher alle Hände voll zu tun. Ob sie sich wohl für das Kind entscheiden würde?

Fast bekam Greta ein schlechtes Gewissen, dass sie und Yann auch noch zwei so aufwendige Frühstücke bestellt hatten. Aber sie hatte ja auch ihre Hilfe angeboten. Menschen, die Hilfe nicht annehmen, kann man nicht helfen.

Greta genoss den Ausblick auf den Strand, die im Sand spielenden Kinder, das Meer.

Da plötzlich sah sie am Strand die mysteriöse Frau mit dem Dutt und der Blume im Haar. Ihre Blicke begegneten sich.

Greta sprang auf, stieß dabei fast den Tisch um, die kleine Vase mit der Blume darin schepperte zu Boden.

»Hey, was machst du denn?«, rief Yann.

Aber Greta rannte schon los, ohne ihm zu antworten. Er würde es ja doch nicht verstehen.

Die Frau sah, dass Greta auf sie zurannte, schien irritiert zu überlegen, ob sie gemeint war, blieb etwas angespannt stehen.

Greta hielt außer Atem vor ihr an. »Hallo.« Sie wollte nicht mehr fliehen, musste es klären, sich entschuldigen, versprechen, das Geld in kleinen Raten zurückzuzahlen, und zwar hier und jetzt.

Doch die Frau sah von Nahem anders aus als auf dem Foto im Internet. Mit einem Mal war sich Greta nicht mehr sicher, die Modelagentin vor sich zu haben. Außerdem sah die Frau sie ziemlich verwirrt an.

»Hallo«, begann Greta, zögerlich. »Sorry. Ich glaube, ich habe Sie verwechselt.«

»Excuse-me?«, erwiderte die Frau mit spanischem Akzent.

Ein Stein plumpste Greta vom Herzen. Sie hatte tatsächlich Gespenster gesehen. Doch aus der Nähe betrachtet erinnerte die Mimik der Frau sie an irgendjemanden. Sie wusste nur nicht, an wen. Greta versuchte, auf Englisch zu erklären, dass sie die Frau mit jemandem verwechselt habe, wollte sich schon wieder umdrehen, doch dann fragte die Frau nach Hannah.

»Hannah?« Woher kannte sie Hannah?

Die Frau fragte erneut auf Englisch: »Ihre Freundin Hannah, ist sie auch im Café?«

»Nein. Woher kennen Sie Hannah? Meinen wir dieselbe Hannah?«, erwiderte Greta verblüfft.

»Hannah Blumberg.« Die Frau erklärte: »Ich habe einen Artikel in einer Modezeitschrift über sie gelesen. Mit einem Foto von ihr.«

Greta kniff die Augen zu und überlegte. Die Sache wurde ja immer mysteriöser. Der einzige Artikel über Hannah, den sie kannte, war in der *Brigitte* erschienen und zeigte Hannah im glitzernden Licht der Modebranche. Wie unglamourös ihr Job tatsächlich war, wurde dort verschwiegen. »Der in der *Brigitte*?«

»Yes.«

»Und was wollen Sie von Hannah?«

Handelte es sich um eine Stalkerin? Greta durchlief ein Schauer. Ein Modegroupie oder eine eifersüchtige verhinderte Modedesignerin, die dachte, Hannah habe es geschafft?

Die Frau zögerte, schüttelte dann wieder den Kopf. »Das möchte ich ihr persönlich sagen.«

Greta schnaufte durch. Sie musste Hannah warnen. Es liefen schließlich genug Irre herum in der Welt.

»Ich gebe Ihnen meine Nummer; wenn Hannah möchte, soll sie sich bei mir melden«, sagte die Frau.

»In Ordnung.« Oder handelte es sich um eine Starmodedesignerin auf Urlaub, die Hannah abwerben wollte? Hatte endlich jemand ihr Talent entdeckt?

Die Frau zog einen Zettel aus ihrer Jackentasche, auf der bereits eine Handynummer handschriftlich aufgeschrieben stand. Kein Name dazu. Sie hatte das schon vorbereitet? Der

Verdacht, dass es sich einfach um eine Stalkerin handelte, verhärtete sich in Greta.

Sie nahm den Zettel, bedankte sich reserviert und ging zu Yann zurück, der jetzt vor Kaffee und Speckfrühstück saß.

»Na endlich. Was war das denn für 'ne Aktion?«

»Keine Ahnung. Ich kapiers selbst nicht.«

»Muss ich jetzt nicht verstehen, oder?«

»Nein. Lass uns essen, ich kippe gleich um vor Hunger und Kaffeedurst. Die Frau will Hannah sprechen.«

»Ach so.« Sein Interesse klang mäßig. Er nahm eine Gabel voll Rührei und Speck und genoss sein Frühstück. Greta beobachtete ihn, wie er kaute, und zum ersten Mal dachte sie: »Er sieht aus wie ein Eichhörnchen, wenn er kaut.«

Bei dem Gedanken musste sie innerlich grinsen. Dann trank sie einen Schluck Kaffee, sah aufs Meer. Yann zog sein Handy heraus, während er aß, und daddelte daran herum, anstatt sich mit ihr zu unterhalten. Etwas frustriert wandte sich Greta ihrem Obstmüsli zu. Herrlich, die frischen Früchte, dazu Naturjoghurt und Honig. Sie ließ ihre Gedanken schweifen. Dabei wurde ihr noch mal klar, dass diese Frau nicht hinter ihr her gewesen war. Hatte sich Greta umsonst Sorgen gemacht? Hatte dieses arrogante Model etwa noch nicht einmal bemerkt, dass ihr Geld fehlte? Was für eine verkehrte Welt. Greta nahm einen Löffel Obstmüsli, zog dann ebenfalls ihr Handy heraus. Sie wollte die Praktikantin Karla fragen, ob es etwas Neues wegen des verschwundenen Geldes gebe. Greta tippte eine WhatsApp und schickte sie ab. Kurz darauf kam schon die Antwort: »Nix Neues. Interessiert die nicht. Hat es bestimmt noch nicht mal gemerkt. Sonst auch keine Hot News. Genieß Malle.«

»Danke, mach ich. Is ja ein Ding«, schrieb Greta zurück. Dann knipste sie noch ein Foto der tollen Aussicht und sandte sie Karla.

»Wow, mega«, kam zurück.

Greta atmete durch. Der Sandsack in ihrem Inneren, der sie die letzten Tage heruntergezogen hatte vor schlechtem Gewissen, schien ein Loch bekommen zu haben. Der Sand rieselte heraus und ihr wurde von Sekunde zu Sekunde leichter ums Herz. Sie hatte eine gute Tat getan, sie war noch einmal davongekommen. »Danke, Universum. Ich werde es trotzdem nie wieder tun«, flüsterte sie gen Himmel.

»Was?« Yann sah von seinem Handy auf.

»Ach nichts. Alles gut.« Sie lächelte vor sich hin. Die Sonne ließ das Meer glitzern, als habe jemand Sternenstaub daraufgegossen. »Das Leben kann so schön sein.«

***

Die Nachmittagssonne tauchte das alte Gehöft in ein warmes Licht. Weiß blühende Sträucher säumten die Terrasse von Frau Hennings Apartment. Sam saß bei ihr unter dem Sonnenschirm und nahm ihr einen Teller Ensaimadas ab. Ihre Hand zitterte leicht, wie schon seit einigen Monaten. Man merkte ihr das Alter immer mehr an.

»Das Rezept ist von der Urgroßmutter meiner spanischen Nachbarin. Sie erinnert sich nicht mehr daran, hat es aber zum Glück aufgeschrieben. Ich kannte dieses mallorquinische Gebäck überhaupt nicht. Sie?«

Sie siezte ihn immer noch.

»Es schmeckt sehr gut, aber ich habe, wie gesagt, wirklich keinen Hunger«, erwiderte er.

»Ich weiß, mein Junge. Es ist schwer.«

Sie betrachtete seinen Verband, den er sich notdürftig selbst im Strandhaus erneuert hatte.

»Wie ist das denn passiert?« Erschrocken sah sie ihn an.

Gerade eben hatte er es ihr erzählt. Wiederholte es erneut, geduldig und ruhig.

»Sie müssen auf sich aufpassen, Sam.«

»Ich passe auf mich auf.«

Sam hatte Frau Henning auch von Hannah erzählt. Davon, wie sehr ihn allein der Gedanke zermarterte, dass sie wieder nach Deutschland zurückkehren würde. Ob Frau Henning das auch schon wieder vergessen hatte? Vergessen zu können, kann ein Geschenk sein, dachte er. Aber genauso ein Fluch. So intensiv manche Ereignisse der letzten Jahre gewesen waren, sie gehörten zu seinem Leben, zu ihm. Machten ihn als Menschen aus. Was, wenn die Erinnerungen immer mehr verblassten, wenn sich das Gehirn mit weicher Watte füllte? Fühlte man sich dann frei und glücklich oder verzweifelt und leer? Sam hatte sich schon viele Gedanken über Frau Hennings Zustand gemacht. Für ihn war sie wie seine Großmutter, die Frau, die in seiner schwersten Zeit für ihn da gewesen war. Seine Eltern hatten durch Abwesenheit und Desinteresse geglänzt. Hatten ihn nicht verstanden, besonders seine Trauer um das ungeborene Kind und um die verlorene Liebe nicht.

»Es gibt so viele schöne Frauen auf der Welt«, hatte sein Vater von einer Kreuzfahrt aus geschrieben. »Komm mit mir auf hohe See.«

Und seine Mutter hatte ihm immerhin angeboten, dass er zu ihr nach Bayern kommen könne. Aber Sam hatte dankend abgelehnt. Seine Mutter, die Juna nicht mochte, wie sich bei ihrem ersten und letzten Zusammentreffen herausgestellt hatte. »Was für eine anstrengende Frau«, war seiner Mutter nach dem ersten Kennenlernen herausgerutscht. Und das nur, weil Juna Niederbayern nicht besonders reizvoll fand.

Sam atmete durch. Frau Henning beobachtete einen Schmetterling, der vor ihr auf und nieder tanzte. Dabei lächelte sie, schien in ihrer eigenen Welt versunken zu sein.

Der Duft der Ensaimadas stieg ihm in die Nase. Sam aber dachte an *ihren* Duft, an Hannah. Er spürte, dass sie sich nicht sicher war. Urlaub auf Mallorca zu machen, war das eine. Aber seine Zelte in der Heimat komplett abzubrechen und auf eine Insel zu verlegen, auf der es schon so viele versucht hatten … Das Glück fand man nicht durch die Sonne. Er durfte und konnte sich nicht von Hannahs Entscheidung abhängig machen. Sollte er sich besser wieder zurückziehen, sich nicht weiter auf sie einlassen? Ein Leben in Deutschland kam für ihn jedenfalls nicht infrage.

Frau Henning sah ihn jetzt an, und er erkannte sofort an ihrem Blick, dass sie wieder bei ihm war. »Diese Hannah darfst du nicht gehen lassen, so wie meine Juna.«

Sam sah sie nachdenklich an.

»Du liebst sie. Und so wie du es erzählt hast, sie dich auch.«

Verblüfft blickte Sam ihr in die Augen, schüttelte dann den Kopf. »Ich weiß es nicht.«

»Aber ich.« Die Stimme der alten Frau klang milde. »Das ist die Weisheit des Alters. Und die Erfahrung, mein Junge. Auch ich habe einmal sehr geliebt.«

Nur einmal, dachte er. Wie traurig. Er hatte Juna geliebt, jetzt Hannah, obwohl er sie kaum kannte. Das wurde ihm gerade wieder so richtig bewusst.

»Kann man einen Menschen lieben, den man kaum kennt?«

»Natürlich, genauso ist es mir auch gegangen bei meinem Wilhelm. Wir haben uns bei einer Flugshow kennengelernt und auf den ersten Blick ineinander verliebt. Bis zu seinem Tod vor zehn Jahren führten wir eine gute Ehe. Mit Höhen und Tiefen natürlich. Aber es kann auch anders laufen im Leben. Schon meine Mutter hat sie erlebt, die Liebe, die so schnell daherkommt wie ein Schmetterling. Sie hat meinen Vater im Krieg kennengelernt. Sie war als junge Frau Krankenschwester und er ein verwundeter Soldat, dem sie den Verband erneuern musste. Sie erzählte mir immer wieder, wie sie sich in die Augen geschaut hatten und es für sie beide sofort klar war.« Sie seufzte.

»Sie liebten sich heimlich und meine Mutter wurde schwanger mit mir. Sie wollten heiraten, sobald der Krieg zu Ende wäre.«

Frau Henning zog ein Stofftaschentuch aus ihrer Tasche, schnäuzte hinein. »Wegen irgendwelcher Ängste oder schlechter Erfahrungen hätten sie sich ganz sicher nicht davon abbringen lassen. Mein Vater kam in Kriegsgefangenschaft. Und von dort nie wieder zurück. Er sei an einer Lungenentzündung gestorben, hatte man ihr gesagt. Aber ein Freund von ihm hat uns berichtet, dass er erschossen wurde, als er einen Brief an meine Mutter schrieb. Ich bin ohne einen Vater groß geworden und meine Mutter wollte nie wieder einen anderen Mann. Er sei ihre große Liebe gewesen, hat sie immer gesagt. Sie hätte alles dafür getan, mit ihm leben zu können. Wenn auch nur ein paar Jahre mehr.« Frau Henning sah Sam an, rieb sich über ihre faltigen Hände. »Ihr wisst gar nicht, wie gut ihr es heute habt, ihr jungen Leute. Ihr dürft das nie vergessen. Schiebt nicht alles auf die lange Bank, sondern lebt.«

Sam schluckte, und ihm wurde wieder bewusst, wie recht diese alte Frau hatte. Wie viele Liebespaare waren durch den Krieg getrennt worden, wie viele Beziehungen und Ehen zerbrochen. Wie klar sie gerade sprach. Wie traurig es war, dass sie im Laufe der Zeit immer weniger sie selbst sein würde. Er würde weiter bei ihr bleiben. Bis zum Schluss. Auch ihretwegen kam es für ihn momentan nicht infrage, nach Deutschland zu ziehen. Zu sehr erinnerte ihn dieses Land außerdem an Juna – und an seine Mutter, die zu selten für ihn da gewesen war, schon als er noch ein Kind war. Zu oft hatte seine Mutter ihn seinem Vater überlassen, wenn sie wochen- oder sogar monatelang nach Deutschland gegangen war, um als Mannequin für irgendwelche Kaufhäuser zu arbeiten. Dass Hannah auch in der Modebranche arbeitete, hatte ihn sofort an sie erinnert. Auch an dieses Gefühl, verlassen zu werden. Dennoch, Frau Henning hatte so recht, und er verstand, was sie ihm mit der

Erzählung über ihre Eltern sagen wollte: Was brachte es, in der Vergangenheit zu leben oder über die Zukunft nachzugrübeln? Wieso lebte er nicht endlich wieder?

»Wo ist denn meine Juna?«, fragte in dem Moment Frau Henning etwas panisch, und Sam, der diese schnellen Wechsel kannte, stand auf, ging zu ihr, legte seine Hand auf ihren Arm und erklärte beruhigend: »Juna ist in Deutschland, Frau Henning, in Hamburg.«

»Und wo bin ich?«

»Auf Mallorca. Bei ihren lieben Freundinnen.«

»Und bei dir, Junge.«

»Genau.«

Eine junge Pflegerin, die Sam schon kannte, kam auf die beiden zu, lächelte ihn an und sagte auf Spanisch: »Wenn sie dich nicht hätte, Sam. Sie redet morgens, mittags und abends von dir.«

Überwältigt stand Sam auf. »Wirklich?« Es klang nicht wie eine Frage. Er wusste es. Sam verabschiedete sich von Frau Henning und der jungen Pflegerin, die ihn wie jedes Mal so besonders anlächelte, und ging entschlossen zu seinem Wagen. Er war diese Verantwortung eingegangen und würde sie weitertragen. Aber er wollte auch im Hier und Jetzt leben.

* * *

Hannah hatte Lucia zu einem kleinen Ausflug überredet und die Freundinnen kamen gerade in Pollença an. Hannah parkte den Mietwagen und betrachtete den Zettel mit der Telefonnummer, den Greta ihr vor ihrer Abfahrt von dieser ominösen Frau gegeben hatte. Er lag in der mittleren Ablage, die Schrift sah schön geschwungen aus. Heute Abend würde sie versuchen, dort anzurufen. Die gute Greta hatte angeboten, das Café zu schmeißen, damit Hannah mit Lucia etwas Schönes machen konnte.

Lucia spielte zwar ihre Schwangerschaft ziemlich herunter und wollte wenig darüber reden, aber bestimmt tat es ihr gut, einmal herauszukommen, noch einmal über alles nachzudenken. Zu wichtig und groß war diese Entscheidung, ganz sicher konnte sie jetzt eine Freundin brauchen.

Kurz darauf standen die beiden am Fuße der dreihundertfünfundsechzig Stufen, die, gesäumt von Zypressen, hoch zur Spitze des Kalvarienberges führten, eines Ausflugsziels, das Lucia vorgeschlagen hatte.

»Wow.« Hannah sah Lucia skeptisch an. »Willst du da wirklich hochgehen?«

»Wieso denn nicht?«

»Ich meine, in deinem Zustand?«

Lucia fasste sich unwillkürlich auf den Bauch. »Mir geht es gut. Ich gehe diese Stufen jedes Jahr hinauf, meist kurz vor Silvester, aber wer weiß, ob du da noch da bist.«

Hannah überging das. »Wieso kurz vor Silvester?«

»Jede Stufe symbolisiert einen Tag des Jahres. Beim Hochsteigen halte ich mir das letzte Jahr vor Augen und mache Pläne für die kommenden dreihundertfünfundsechzig Tage. Es ist irgendwie meditativ. Auf jeder Stufe ist die Aussicht lohnend, wie es jeder Abschnitt des Lebens ist.«

»Sehr wahr.«

»Schau nach unten, da sieht man ins Dorf, ins Tal und auf den gegenüberliegenden Berg, den Puig Maria, und nach oben in Richtung Himmel die kleine Kirche, die mit jedem Schritt ein bisschen größer wirkt. Ich dachte, vielleicht hilft dir der Aufstieg, dich zu entscheiden. Und mir auch«, fügte sie leise hinzu und ging Stufe um Stufe langsam hinauf. Eine leichte Brise wehte durch die Zypressen, Pinien und Sträucher. Einzig die Touristen, die dieses Ausflugsziel bereits erobert hatten, nahmen dem Ganzen den Frieden. Aber Hannah wusste, dass es fast überall dort auf der Welt, wo es besonders schön war, Touristen gab. Sie beschloss, sich von niemandem dieses Erlebnis schmälern zu lassen. Vielleicht half dieser Aufstieg ihnen beiden ja wirklich dabei, zu einer Lösung zu kommen.

So folgte Hannah Lucia und betrachtete ihre Freundin immer wieder heimlich von der Seite. Um wie viel schwerer wog Lucias Entscheidung für oder gegen das Kind, wie klein und unbedeutend wirkte im Vergleich diejenige, die sie zu treffen hatte, ob sie auf dieser Insel leben und beruflich etwas komplett Neues starten sollte oder nicht. Denn mit Mitte dreißig immer noch als Assistentin von Modedesignern zu arbeiten, ohne Aussicht darauf, es jemals selbst zu schaffen, darauf hatte sie, wie sie von Stufe zu Stufe merkte, immer weniger Lust. Lucia neben ihr geriet nach einem Drittel außer Puste, und so hielten die Freundinnen inne, drehten sich um, um die schöne Aussicht zu genießen, ließen ein paar Touristen an sich vorbei. Die Sonne schien warm in ihre Gesichter und Hannah genoss die Wärme und die Nähe ihrer Freundin. Beide sagten nichts, ließen ihre Gedanken schweifen, Hannah schloss schließlich sogar die Augen. Was wollte sie vom Leben? Wie stellte sie sich die nächsten Jahre vor? Weiter in ihrer Altbauwohnung in Berlin leben oder auswandern nach Mallorca, wobei sie hier weder eine Wohnung noch eine Arbeit hatte. Wie sollte sie das also finanzieren? »Es wird sich alles finden«, hatte ihre Mutter früher immer gesagt. Dieser Satz schoss ihr in diesem Augenblick ins Gedächtnis. Und wie immer, wenn sie an ihre Eltern dachte, wurde ihr schmerzlich bewusst, wie gut es manche in ihrem Alter hatten, deren Eltern beide oder wenigstens ein Teil von ihnen noch lebte. Sicher, man konnte auch Eltern haben, die sich kaum für einen interessierten, wie Lucia. Die einen mit Mitte dreißig für erwachsen erklärt hatten und sich jetzt nur noch um ihr eigenes Leben kümmerten. Dennoch, wenn es hart auf hart kam, war Blut dicker als Wasser. Auch war Hannah davon überzeugt, dass sich Lucias Mutter um ihr Enkelchen kümmern würde.

Sie sagte es ihr spontan.

»Was? Meine Mutter? Du kennst sie nicht.«

»Stimmt. Aber ich weiß, was Babys bei Frauen auslösen können. Gerade bei Großmüttern.«

Lucia schüttelte den Kopf. »Sie ist zu weit weg.«

»Aber deine Großmutter ist da. Auch wenn Elena schon alt ist, vielleicht wird sie einige Jahre ihres Urenkels noch erleben.«

»Schön wäre es, ich meine, wenn sie noch viele Jahre lebt. Aber davon ausgehen kann ich nicht.«

»Lucia, es wird sich alles finden. Das hat meine Mutter immer gesagt. Ich glaube, die wenigsten Frauen, die ungeplant schwanger werden, leben in dem Moment so, dass ein Kind perfekt in ihr Leben passt.«

»Das kann sein.« Lucia drehte sich um, ging weiter die Stufen, eine nach der anderen, ganz langsam hinauf. Hannah tat es ihr gleich und fügte hinzu: »Ein Kind verändert alles. Aber ist das nicht auch wunderschön? Dass sich das Leben ändert, meine ich?«

»Das empfindest du so. Mein Leben hat sich gerade so gut angefühlt. Das Café zu führen, macht mir riesigen Spaß, und das könnte ich dann nicht mehr weiterbetreiben.«

»Erst mal nicht, aber sehr bald dann wieder. Lucia, das Kleine könnte im Sand neben den Tischen spielen, viele Kinder von Gastronomen werden so groß. Aber kaum eines mit diesem tollen Blick auf das Meer und einem riesigen Sandkasten. Eigentlich ist es sogar der perfekte Job für eine Mutter, wenn ich es mir genau überlege. Wenn du noch in dem Immobilienbüro sitzen würdest und deinen cholerischen Chef bedienen müsstest, könntest du kein Kind mitnehmen. Du kannst ihm so eine Art Laufstall bauen für den Anfang …«

»Ich weiß, ich weiß«, unterbrach Lucia und hielt inne. Noch gut ein Drittel der Stufen lagen vor ihnen. Der Himmel leuchtete blau, durch den Aufstieg wurde es Hannah immer heißer. Sie fächelte sich Luft zu.

»Geht es bei dir wirklich, Lucia? *Ich* merke ja schon, wie mir die Puste ausgeht, und du bist auch noch schwanger.«

»Ich weiß, dass ich schwanger bin.« Es klang etwas unwirsch und Lucia entschuldigte sich sofort. »Es tut mir leid.«

»Kein Problem.«

Lucia sah Hannah streng an. »Machst du denn gar keinen Sport mehr? Du bist doch so gern joggen gegangen.«

»Ja, irgendwann einmal. In einem anderen Leben, bevor ich für Modedesigner als kleine Assistentin herumgeflitzt bin und Nächte durchgearbeitet habe.«

»Kein Wunder, dass du dich unausgeglichen fühlst.«

»Ja, ich bin nur innerlich vor allem davongelaufen.«

Die Freundinnen lächelten sich an. Hannah seufzte. »Ich habe keine Energie mehr zu joggen.« Dabei hatte sie es geliebt, jeden Morgen durch die Natur zu rennen, an der Spree entlang, das Gefühl zu haben, frei zu sein.

»Lass uns weitergehen. Man sollte immer weiter voranschreiten im Leben, das sagt mir meine Großmutter immer. Und anscheinend findet man, wenn man alle dreihundertfünfundsechzig Stufen emporgegangen ist, den inneren Frieden.« Lucia lächelte und stieg wacker mit Hannah weiter die Treppen nach oben. Touristen kamen ihnen entgegen, ein ganz Eifriger rannte geradezu an ihnen vorbei. Er hatte es offenbar nicht verstanden, dass es manchmal guttut zu entschleunigen.

An der Spitze des Kalvarienberges stemmten die Freundinnen außer Atem die Arme in die Hüfte, wischten sich die Schweißperlen von der Stirn und bewunderten den Ausblick auf die Bucht von Alcúdia und auf das Tramuntanagebirge. Der Aufstieg war definitiv jede Mühe wert.

»Die kleine barocke Wallfahrtskapelle wurde am Ende des 18. Jahrhunderts erbaut und kann besichtigt werden. Magst du?«

»Gern.«

Nachdem sie die barocke Wallfahrtskapelle »El Calvari«, eine schlichte kleine Kapelle, besichtigt hatten, zeigte Lucia stumm auf die ockerfarbenen Dächer von Pollença, die stille Berglandschaft der nördlichen Tramuntana bis hinaus aufs Meer. »Hier tanke ich jedes Jahr auf.«

»Es gibt so viele schöne Gegenden auf Mallorca. Allein der Blick von deinem kleinen Café aufs Meer ist für mich traumhaft genug.«

Lucia lächelte. »Ja, das war auch ein Grund, warum ich es genau dort eröffnen wollte. Dass mich Sam dabei unterstützt hat, dafür bin ich ihm sehr dankbar.«

Hannah zuckte zusammen, als Lucia seinen Namen aussprach. Und sie wusste genau, dass Lucia jetzt nachfragen würde.

»Wie ernst ist es dir mit ihm?«

Hannahs Herz raste. Und allein daran merkte sie, wie wichtig ihr dieser Mann in der kurzen Zeit geworden war. Aber sie lenkte ab. »Wieso willst du das wissen? Bist du doch noch in ihn verliebt?«

Lucia schüttelte ernst den Kopf. »Nein, du musst keine Rücksicht auf mich nehmen. Ich war sehr verliebt in ihn. Aber wenn eine Sache einseitig ist, dann macht sie nur unglücklich. Dann sollte frau schlau genug sein, sich diesen Mann aus dem Herzen zu reißen.«

»Leider geht das nicht immer so einfach«, entgegnete Hannah und dachte über Lucias Worte nach. Wollte ihre Freundin andeuten, dass Hannahs Gefühle von Sam nicht erwidert wurden? Wusste sie mehr?

»Ich weiß, dass es nicht einfach ist«, entgegnete Lucia. »Aber mit der Zeit dann schon. Lass uns runtergehen und etwas Kühles trinken. An der Plaça Major in Pollença gibt es einige schöne Bars und Cafés.«

»Wunderbar. Ich fühle mich wie eine vertrocknete Sonnenblume.«

In einer Bar erfrischten sich die Freundinnen mit selbst gemachter Limonade. »Und, hast du deinen inneren Frieden jetzt gefunden?«, neckte Hannah Lucia.

»Ja, ich denke schon.«

»Wie jetzt? Wirklich?«

»Das, was du vorhin gesagt hast, wusste ich natürlich schon alles, aber ich habe es jetzt von einer anderen Seite gesehen. Von oben vielleicht.« Lucia lächelte.

Gespannt hörte Hannah ihrer Freundin zu. »Wir brauchen keine Männer, um glücklich zu sein. Viel wichtiger ist doch Familie.« Hannah sah sie nur an. »Oh, entschuldige, Hannah. Ich meine damit auch Ersatzfamilie. Freundinnen vor allem. Oder Ersatzgroßmütter. Elena ist auch für dich da, das weißt du.«

»Ich weiß.« Ein Schmetterling flatterte vor ihrem Tisch. »Und was heißt das?«

»Dass ich mein Baby bekommen möchte, auch ohne Mann. Es ist mir vorhin auf dem Berg so richtig klargeworden. Die Natur ist wunderschön und mein Baby wird es auch sein. Ich würde es mir nie verzeihen, wenn ich niemals wissen würde, wie es aussieht, wie es ist, wenn es mich anblickt und ›Mama‹ zu mir sagt.«

Hannah musste unwillkürlich lächeln, fiel ihrer Freundin überschwänglich in die Arme und flüsterte ihr ins Ohr: »Ich freue mich riesig, dass du dich dafür entschieden hast.«

»Dank dir, Hannah. Ich glaube, wenn du nicht gekommen wärst, hätte ich mich in meiner Panik dagegen entschieden.«

Lucia löste sich von Hannah. »Dann bin ich doppelt froh, dass ich so spontan gekommen bin.« Sie dachte einen Moment nach. »Aber ich finde, ein Leben ganz ohne Männer ist auch nichts. Irgendwann wirst du wieder einen lieben Mann kennenlernen, einen, der dein Baby annimmt.«

»Ich weiß. Ein Leben ganz ohne Mann will ich natürlich auch nicht. Dann könnte ich ja gleich ins Kloster gehen«, lachte sie. Schließlich wurde sie wieder ernst. »Es wird nicht leicht werden, ich werde mir ganz sicher einiges anhören müssen von vielen hier auf der Insel, vor allem von den Älteren.«

»Lass sie reden. Die Zeiten ändern sich. Ich unterstütze dich, wo ich nur kann.«

»Du darfst deine Entscheidung, ob du hierherziehst, aber nicht von mir abhängig machen, versprochen? Es ist dein Leben.« Sie lächelte Hannah an.

»Du hast recht, versprochen. Aber selbst wenn ich in Berlin bleibe, komme ich so oft wie möglich. Mallorca ist ja zum Glück nicht aus der Welt.« Wieder nahmen sich die Freundinnen in die Arme. Lucia roch so gut und vertraut. War es diese Herzlichkeit und Wärme, die die Einheimischen ausstrahlten, die ihrem Vater damals so gut gefallen hatte? Wieso dachte Hannah gerade jetzt an ihn?

* * *

Greta trat mit einem Tablett in der Hand aus dem Café auf die Terrasse und servierte einem attraktiven Endvierziger, einem Italiener, einen Espresso. Seine Schläfen waren bereits ergraut, er lächelte sie nett an und um seine Augenwinkel bildeten sich dabei Fältchen. Greta merkte, wie attraktiv sie ihn fand, er erinnerte sie an George Clooney. Sie lächelte zurück, ging dann rasch, wie um sich selbst zu schützen, zum nächsten Tisch, um dort abzukassieren. Sie hatte Lucia angeboten, während des Ausflugs der beiden Freundinnen das Café zu übernehmen, und es machte ihr Spaß. Sogar mit der komplizierten Kaffeemaschine, die noch komplizierter war als sie selbst, kam sie zurecht. Man sollte sich immer wieder neuen Herausforderungen stellen, auch wenn sie noch so klein waren.

Ihre Arbeit als Make-up-Artistin gefiel ihr im Grunde sehr, aber inzwischen war es eine Art Routine geworden und der Umgang der Kollegen miteinander, gerade bei der letzten Fashionshow, störte sie gewaltig. Dieses falsche, aufgesetzte Getue, während hintenrum jeder über jeden lästerte. Nur Hannah war da anders, deshalb arbeitete Greta auch so gern mit ihr zusammen.

Wenn Hannah der Modebranche wirklich die kalte Schulter zeigen würde, was sollte Greta dann tun? Sollte sie ihrem Beispiel folgen und ihr Leben komplett überdenken? Überdenken konnte sie es ja mal, aber von Berlin wegzuziehen, wollte sie sich im Moment überhaupt nicht vorstellen. Zu sehr liebte sie diese coole, unperfekte Stadt, in der jeder sein konnte, wie er wollte. Zu sehr mochte sie die Bars, die Cafés gerade in Mitte und Prenzlauer Berg. Köln konnte da nicht mithalten, vor allem im Sommer nicht. Denn dann verwandelte sich Berlin dank der meist breiten Gehsteige gefühlt in ein einziges Straßencafé.

Sie hörte Hannahs Lachen. Dieses unverwechselbare, fröhliche, helle Lachen. Die Sonne stand bereits etwas tiefer, es musste später Nachmittag sein.

»Greta, ganz lieben Dank fürs Caféhüten«, erklang Lucias Stimme. Clooney, der ein Buch las, sah auf. Ja, er las tatsächlich ein Buch. Ein Mann, der ein Buch las, das hatte Greta schon lange nicht mehr gesehen. Ihre Blicke trafen sich und seine Augen schimmerten grünblau wie ein See. Mein Gott, dachte

Greta, ich werde ja richtig poetisch. Sie las seit ihrer Kindheit für ihr Leben gern, nur hatte sie die letzten Jahre kaum mehr Zeit dafür gefunden.

Lucia und Hannah umarmten Greta freudig und erzählten ihr, dass sich Lucia entschieden hatte. Für das Baby.

»Wie schön! Ich wusste es! Ich hab es einfach gewusst.« Greta freute sich wirklich. Lucia würde ganz sicher eine wunderbare Mama werden.

Nachdem die Freundinnen Greta von den meditativen dreihundertfünfundsechzig Treppenstufen, die jeder einmal gehen sollte, und von ihrem Ausflug erzählt hatten, erklärte Hannah, dass sie jetzt bei dieser Telefonnummer, die Greta ihr vor dem Ausflug gegeben hatte, anrufen wolle.

»Wer diese Frau wohl ist?«, rätselte Lucia.

»Vielleicht kennst du sie ja«, mutmaßte Greta. »Immerhin kennt man sich hier doch, oder nicht?«

»Wenn es eine Einheimische aus dem Ort oder aus der Nähe ist, gut möglich.«

»Ich werde gleich erfahren, was sie von mir will. Wenn ich sie erreiche.«

Greta warf Hannah einen aufmunternden Blick zu. »Vielleicht ist es ja wirklich eine Designerin, die auf dein Talent aufmerksam geworden ist.«

»Träum weiter. Ganz bestimmt nicht. Wieso sollte sie mich erst beobachten, bevor sie mich anspricht?«

»Keine Ahnung. Eine schüchterne Designerin? Jetzt ruf endlich an. Ich trinke hier so lange einen Cappuccino und warte auf dich.« Sie sah, wie Clooney immer wieder von seinem Buch aufsah – zu ihr.

Hannah schien das nicht bemerkt zu haben. Sie fuhr sich nervös durchs Haar. »Okay, Mädels. Ich geh ein wenig am Strand entlang. Das Meer hat eine beruhigende Wirkung auf mich, fast wie Kamillentee«, fügte sie lächelnd hinzu. »Das kann ich jetzt gut gebrauchen.«

Als sie in Richtung Strand losmarschierte, kam ihr Peter entgegen. Er brachte in einer Kiste frisches Obst fürs Café, lächelte sie an und grüßte. »Hannah, schön, dich zu sehen.«

»Ich bin auf dem Sprung.«

»Kein Problem, ist Lucia da?«

»Ja, ist sie.«

Ein Strahlen ging über sein Gesicht. Also doch, registrierte Hannah erfreut.

***

Am Meer spielten Kinder mit ihren Schaufeln und Eimerchen, im Sand lagen Erwachsene auf Handtüchern oder mitgebrachten Klappliegen unter bunten Sonnenschirmen. An diesem Strandabschnitt wurden keine Liegen und Schirme teuer vermietet, deshalb lagen hier auch mehr Familien als an anderen Stränden. Hannah beobachtete eine Großfamilie, die sich rührend um ein kleines Mädchen kümmerte, das von seinem größeren Bruder offenbar mit Sand paniert worden war wie ein Wiener Schnitzel und entsprechend wimmerte. Die Großmutter rubbelte das Kind mit einem Handtuch ab, bis es lachte, sah es dabei so liebevoll an, dass Hannah Tränen in die Augen schossen. Wie gern wäre sie jetzt das kleine Mädchen, ohne Verantwortung für ihr eigenes Leben – sich einfach treiben lassen können, keine Entscheidungen fällen müssen, das wäre es jetzt.

Auf der anderen Seite – das wurde ihr im selben Moment bewusst – fühlte es sich auch gut an, frei zu sein, die Möglichkeit zu haben, sich entscheiden zu können. Wenn man Kinder hatte, konnte man diese schließlich nicht so einfach irgendwo hinverpflanzen, zumindest musste das doppelt so gut überlegt sein und vieles berücksichtigt werden. Hannahs Berliner Freundin Steffi zum Beispiel lebte alleinerziehend mit ihrer Tochter, würde aber lieber nach Tübingen zu ihrer Verwandtschaft ziehen. Da sie ihrer Tochter den Vater aber nicht vorenthalten wollte, der in Berlin als Beamter arbeitete, konnte sie die Stadt nicht verlassen. »Es gibt Schlimmeres, als in Berlin gefangen zu sein«, sagte sie einmal. »Aber manchmal fühle ich mich wirklich wie in einem dicken Turm, wie Rapunzel. Besonders, wenn ich abends zu Hause bleiben muss, weil ich mir keinen Babysitter leisten kann.« Wie viele Alleinerziehende am Rande des Existenzminimums lebten, vergaß man viel zu oft.

Hannah dachte an Lucia, wie schwer es für sie werden würde. Aber Lucia würde es schaffen und Hannah freute sich, ihr bei der Entscheidungsfindung einen Anstoß gegeben zu haben. Für andere da zu sein, anderen zu helfen, fühlte sich gut an.

Sie schlenderte weiter den Strand entlang, kam zu den Felsen, die ins Wasser führten. Hier setzte sie sich auf einen Stein, ließ sich das Wasser um die Füße spülen und fischte ihr Handy und den Zettel mit der Telefonnummer heraus, den Greta ihr vor ihrem Ausflug gegeben hatte. Sie tippte die Nummer ein, eine spanische Vorwahl. Es klingelte, aber keiner hob ab. Gerade als Hannah auflegen wollte, hörte sie eine weibliche Stimme aus dem Apparat.

»Olà?«

»Olà, hier ist Hannah. Hannah Blumberg.« Sie wusste von Greta, dass die Frau Deutsch sprach, mit spanischem Akzent.

Am anderen Ende hörte sie nichts mehr. Nur Stille, ein Atmen.

»Hallo? Sie wollten, dass ich Sie anrufe.«

Die Frau räusperte sich, schien überwältigt. »Ja. Ja, danke. Können wir uns treffen?«

Hannah runzelte die Stirn. »Um was geht es denn?«

»Das würde ich dir … ich darf doch ›du‹ sagen …?«

»Ja, wieso nicht.«

»Das würde ich dir gern persönlich sagen.«

Hannah spürte, wie sie sich ärgerte. »Ehrlich gesagt, würde ich lieber vorher wissen, um was es geht.« Vielleicht handelte es sich ja wirklich um eine psychisch verwirrte Frau.

Erneut Stille am anderen Ende der Leitung.

»Wo befindest du dich gerade?«

»Am Strand.«

»An welchem? Vor Lucias Café?« Sie schnalzte leicht mit der Zunge.

»Ja. Rechts an den Felsen.« Sie kannte das Café und Lucia offenbar. Oder nur das Café?

»Ich bin in zehn Minuten da.« Die Frau legte einfach auf, ohne dass Hannah eine Chance hatte zu widersprechen. Na wunderbar. Gut, zehn Minuten waren nicht die Welt. Aber zehn Minuten konnten endlos sein, wie das Universum.

Von Weitem wirkte die Frau wie eine typische Spanierin. Sie trug ihr Haar zu einem Knoten gebunden, ihr grünes Kleid, das einer Tunika glich, wehte beim Gehen im Wind. Es sah selbst geschneidert aus, das erkannte Hannah mit ihrem geschulten Blick recht schnell, als sie näher herankam. Ein interessanter Schnitt. Entweder hatte die Frau nicht viel Geld, oder sie nähte gern, so wie Hannah. Aber wer nähte heutzutage noch, wo es Kleider für neun Euro gab.

Ihre hellen Augen sahen Hannah forschend an. Auf ihrem Mund erschien ein Lächeln. Eine Spanierin mit blauen Augen.

»Olà. Mein Name ist Sofia.« Dabei schnalzte sie leicht mit der Zunge, wie eben am Telefon, offenbar eine kleine Macke, die sie sympathisch machte.

»Hallo.« Hannah blickte sie erwartungsvoll an. Sie sah nett aus, erinnerte sie irgendwie an jemanden, aber ihr fiel nicht ein, an wen. Vermutlich war sie ein paar Jahre älter als Hannah, Anfang vierzig, ihre Haut von der Sonne gegerbt. Sie trug hübsche, einfache Sandaletten, Armreife und eine goldene Kette mit einem Anhänger, einem Medaillon.

»Darf ich mich zu dir setzen?«

»Natürlich.«

Die beiden setzten sich auf die Felsen, und schließlich begann Sofia, dass sie den Artikel über Hannah in diesem Modemagazin zufällig entdeckt habe. Es musste Schicksal gewesen sein. Hannah dachte sofort, dass sie nicht wie eine Stardesignerin auf Talentsuche aussah, und hörte ihr aufmerksam zu. So viele hatten sie bereits auf diesen Artikel angesprochen, dabei hatte Hannah, als er letzten Monat in der *Brigitte* erschienen war, gedacht, das lese doch kein Mensch. Aber diese Zeitschrift schien oft bei Ärzten auszuliegen und war auch online sehr beliebt, und so erreichte der Artikel mehr Menschen als vermutet. Offensichtlich war er sogar nach Mallorca gewandert. Ehrlich gesagt, hatte sich Hannah auf das Shooting nur eingelassen, weil der Designer, dem sie assistierte, dort eine Fotostrecke und somit viel Aufmerksamkeit bekam und sie eher zufällig im Bild stand. Der Journalist hatte sie anschließend nach ihrem Namen gefragt und Hannah hatte ihn einfach genannt. Dass sie dadurch als »Dauerassistenz« des Designers tituliert wurde, gefiel ihr überhaupt nicht. Auch nicht, dass ihr Hintern auf diesem Bild unvorteilhaft groß aussah. So groß wie der Mond, hatte Constantin gescherzt. Constantin. Wie weit weg er sich inzwischen anfühlte. So weit weg wie der Mond.

Hannah versuchte, sich auf diese Frau zu konzentrieren, aber sie verstand nicht, was sie von ihr wollte.

»Und dann habe ich deinen Namen gelesen«, fuhr Sofia gerade fort.

»Und?«

»Na ja, ich weiß nicht, wie ich es sagen soll. Es ist schwer in Worte zu fassen. Das, wofür es keine Worte gibt.«

Hannah schluckte. Was wollte ihr Sofia sagen? Woher kannte sie ihren vollen Namen?

»Ich schätze, es ist besser, du sagst es einfach.«

Sofia atmete durch. »Du hast recht. Du bist sehr nett. Ich habe mir dich anders vorgestellt.«

»Wie denn?« Wieso hatte sie sich Hannah irgendwie vorgestellt?

Sie schnalzte wieder mit der Zunge. »Irgendwie … distanzierter. Du bist anders aufgewachsen als ich, bestimmt viel wohlhabender. Du lebst in Deutschland, in Berlin, arbeitest mit bekannten Designern zusammen, lebst in einer anderen Welt.«

Hannah verstand immer noch kein Wort. Was wollte diese Frau von ihr? »Das mag sein, aber was spielt das für eine Rolle?«

»Eine große, glaub mir. Ich bin ohne Vater aufgewachsen, wir hatten selten genug Geld für die Miete, wurden von unseren Verwandten auf Mallorca durchgefüttert. Meine Mutter bekam Krebs, vor ein paar Jahren ist sie gestorben.«

»Das tut mir leid.«

»Seitdem arbeite ich ein paar Stunden in einer Buchhandlung und auch ein paar bei einem Schneider. Ich liebe es, zu lesen und zu nähen. In der heutigen Zeit werden eher Kleidungsstücke weggeworfen, als dass sie jemand ändern oder flicken lässt, das ist schade.«

»Das stimmt.«

»Dabei sollte der Gedanke der Nachhaltigkeit gerade bei Kleidungsstücken eine viel größere Rolle spielen.« Sofia erzählte, dass sie sich seit einigen Jahren für Nachhaltigkeit in der Modebranche einsetzte. Sie schrieb Kolumnen dazu, auf verschiedenen Modeblogs, aber auch auf ihrem eigenen. Aber die wenigsten Designer beschäftigten sich damit. Die wenigsten Kunden interessierte es.

Hannah, die sich, seit sie die Auszeit auf der Insel genommen hatte, diese Gedanken auch gemacht hatte, nicht zuletzt dank Sam, der sie in seiner Natürlichkeit dazu angestoßen hatte, pflichtete ihr bei. Für einen kurzen Moment unterhielten sich die beiden Frauen engagiert über dieses Thema, bis Hannah wieder einfiel, dass sie immer noch nicht wusste, was Sofia von ihr wollte. Sie hakte erneut nach.

»Ich habe recherchiert«, berichtete Sofia nun mit belegter Stimme. Wieder dieses Schnalzen. »Nachdem ich den Artikel über dich gelesen habe. Vorher warst du für mich nicht real. Aber dann … Deine Eltern sind inzwischen beide verstorben, richtig?«

Hannah wurde es heiß und kalt. »Ja.« Was spielte das jetzt für eine Rolle?

»Das tut mir sehr leid, aber auch für mich«, fuhr Sofia fort.

»Wieso für dich?«

»Weil dein Vater … auch mein Vater ist.«

Fassungslos starrte Hannah diese Frau an, die so etwas Unglaubliches behauptete. »Was?«, hauchte sie.

»Ja. Meine Mutter hat es mir erst kurz vor ihrem Tod gesagt. Dass sie mich all die Jahre belogen hatte. Dass er nicht ein gewissenloser Spanier vom Festland war, der bei einem Autounfall gestorben ist. Dass mein Vater Werner Blumberg heißt, der hier auf Mallorca Urlaub gemacht hatte. Damals, vor zweiundvierzig Jahren. Als meine Mutter, die aus Andalusien, aus Sevilla, stammte, hier auf Mallorca als junges Mädchen ein paar Monate gearbeitet hat. Es muss vor der Zeit mit deiner Mutter gewesen sein, richtig?«

Hannahs Kopf vibrierte, sie überschlug die Jahre, versuchte, sich zu erinnern, wie lange sich ihre Eltern vor ihr kannten. Zum Glück fiel es ihr ein. Zwei Jahre vor ihrer Geburt hatten sie sich auf einer Rockabilly-Tanzveranstaltung kennengelernt.

Zu der Zeit, in den Achtzigern, gab es nicht so viele Fans. Aber ihre Eltern mochten beide diese Musik.

»Ja«, erwiderte Hannah tonlos. »Es muss vor der Zeit meiner Mutter gewesen sein.« Ein Glück. Er hatte ihre Mutter nicht betrogen.

»Dein, ich meine unser, Vater war 1982 mit ein paar Freunden auf der Insel. Er hat meine Mutter kennengelernt, eine Nacht mit ihr verbracht. Er hatte wohl Schmetterlinge im Bauch, glaubte aber nicht an seine Liebe, an eine Zukunft, auch weil es ein Ferienflirt war. Er hat es nicht gewagt, sein Leben in Deutschland für eine Urlaubsliebe aufzugeben. Und er hat sie nicht gefragt, ob sie mit ihm komme. Meine Mutter war darüber sehr enttäuscht, wie sie sagte. Als er schon längst wieder abgereist war, stellte sie erst fest, dass sie schwanger war. Und so katholisch erzogen, wie sie war, hat sie das Kind, also mich, behalten. Aber sie wurde geächtet in Sevilla, wohin sie zurückkehrte, das kannst du mir glauben.«

Sofias Augen füllten sich mit Tränen.

Hannah musste selbst kämpfen, blinzelte. »Das wusste ich alles nicht.«

»Ich weiß.«

Die beiden Frauen starrten einen Moment aufs Meer. Auf diese unendliche Weite, auf dieses Wasser, das schon so viele Geheimnisse verschluckt hatte. Das war es also, was ihren Vater mit dieser Insel verband. Deshalb hatte er immer wieder kommen wollen, sich immer nach dieser Insel gesehnt. Hatte er von seiner Tochter gewusst? War er doch nicht der unbescholtene Mensch, den sie in ihrer Kindheit und bis zuletzt immer vor sich gesehen und so sehr bewundert hatte? Wusste er von einer Tochter und hatte sich nie um sie gekümmert? Oder hatte er wenigstens heimlich Geld überwiesen?

»Und mein Vater, also unser Vater, wusste nichts von dir?«, fragte Hannah mit trockenem Mund und verspürte plötzlich einen riesigen Kloß im Hals. Gebannt wartete sie auf Sofias Antwort.

Sofia wich aus. »Wir lebten sehr einfach. Ich hatte nie viel. Aber das war mir egal, das Einzige, was ich mir gewünscht habe, war ein Vater.« Sie blickte Hannah traurig an. »Ja, er muss es gewusst haben. Eine Freundin meiner Mutter ist nach Deutschland gereist und hat es ihm gesagt. Er hat sie weggeschickt. Hat es verdrängt.«

Entsetzt sah Hannah diese Frau an, die diese ganzen Ungeheuerlichkeiten behauptete. Das sorgsam gebaute Kartenhaus ihrer Kindheit brach mit einem Mal in sich zusammen. Stürzte einfach ein, riss sie mit, in einen Gefühlsstrudel, der wehtat. Eine kleine Welle umspülte ihre Beine, machte sie unsichtbar.

»O Gott, ich weiß gar nicht, was ich sagen soll«, brachte Hannah heraus.

Ihr Vater wusste von einer Tochter und hatte sie verleugnet?

»Viele Männer machen es so«, fuhr Sofia traurig fort. »So viele bekennen sich nicht zu ihren Kindern.«

»Aber doch nicht mein Vater!« Hannah konnte es sich nicht vorstellen. Dieser ruhige, einfache Mann, der ihr beigebracht hatte, nicht zu lügen. Er war nicht fremdgegangen, aber er hatte seine Augen verschlossen. Vor der Welt, vor der Wahrheit, vor der Liebe.

»Ich kannte ihn ja nicht, aber ich wollte ihn auch lange nicht kennenlernen. Deshalb.«

»Das verstehe ich.«

Mit einem Mal kamen Hannah all ihre Erinnerungen durchsichtig vor. Schal, ungewiss, verschwommen.

Aufgewühlt sahen sich die beiden Frauen an. Hannah erkannte jetzt seine Gesichtszüge in Sofias Gesicht. Den ernsten Zug um den Mund. Die fein geschwungene Nase. Die Tatsache, dass sie plötzlich eine Schwester, eine Halbschwester hatte, drang in ihr Herz durch. »Dann bist du … meine Halbschwester? Wie schön.«

Sofia lächelte fast unmerklich, nahm ein Taschentuch aus ihrer Tasche und schniefte hinein. Sie schnalzte mit der Zunge. »Ja, das bin ich dann wohl.«

Hannah fühlte sich plötzlich, als säße sie in einem Karussell. Ihre Hände, die sich gerade noch kalt anfühlten, wurden von der Sonne heiß. »Verrückt, ich habe eine Schwester.« Nach all den Jahren nach dem Tod ihrer Eltern, in denen sie sich so sehr Familie gewünscht hatte, saß nun Sofia neben ihr und lächelte sie zurückhaltend an. Sollte sie Sofia jetzt einfach umarmen?

Ihr schien es ähnlich zu gehen. Hannah zögerte einen Moment, stand dann auf und breitete ihre Arme aus. »Ich freue mich riesig. Eine große Schwester hab ich mir schon immer gewünscht.«

Sofia lachte erleichtert auf. »Wirklich? Ich auch. Aber eine kleine ist auch okay.« Die Frauen nahmen sich lachend in die Arme. Hannah schloss für einen Moment die Augen und sog den fremden, aber lieblichen Duft ihrer Schwester ein. Nach Vanille und Orangen. Sofort erinnerte sie sich an Sams Orangenhain, den Duft der Orangenblüten, den sie niemals vergessen würde.

Hannah löste sich wieder, betrachtete Sofia von Nahem. »Und wieso hast du mich nicht gleich angesprochen? Greta dachte schon, sie wird verfolgt, und hat Panik bekommen.«

»Was? Greta? Ich habe dich beobachtet, stimmt, deshalb auch deine Freundin. O je, wieso hat sie denn Panik bekommen?«

»Ach, das ist eine andere Geschichte.«

Sofia nickte kurz, erklärte: »Zuerst war ich mir nicht hundertprozentig sicher, ob du es wirklich bist. Ich bin sofort nach Hause gelaufen, hab mir das Modemagazin noch mal angeschaut, und dann … habe ich mich nicht getraut, dich anzusprechen.«

»Das verstehe ich. Wohnst du denn eigentlich hier auf Mallorca? Oder in Sevilla?«

»Meine Mutter ist kurz vor ihrem Tod hierhergezogen. Und ich mit ihr. Unser Vater muss gedacht haben, sie lebe wieder in Sevilla, sonst wäre er ja mit euch nicht hierher in den Urlaub gekommen.«

»Das stimmt. Du wohnst also in diesem Ort?« Fragen über Fragen türmten sich in Hannahs Kopf auf wie Wolken an einem stürmischen Tag.

»Ich lebe ungefähr drei Kilometer von hier, die Küste entlang.«

»Kennst du denn Lucia?«

»Du meinst, die Besitzerin des kleinen Cafés?«

»Ja, sie betreibt es, der Besitzer ist«, Hannah stockte, »jemand anderes.«

»Nur flüchtig kenne ich Lucia. Sie ist deine Freundin, so viel habe ich gesehen. Sie auf dich ansprechen wollte ich nicht. Da ich nicht wusste, wie lange du hier im Urlaub bleibst, habe ich allen Mut zusammengenommen.«

»Ein Glück. Stell dir vor, du hättest es nicht gewagt. Dann hätte ich eine Schwester und würde es nicht wissen.« So wie es all die Jahre gewesen war.

»Ja, das Leben ist manchmal verrückt.«

»Und es ist so schade, dass wir uns jetzt erst kennenlernen.« Hannah bedauerte es zutiefst.

Sofia hakte vorsichtig nach. »Unser Vater hat dir nichts von mir gesagt?«

»Was? Nein! Sonst hätte ich mich doch sofort auf die Suche nach dir gemacht.«

»Und deine Mutter wusste demnach auch nichts?«

»Das weiß ich nicht. Ich nehme an, nein. Ich kann es mir nicht vorstellen, so harmonisch, wie die beiden immer zusammenlebten.«

Sofia sah nachdenklich vor sich hin. »Sehr schade, dass unser Vater bereits gestorben ist. Anfangs war ich so enttäuscht und sauer auf ihn, dass er mich einfach verleugnet hat. Aber mit der Zeit habe ich es ein wenig verstanden. Er wollte seine Familie schützen.«

»Ich bin auch sauer auf ihn. Ich brauche noch, bis ich es verstehe.«

Sofia seufzte lächelnd. »Das Schicksal hat uns ja dann doch noch zusammengebracht. Wenn ich den Artikel in der Modezeitschrift über dich nicht gesehen hätte, dann hätte ich dich vielleicht niemals gefunden. Bei Google gibt es einige in Deutschland, die so heißen wie du. Ich wusste ja auch nicht, in welcher Stadt du im Moment lebst.«

»Und woher wusstest du meinen Vornamen?«

»Den hat mir meine Mutter kurz vor ihrem Tod verraten. Sie hat einige Jahre nach meiner Geburt eine Freundin, die in Deutschland lebte, spionieren lassen, was unser Vater so machte, und sie zu ihm geschickt mit einer Nachricht. Einen Brief wollte sie ihm nicht schreiben und Geld für eine Flugreise samt Baby besaß sie nicht. Als sie durch diese Freundin erfahren hat, dass er verheiratet war und gerade eine Tochter bekommen hatte, wusste sie, dass sie zu spät gekommen war. Die Info, dass er sich nicht für uns interessiere und sie sich bitte zum Schutze seiner Familie nicht mehr melden solle, hatte sie zutiefst verletzt. Mutter hatte sich zurückgezogen und nie über ihn geredet. Bis eben kurz vor ihrem Tod.«

Hannah schüttelte bewegt den Kopf. »Ich hatte immer so großen Respekt vor meinem Vater. Wie die meisten Töchter vermutlich. Aber gerade lerne ich ihn von einer ganz anderen Seite kennen.«

Sofia beschwichtigte. »Er war bestimmt so großartig, wie du ihn in Erinnerung hast. Es ist ja auch eine verzwickte Situation, wenn sich eine Urlaubsliebe meldet, sie habe ein Kind von einem. Manche Menschen verdrängen unangenehme Tatsachen sehr gut, ganz offenbar hat er sich für diese Variante entschieden.« Sie versuchte, die gedrückte Stimmung aufzulockern. »Das Foto von dir, vielleicht hat er das im Himmel in Auftrag gegeben, um uns doch noch zusammenzuführen.«

Hannah lächelte. »Schöne Vorstellung. Aber warum musste es ausgerechnet dieses Dicker-Hintern-Foto von mir sein?«

»Hallo!? Du hast doch keinen dicken Hintern.«

»Na ja, unvorteilhaft sehe ich da ja wohl schon aus.«

»Okay, das lasse ich gelten.« Sofia lächelte. »Der Fotograf ist schuld.«

»Danke, große Schwester. Genau für so was braucht man eine große Schwester.«

»Stimmt. Ich war als Kind so schüchtern und hatte kein Selbstbewusstsein. Wenn mich eine Schwester aufgebaut hätte, wäre das toll gewesen«, bestätigte Sofia.

Wieder wurde Hannah klar, was für ein Verlust es war, Sofia nicht als Kind gekannt zu haben.

»Komm, lass uns zu Lucia und meiner Freundin Greta gehen und ihnen alles erzählen. Sie werden sich riesig mit mir freuen, dass ich doch noch Familie habe«, schlug Hannah vor. Sie stand auf.

Sofia tat es ihr gleich. »Gern. Ich bin immer noch ganz zittrig, du glaubst gar nicht, was für eine Angst ich hatte.«

»Angst? Wovor denn? Sehe ich aus, als ob ich beiße?«

»Ja«, lachte Sofia. »Nein, aber du siehst so besonders aus und trägst so teure, außergewöhnliche Designersachen, arbeitest in der Modebranche. Ich war mir nicht sicher, ob du arrogant bist und nichts von mir wissen willst.«

Hannah sah an sich hinunter. Ihr Kleid entstammte tatsächlich einem teuren Label, aber sie hatte es sehr günstig nach einer Show abkaufen können. Dass Sofia das sah, dass sie den eher unbekannten Designer kannte, verblüffte sie. »So wirke ich?«, stellte Hannah erschüttert fest.

»Nein, o Gott, was sage ich da. Ich habe es mir eben eingebildet. Weil ich wusste, dass du in dieser Branche der Schönen und Reichen arbeitest, vermutlich. Weil du diesen italienischen Designer trägst.«

»Du kennst dich sehr gut aus.«

»Ja, ich interessiere mich für Mode. Deshalb hab ich mir ja auch das Magazin gekauft. Auch wenn ich mir keine teuren Klamotten leisten kann. Ich schneidere mir oft selbst etwas nach.« Sie fuhr sich über ihr Kleid. »Vielleicht hab ich das alles auch nur über dich gedacht, weil ich etwas neidisch war – auf dein Leben, auf deine Kindheit, die ich mir im reichen Deutschland in den schillerndsten Farben ausgemalt habe. Dabei mag ich Neid selbst überhaupt nicht an Menschen. Es ist ein menschliches Gefühl und ist auch schon wieder vorbei.« Sie lächelte herzlich und ehrlich.

»Ein Glück. Wir waren wirklich nicht reich, aber wir hatten genug. Nur leider kein Meer.« Sie lächelte. »Ich wäre gern am Meer aufgewachsen. Und die Modebranche ist wirklich mehr Schein und so richtig wohl fühle ich mich da nicht mehr. Ich kann dir gerne etwas darüber erzählen, wenn es dich so interessiert. Viele Jahre fand ich es ja sehr spannend und Mode mag ich natürlich immer noch. Dein Kleid ist übrigens ausgesprochen hübsch. Toller Schnitt. Du hast wirklich Talent.«

Sofia freute sich, und so gingen die beiden Halbschwestern angeregt plaudernd in Richtung Café. Die Enttäuschung über ihren Vater wurde durch ein warmes Gefühl, eine Schwester gewonnen zu haben, in diesem Moment überdeckt.

* * *

Wie ein orangeroter Feuerball tupfte die Sonne auf das Meer, als würde sie jeden Moment wieder hochspringen. Sam saß wie fast jeden Abend im Schneidersitz auf dem umgedrehten alten Boot und betrachtete dieses faszinierende Schauspiel. Der laue Abendwind streifte seinen nackten Oberkörper, seine Nackenhärchen stellten sich auf. Diese Frau ging ihm einfach nicht aus dem Kopf. Seit Hannah auf seinen Wunsch nicht mehr im Strandhaus mitarbeitete, fehlte sie, als habe sie dort seit Jahren jeden Tag am Empfang gestanden. Dabei ließ es sich noch in Stunden zählen. Ihr Lachen, ihre Nähe, ihr Duft. Sam betrachtete die im Mondschein glitzernde Wasseroberfläche, bewunderte wie so oft die Natur. Die Chemie stimmte sofort, das hatte er erst im Nachhinein bemerkt, sich anfangs mit aller Kraft dagegen gewehrt. Verwöhntes Töchterchen, hatte er als Erstes gedacht, als er sie in ihrem Tüllrock auf diesem Felsen sah. Dass Hannah das nicht war, das wusste er mittlerweile – dass sie einfühlsam und sensibel sein konnte, manchmal zu sehr. Eine Möwe saß ein paar Meter neben ihm im Sand, sah zu ihm herüber, als wollte sie ihm sagen: »Tu endlich was!« Sam hatte schon oft das Gefühl gehabt, dass Tiere mit ihm redeten und er sie verstand. Deshalb blickte er der Möwe in die Augen, wusste, dass sie ihn bestätigte. In dem, was er bereits wusste, wovor er sich dennoch fürchtete. Er hatte sich tatsächlich in diese besondere Frau verliebt, und das, obwohl er sie so kurz kannte. Die Natur schien der zeitliche Faktor nicht zu interessieren. Sie machte etwas mit den Menschen, schüttete Stoffe aus, ließ das Herz schneller schlagen, die Nächte schlaflos werden, selbst wenn sich der Verstand sträubte. Berlin. Großstadt, viele Menschen, viele Autos, Lärm, Asphalt. Er wollte nicht weg von seiner Insel, vom Meer, nicht Frau Henning im Stich lassen, auf keinen Fall. Aber die weise alte Dame hatte es ihm auf den Kopf zugesagt: dass er Hannah liebte, auch wenn es verrückt schien. Auch wenn er gedacht hatte, nicht bereit für etwas Neues zu sein, hatte es ihn dennoch getroffen. Unvorbereitet, wie eine Welle, die sich ohne Vorwarnung auftürmt und einen mit sich reißt, als wäre man ein Grashalm, der auf dem Wasser tanzt. Sam betrachtete die Möwe erneut, nickte ihr zu und stand auf.

***

Am nächsten Morgen traf er Hannah vor dem Bad. Sie hatte gerade geduscht, trug einen Handtuchturban, ein Badetuch um ihren nackten Körper geschlungen, duftete nach Zitrone und Orange und einfach nach Hannah. Nervös fuhr er sich durch sein verstrubbeltes Haar, räusperte sich. Der Frosch im Hals ließ seine Stimme seltsam klingen. »Ich wollte … dir etwas zeigen. Hast du um halb zehn Zeit?«

Er sah ihr an, wie sie zusammenzuckte, überlegte. Nach schier endlosen Sekunden nickte sie wortlos. In ihren Augen glitzerte es.

»Ich mache mir gerade einen Kaffee, möchtest du auch einen?«, bot er an.

»Ich habe schon vor dem Duschen einen getrunken. Allzu lange kann ich, ehrlich gesagt, nicht, ich treffe mittags noch jemanden, und wir haben schon viel zu viel Zeit verloren.«

Er verstand zwar nicht, was sie meinte, nickte aber und ging in Richtung Küche. Hannah trat rasch an ihm vorbei. Er konnte nicht anders, drehte sich leicht um, sah ihr nach. Dieser hübsche, wohlgeformte Hintern. Ihre schlanken Beine. Er musste sich sehr zusammenreißen, um nicht zu ihr zu gehen, ihr einfach das Handtuch wegzureißen und sie in seine Arme zu schließen.

Der heiße Kaffee verbrannte seine Zunge. Geduld war noch nie seine Stärke gewesen. Kurz vor halb zehn kam sie aus ihrem Zimmer. Dezent geschminkt, die Haare offen, sie trug wieder ihr rotes Sommerkleid, das ihre Brüste erahnen ließ. Sie sah sehr natürlich und ungewollt sexy darin aus.

»Kann es losgehen?« Sie blickte auf die Uhr.

»Natürlich, komm.« Er ging vor, spürte in seinem Rücken, wie sie ihm folgte.

Mit seinem Jeep fuhren sie wortlos zu leiser Café-del-Mar-Musik ins Inland. Hannah sah ihn immer wieder von der Seite an, aber sie sagte nichts. Erst als der Duft der Orangenblüten schon von Weitem durch das geöffnete Wagenfenster hereinströmte.

»Wir fahren zu deinem Orangenhain?«

Er schüttelte den Kopf, lächelte, konzentrierte sich auf die Straße. Den Straßenschildern nach näherten sie sich Sóller. Dem Tal der Orangen. Hannah sog diesen herrlichen Duft tief ein.

»Die Wärme der Sonne hat die ätherischen Öle aktiviert«, erklärte Sam, während er den Blinker setzte.

Die Orangenblüten verströmten einen süßen, frischen Duft, ein wenig nach Jasmin, etwas leichter als der Duft von Rosen.

Endlich kamen sie in Sóller an. Es herrschte geschäftiges Treiben, einige Touristen strömten in die Stadt.

»Gibt es hier etwas Besonderes?«

»Ja, es wird gerade das Fest der Orangen gefeiert. Fira de Sa Taronja heißt es und findet jedes Jahr in Sóller statt, du hast Glück, dass du es erleben darfst. Zahlreiche Restaurants in Sóller, Port de Sóller und Fornalutx bieten jedes Jahr anlässlich dieses Fests spezielle Orangenmenüs an. Ein paar Tage dauert es noch an.«

»Orangenmenüs, das klingt toll. Ich liebe besondere Rezepte.«

Sam lächelte. »Ich kenne in Sollér einige Gastronomen – wenn du ein Rezept brauchen solltest, meine ich.« Er stellte den

Wagen auf einem Parkplatz ab, sah Hannah jetzt unsicher in die Augen. Was, wenn sie seinen Vorschlag ablehnen würde? Wenn sie ihn hinterwäldlerisch oder gar unverschämt fand? Sie, die Frau, die bisher in einer noblen Glitzerwelt arbeitete. Auch wenn er jetzt wusste, dass sie selbst sich dort nicht mehr wohlfühlte, so wusste er inzwischen auch, dass sie etwas Besonderes war. Rasch stieg er aus, Hannah tat es ihm gleich. Es gingen bereits einige Touristen durch die Straßen, vor Restaurants standen Schilder, die auf das Orangenfest hinwiesen. Er führte sie weiter auf den Plaça Constitució, den Marktplatz, auf dem ein Orangen- und Kunsthandwerkermarkt stattfand. Auch in den umliegenden Straßen konnte man allerlei Produkte aus Orangen oder Orangenblüten erwerben. Orangenlikör, Orangenblütenhonig, Orangenmarmeladen, Orangenessig, Orangensirup, Orangen im Glas und vieles mehr. Überwältigt und angetan betrachtete Hannah all die Leckereien. Auch Tapas mit Orangen gab es, die verschiedenen köstlichen Gerüche stiegen in die Nase. Sam kaufte für Hannah einige der Köstlichkeiten zum Probieren, sah ihr zu, wie sie mit geschlossenen Augen Zitronen-Orangen-Kuchen kostete, wie sie einen Löffel mit Orangenblütenhonig genießerisch ableckte. Die reinste Folter, diese Frau jetzt nicht zu berühren, aber er hatte es sich fest vorgenommen, wollte mit ihr reden, diese Stunden mit ihr genießen. Sie schlenderten über den Platz, vermieden es beide, über sich zu reden, unterhielten sich angeregt über dieses besondere Fest, lachten zusammen, und Sam fühlte sich so unbeschwert wie lange nicht. Als sie an einem Stand vorbeikamen, an dem ein Zitruscocktailkurs angeboten wurde, schlug Hannah gut gelaunt vor, daran teilzunehmen. Ein alter Mallorquiner mit einem schiefen Zahn lächelte ihnen entgegen, nahm gewandt die Zutaten für einen Orangencaipirinha zur Hand. Auf Spanisch erklärte er ihnen, dass zuerst Orangen- und Zitronenstücke hineinkämen. »Mit zwei Barlöffeln kommen weißer Rohrzucker und Lime

Juice hinzu, dann presst ihr mit den Löffeln den Saft aus den Früchten. Schließlich das Glas mit Crushed Ice auffüllen und Cachaça dazugeben. Das Ganze kräftig verrühren und eiskalt genießen. Weil es noch so früh am Tag ist, gebe ich statt Alkohol Mineralwasser dazu.«

Angetan trank Hannah ihren selbst gemixten Cocktail und Sam konnte seine Augen nicht von ihren sinnlichen Lippen wenden.

»Vielen Dank, den werde ich bald für meine Freundinnen mixen«, erklärte Hannah lächelnd. »Mein erster selbst gemixter Cocktail, ehrlich gesagt.« Sie verabschiedeten sich von dem netten Barmann, und Hannah wunderte sich über sich selbst, wieso sie nie selbst Cocktails gemixt hatte, stattdessen war sie immer in Bars gegangen.

»Es gibt einiges, was du noch nie gemacht hast«, neckte Sam sie.

»Ach ja, und was noch?«

»Das sage ich dir gleich. Komm. Wir gehen in ein Restaurant, einen Kaffee trinken, dort haben wir mehr Ruhe.«

Sam, der es ihr jetzt endlich sagen wollte, spürte, wie er mit jedem Schritt nervöser wurde.

»Es duftet alles so herrlich«, sagte sie, lächelte ihn an und folgte ihm.

Sam führte sie zu einem Restaurant, begrüßte den Gastwirt freundschaftlich und ließ sich von ihm zu einem reservierten Tisch für zwei führen. Er hatte ihn zuvor angerufen, um sicherzugehen, einen der besten und ruhigsten Tische zu bekommen. Der Kellner nahm die Getränkebestellung auf. Auch hier gab es einen Orangenaperitif mit verheißungsvoll klingenden Zutaten und so bestellten sie diesen zu ihrem Kaffee.

Sam sah Hannah an. Sie wirkte plötzlich wie ein angespanntes Reh, das überlegte zu fliehen. »Und was kommt jetzt?«, brach es aus ihr heraus.

Sam schüttelte den Kopf, sein Herz klopfte so laut, dass sie es hören musste.

»Nichts Schlimmes.«

Sie atmete durch.

Sam versuchte, sich seine Anspannung nicht anmerken zu lassen. »Ich weiß ja, dass du überlegst, auf dieser Insel neu anzufangen.«

»Sam, red endlich mit mir. Was willst du mir eigentlich sagen?«

Er zögerte einen Moment, hielt inne. »Ich hoffe, dass du bleibst. Und deshalb möchte ich dir ein Angebot machen.«

»Ein Angebot?«

»Ich wollte dir vorschlagen, meinen Orangenhain für mich zu bewirtschaften. Du hast so fasziniert von den Orangenblüten gewirkt, magst die Natur, liebst den Duft der Orangenblüten so sehr wie ich. Mit dem Strandhaus und den Besuchen bei Frau Henning habe ich momentan zu viel zu tun. Und ich möchte auch noch Zeit haben, dich näher kennenzulernen.«

Hannah schien überwältigt, und für einen Moment wusste er nicht, ob sie ablehnen, aufstehen und wegrennen würde. Ihm wurde heiß und kalt. Fassungslos wiederholte sie sein Angebot. »So wie Lucia das Café für dich führt, meinst du, soll ich deinen Orangenhain bewirtschaften?«

»Ja, so in der Art.«

»Ich kenne mich damit überhaupt nicht aus!«

»Das bringe ich dir alles bei – wenn du es möchtest. Ich würde dich natürlich angemessen bezahlen. Du hast doch nach einem längerfristigen Job hier gesucht. Es ist zwar nur eine winzige Aufgabe, so klein, wie mein Hain ist. Aber vielleicht hilft es dir fürs Erste und du kannst nebenher Mode entwerfen. Das machen, wovon du träumst. Du kannst auch weiter im Strandhaus wohnen.«

Überwältigt blickte Hannah ihn an. »Du machst dir Gedanken, wovon ich träume. Du bist gar kein so furchtbarer Chef, wie ich anfangs dachte«, zog sie ihn auf.

Er konterte. »Und du keine so verwöhnte Großstadtpflanze.«

Der Ober brachte die Getränke und Sam und Hannah sahen sich dabei in die Augen. Als der Kellner wieder gegangen war, räusperte sich Sam und fuhr fort: »Wir kennen uns noch nicht lange und sind ganz sicher sehr unterschiedlich, aber trotzdem habe ich das Gefühl, dass es komplett stimmt zwischen uns.« Er hatte es wirklich gesagt. Sein Kopf dröhnte wie bei einem Rockkonzert.

»Tut es das?«, sagte sie. Ihre Augen leuchteten. Anstatt darauf einzugehen, erzählte sie ihm von Sofia, ihrer Halbschwester, dass sie das Schicksal zusammengeführt hatte.

Sam freute sich mit ihr, auch wenn er lieber eine Antwort auf sein Angebot gehabt hätte. Er vermutete, dass er Sofia im Ort bestimmt schon einmal gesehen hatte.

»Ganz bestimmt, sie sieht gut aus. Sie ist dir bestimmt schon aufgefallen.«

»Ich bin nicht, wie du denkst.«

»Was denke ich denn?«

Er ließ es so stehen.

Sie lachte. »Ich kann also meinem Hintern danken, dass meine Schwester mich gefunden hat.«

Verblüfft sah Sam sie an. Bevor er etwas sagen konnte, preschte sie vor: »Ich weiß, dass er okay ist.«

»Mehr als das.«

Sie lächelte.

Wie gern würde er sie jetzt küssen, ihren Körper berühren.

»Du hättest auch noch Zeit, Lucia im Café zu helfen, wenn du das willst. Sie hat mir gesagt, dass sie schwanger ist.«

Sein Herz wummerte so sehr, dass es sich anhören musste wie der stotternde Motor eines alten Mopeds.

»Hat sie das?«

Hannah ließ ihn zappeln, nahm schließlich seine Hand in die ihre. Sie fühlte sich gut und warm an, sodass er das Gefühl bekam, nicht mehr atmen zu können.

»Sam, ich liebe die Orangenblüten. Ich fühle mich geehrt, dass du es mir zutraust. Aber ich weiß doch gar nicht, wie ich sie behandeln soll.«

»Behandle sie einfach so gut wie dich selbst«, antwortete er mit belegter Stimme.

»Aber – es ist nicht so einfach und …«

Er schüttelte den Kopf, machte »pschscht«, legte ihr seinen Zeigefinger auf die Lippen. Sie fühlten sich weich an. Sein Kopf machte sich selbstständig, und ehe er weiter darüber nachdenken konnte, näherte er sich ihrem Mund, und zum Glück lächelten ihm ihre Augen warm entgegen. Sie presste ihre Lippen voller Sehnsucht auf die seinen. Sam schloss die Augen, spürte sie mit jeder Pore, sog sie in sich auf und fühlte einen Klumpen Glück und eine große Hoffnung in seinem Bauch.

16. Kapitel

Sam hatte einen Anruf von Frau Henning bekommen, ob er bitte sofort kommen könne. Juna sei da. Hannah durchfuhr sofort ein Stich. Er wollte Hannah zuliebe nicht hingehen, aber sie bestand darauf. Eifersucht machte sich zwar in ihrem Magen breit, aber sie wollte souverän sein und schickte ihn zu ihr. Nachdem er noch mindestens fünf Mal gefragt hatte, ob sie sicher sei, hatte er Hannah im Café abgesetzt. Hannah wollte ihre Verabredung mit Sofia nicht platzen lassen und sie wollte Sam vertrauen.

Während sie im Café auf Sofia wartete, fand Hannah endlich die Zeit, ihre E-Mails abzurufen. Jetzt starrte sie verwirrt, glücklich und verzweifelt auf ihr Smartphone. Diese E-Mail einer Berliner Designerin lag schon seit Tagen in ihrem Postfach. Mara Malin. Die Designerin bot ihr an, für sie als Jungdesignerin zu arbeiten. Nach einer Probezeit sogar als eigenverantwortliche Designerin. Auf ein Jobangebot wie dieses hatte Hannah jahrelang gewartet. Wieso musste es ausgerechnet jetzt kommen? Wieso ausgerechnet Mara Malin, von der man sagte, sie sei sympathisch und kollegial.

Hannah rührte den Löffel in ihrem Kaffee um und sah aufs Meer. Lucias Stimme riss sie aus ihren Gedanken. »Wie lange willst du denn noch umrühren?«

»Ach.« Hannah leckte den Löffel ab, legte ihn neben sich auf das Tischchen. Ihre Hand zitterte. Lucia runzelte die Stirn, setzte sich zu ihr, obwohl gerade eine Familie im Café Platz nahm und der Vater schon nach der Bedienung winkte. »Wieso machst du dir die Entscheidung so schwer?«

»Weil sie jetzt noch schwerer ist!«, entfuhr es Hannah. Sie hatte Lucia vorhin bereits alles von Sam und seinem netten Angebot erzählt, aber natürlich noch nichts von der Mail, die sie jetzt erst gesehen hatte. »Entschuldige.«

»Manchmal steigern wir uns in etwas hinein, obwohl es viel Gravierenderes gibt.

»Manchmal hilft es«, erwiderte Hannah zerknirscht. »Aber nicht immer.« Sie erzählte ihrer Freundin von diesem genialen Jobangebot. Dass diese Designerin wirklich nett sei, dass sie von einem Angebot wie diesem immer geträumt hatte. Warum gerade jetzt, wo sie ihre Halbschwester kennenlernen, der Sache mit Sam eine Chance geben wollte und Lucia mit dem Baby und dem Café unterstützen …

»Stopp!«, unterbrach Lucia ihren Redeschwall. »Es geht um dich.«

»Es geht auch um meine Liebsten hier. Und um meine Berliner Freunde, die mir nach dem Tod meiner Eltern sehr geholfen haben, die ich vor den Kopf stoßen würde, wenn ich hierherziehen würde. Vor allem um Greta, die in Berlin immer für mich da ist.«

»Ich verstehe dich sehr gut. Und ich mag Greta inzwischen auch sehr. Sie ist tough, sie ist crazy, sie ist ehrlich. Dann nimm dieses Jobangebot an, Süße. Uns kannst du in den Ferien besuchen. Fernbeziehungen gibt es viele.«

»Was? Nein! Doch nicht über diese Distanz. So viele Flüge kann ich mir nicht leisten und ich will das auch nicht.«

Hannah seufzte. Von was träumte sie im Moment? Lange arbeiten, kaum Freizeit, immer in der Kritik der Konkurrenz und Presse zu stehen, das konnte es nicht sein. Aber ihre eigenen Kreationen zu erschaffen, davon hatte sie schon als Kind geträumt.

»Es gehört einiges dazu, seinen heimischen Kokon zu verlassen«, unterbrach Lucia ihre Gedanken, »um in eine unbekannte Welt hinauszuziehen.«

»Wobei mein Kokon zu Hause ja nicht mehr aus reiner Seide besteht und diese Insel für mich nicht mehr die unbekannte Welt ist«, gab Hannah zu bedenken. »Mein Vater hat immer davon geträumt, hier zu leben, inzwischen weiß ich ja auch, was ihn mit dieser Insel verband. Ich bin so sauer auf ihn. Wieso hat er Sofia und ihrer Mutter das angetan?«

»Für euch. Er hat es doch erst erfahren, als du schon geboren warst.«

»Du nimmst ihn in Schutz? Ausgerechnet du?«

»Wenn du so willst, ja.« Lucia legte wieder unbewusst ihre Hand auf ihren Bauch. »Rede noch mit Sofia und Greta über dieses Jobangebot. Und dann hör auf deinen Bauch und dein Herz. Eines ist sicher: Ich habe Sam lange nicht so verliebt, so sweet gesehen.«

»Ist er nicht bei jeder attraktiven Frau so?«

»Nein. Nur damals bei Juna. Aber selbst da …« Lucias Worte blieben in der Luft hängen wie eine Möwe, die sich im Himmel gleiten lässt.

»Ich dreh mich wie ein Kreisel. Was ist mit dir?«, lenkte Hannah ab.

»Mit mir? Was meinst du?«

»Peters Blick spricht Bände. Aber du siehst ihn nicht. Dabei wirkt er auf mich wie ein aufrichtiger Kerl.«

»Das klingt ja richtig aufregend«, neckte Lucia sie.

»Ich bin mir sicher, er kann auch aufregend sein. Gib ihm eine Chance.«

»Was? Hat er dich bestochen oder warum redest du so?«

»Nein, ganz sicher nicht. Ich rede so, weil ich Augen im Kopf habe. Und weil wir die guten Typen viel zu oft nicht sehen. Aber vor allem, weil ich spüre, dass du ihn magst. Sehr sogar.«

Hannah sah Lucia an, dass sie richtig lag. »Denkst du wirklich?«

»O ja. Anfangs war ich mir nicht so sicher. Aber inzwischen schon.«

»Ich will nicht, dass er denkt, ich brauche einen Vater für mein Baby. Deshalb hab ich ihm keine Signale gesandt.«

»Selbst, wenn er das denken sollte, wir beide wissen, dass du es auch alleine durchziehen würdest. Du bist schließlich die tougheste Frau, die ich kenne. Nach Greta. Und mir.«

Die Freundinnen lachten. Lucia nahm Hannah in den Arm. »Dich hat der Himmel geschickt, Hannah.«

»Du hast mich hergelotst mit deiner WhatsApp. Ich bin sehr froh drum. Eine gute Freundin ist einfach dafür da, Wahrheiten auszusprechen, Ratschläge zu geben. Die Entscheidung muss jede dann selbst treffen. Wir helfen uns gegenseitig sehr. Ich habe irgendwie das Gefühl, dieses kleine Café ist ein magischer Ort. Es hat uns alle zusammengeführt, macht die Gedanken frei.«

»Das stimmt«, bestätigte Lucia. Zögerlich fügte sie hinzu: »Ich hoffe, ich kann es noch lange halten.«

»Was meinst du damit?«

»Es läuft nicht so gut wie erhofft.«

»Was? Wie kommt das denn?«

»Die Konkurrenz an Imbissen und Strandbars auf Mallorca ist groß. Viele bringen ihre Getränke in Kühltaschen mit an den Strand. Das, was ich hier anbiete, kann man überall kaufen.«

Hannah dachte nach. Dass das Café nicht gut laufen könnte, hätte sie nicht vermutet.

Lucia lächelte tapfer, wollte offenbar nicht weiter darüber sprechen. »Es ist so wunderschön, jemanden zu haben, den man schon seit seiner Kindheit kennt.«

»Das stimmt. So schade, dass uns die letzten Jahre fehlen. Nur wegen meines Jobs, weil ich die ganze Zeit gehofft hatte durchzustarten. So viel ist auf der Strecke geblieben – und würde es jetzt wieder.«

»Egal wie, du startest ab jetzt durch, kleine Hannah.« So hatte Lucia Hannah früher immer genannt. Weil sie zwei Monate älter war als Hannah.

»Zumindest komme ich dem, was ich wirklich will, so langsam näher.«

»Was gibt es Besseres im Leben?« Wieder lächelten sie sich an. »Also gut«, sagte Lucia entschlossen. »Ich gebe Peter eine Chance. Wenn er die möchte. Aber ich lasse mich nur auf ihn ein, wenn er es wirklich schafft, einen ganzen Schwarm Schmetterlinge in mir fliegen zu lassen.«

»Sowieso. Eine Vernunftbeziehung geht ja mal gar nicht.«

»Ganz genau. Und ich horche noch mal ausgiebig in meinen Bauch.«

Erneut drückten sich die beiden. Lucia löste sich. Der Familienvater, der mit seinen Kindern und seiner Frau im Hintergrund schon mehrmals versucht hatte, durch Fingerzeige Lucias Aufmerksamkeit auf sich zu ziehen, um zu bestellen, stand jetzt auf. »Ich komme, ich komme sofort«, beschwichtigte Lucia ihn charmant lächelnd. »Das ist meine beste Freundin, wissen Sie, eine beste Freundin zu haben, ist das Beste, was es gibt auf der Welt.« Sie trat zu der Familie. Die Frau lächelte sie nett an. »Was darf es denn sein?«

»Cola-Eis!«, riefen die Kinder im Chor.

Die Mutter schüttelte streng den Kopf. »Haben Sie auch etwas Gesundes?«

»Natürlich. Obst?«

»Nein, das essen sie nicht. Leider.«

»Irgendetwas anderes, Fruchtiges, aber bitte kein Fertigeis.«

Hannah horchte auf und wie ein Blitz durchfuhr sie eine Idee.

* * *

Yann ging neben Greta den Strand entlang, aber sie fühlte sich ihm nicht nahe. Er trug sein Basecap tief in die Stirn gezogen, redete nicht, sah einfach nur auf seine Turnschuhe. Sie wusste nicht, was in seinem Kopf vor sich ging. In ihrem jedenfalls rotierte es, wie so oft. Hannah hatte gestern so glücklich gewirkt, als sie mit Sofia vom Strand zurückgekehrt war. Greta hatte Sofia kurz kennengelernt und musste zugeben, dass Hannahs Schwester sehr sympathisch wirkte. Ein dumpfes Gefühl in der Magengegend sagte ihr, dass Hannah Berlin verlassen würde. So schade. Wenigstens würde sie Hannah dann ganz oft auf Mallorca besuchen. Auch dieser Clooney-Typ spukte Greta im Kopf herum. Und das, während sie mit Yann hier an einem der romantischsten Orte der Welt entlanglief?

Plötzlich blieb sie stehen und sah Yann an. »Yann?«

Auch er stoppte, etwas irritiert. »Was ist denn?«

»Es geht nicht. Ich meine, du bist ein toller Typ, und es liegt wirklich nicht am Alter, aber wir sind einfach grundverschieden.«

Allein die Tatsache, dass sie allen Ernstes an Clooney dachte, machte ihr klar, dass es richtig war, was sie hier tat. Auch wenn aus ihr und Clooney natürlich nie etwas werden würde. Ein Italiener. Noch dazu ein verdammt attraktiver.

Yann schluckte, sein Kehlkopf bewegte sich auf und ab. »Das weißt du doch noch gar nicht, ob wir zusammenpassen.«

»Vielleicht nicht sicher, aber es ist so ein Gefühl.«

Er atmete aus. Enttäuscht, resigniert. »Frauen wollen immer nur Sex – und reden.«

»Nicht nur, aber schon auch.«

Er eröffnete ihr, dass bereits die letzten beiden Frauen mit ihm Schluss gemacht hätten und er gehofft habe, mit einer etwas älteren Freundin funktioniere es besser.

»Das hat doch nichts mit dem Alter zu tun. Die Chemie muss stimmen. Sie stimmt sehr selten perfekt, das geht nicht nur uns beiden so.«

Seine Schultern strafften sich. Er zog sein Basecap vom Kopf, fuhr sich übers Haar. »Na dann, schade. Aber ich glaube, ich hab es selber gecheckt.«

»Ich glaube auch. Sonst hättest du dich anders verhalten.«

Er nickte. »Ich such mir für die restlichen Tage was im Süden der Insel. Da ist mehr Action.«

»Du kannst gern auch noch bleiben. Ist ja schwierig, etwas Bezahlbares so spontan zu finden.«

»Nee, merci.« Er sah sie an, lächelte bitter, nahm ihren Kopf zwischen seine Hände und drückte ihr einen Kuss auf die Stirn. »Mach's gut, du Verrückte.«

Damit drehte er sich um und ging.

Greta schossen Tränen in die Augen. Um ehrlich zu sein, sie hatte gehofft, mit dem ruhigen Yann wirklich glücklich zu werden. Denn all die Bekanntschaften in den letzten Jahren hatten Spuren hinterlassen. Im Grunde wünschte sie sich nichts anderes als das, was sich viele wünschten. Einen Partner zu treffen, der zu hundert Prozent zu einem passte, mit dem man sich in allen Situationen wohlfühlte, der ein Kribbeln im Bauch verursachte und das immer wieder, nicht nur die ersten paar Wochen oder Monate.

Greta blinzelte ihre Tränen weg, grub ihre Zehen in den Sand. Jetzt stand sie hier an diesem idyllischen Ort und könnte heulen wie ein Schlosshund. Sollte sie jetzt zum Café zurückgehen und hoffen, Clooney würde bald wieder einen Espresso trinken? Wie erbärmlich war das denn. So richtig reizte sie im Moment gar kein Mann. Vielleicht brauchte sie eine Männerauszeit?

Musste sie extra nach Mallorca fliegen, um das zu bemerken?

Greta ging weiter und allein durch diesen Gedanken fühlte sie sich schon wieder besser. Sie war nicht abhängig von einem Mann, konnte gut alleine sein.

Dann sah sie ihn vor sich am Strand. Clooney, der in seiner ganzen Schönheit auf einem Handtuch lag, eine Sonnenbrille auf der Nase. Gott, dieser Mann sah wirklich gut aus. Fein definierte Muskeln, eine angenehme Bräune. Schaute er sie an oder hatte er die Augen geschlossen? Hinter der verspiegelten Sonnenbrille konnte es Greta nicht erkennen. Sie strich sich unwillkürlich ihr Haar zurück, ging einfach weiter, lächelte ihm kurz zu. Wenn er sie sehen konnte, würde er zurücklächeln. In dem Moment kam ein anderer Adonis zu ihm, setzte sich neben ihn in den Sand, lächelte ihn an, beugte sich über ihn und – küsste ihn auf den Mund.

Greta zuckte unwillkürlich zusammen, auch wenn sie einige gute schwule Freunde hatte, bei Clooney hatte sie nicht damit gerechnet. Das Schicksal schien wirklich eine Männerauszeit für sie vorzusehen. Ein leichter Seufzer entglitt ihren Lippen. Die schönsten Männer sind vergeben oder schwul. An diesem alten Spruch war etwas dran. Und eigentlich war es auch anstrengend, einen zu schönen oder zu jungen Mann an seiner Seite zu haben. Vierzig war zwar das neue Dreißig, aber wie sollte man das in schwachen Momenten seinem Selbstbewusstsein klarmachen? Und schwache Momente hatte selbst die stärkste Frau.

Vielleicht würde wenigstens Hannah glücklich werden mit Sam. Greta hoffte es für ihre Freundin so sehr. Vielleicht würde Sam ja auch nach Berlin ziehen für Hannah? Greta wusste, den passenden Mann gab es auch für sie, nur eben nicht im Moment. Sie war eine starke Frau, einige Männer hatten Angst vor ihr. Aber dann waren das eben auch nur die Hasen.

* * *

Wie am ersten Tag dieser Reise kletterte Hannah fast bis zum äußersten Punkt der Felszunge, dem Platz, der sie so sehr an ihre Kindheit und vor allem an ihren Vater erinnerte. Nun verband sie mit diesem Felsen auch noch ihre erste Begegnung mit Sam. Die Sonne stand hoch am Himmel und zauberte wieder dieses Glitzern auf die Wasseroberfläche. Sofia folgte Hannah, ziemlich außer Atem.

»Mit vierzig hat man noch weniger Puste, kann das sein?«, alberte Sofia.

»Soll ich dir helfen?« Hannah reichte ihrer Schwester die Hand, doch diese schüttelte den Kopf. »Wäre ja noch schöner. Ich schaff das schon.«

Kurz darauf war sie bei ihr angekommen, setzte sich neben Hannah und gemeinsam genossen sie die Aussicht.

»Hier bist du mit Vater also immer gesessen?«

»Ja. Mum war oft dabei, manchmal auch nicht, wenn sie es wegen der Hitze vorzog, schwimmen zu gehen. Pa hat mich hier oben immer gefragt, ob ich glücklich bin. Das war schon so eine Art Ritual zwischen uns. Und eigentlich konnte ich es immer bejahen.«

»Und uneigentlich?«

Hannah sah Sofia an und lächelte. »Uneigentlich hab ich mir immer einen Bruder oder eine Schwester gewünscht. Aber ich wusste ja, dass es nichts bringt, sich das zu wünschen.«

Sofia strahlte. »Manchmal bringt es doch etwas.«

Die Schwestern nahmen sich für einen Moment in den Arm. Wie gut Sofia roch. So vertraut und doch so fremd. Dann erzählten sie sich von ihrer Kindheit, und Hannah erfuhr, dass Sofias Mutter nie wieder einen Mann kennengelernt hatte, mit dem sie zusammen sein wollte. Wieder fühlte sie diesen Groll auf ihren Vater. Wieso hatte er die Freundin von Sofias Mutter mit dieser niederschmetternden Botschaft weggeschickt? Es sah ihm so gar nicht ähnlich. Und mit einem Mal bekam sie einen Verdacht. »Was, wenn es gar nicht stimmte, dass mein Vater dich verleugnet hat?«

»Was? Wie meinst du das?«

»Wenn er doch nichts von dir erfahren hat? Es passt so gar nicht zu ihm, dass er so herzlos gewesen sein soll. Er war ein sehr emotionaler Mensch.«

Sofia schüttelte den Kopf. »Das ist das, was ich von meiner Mutter erfahren habe.«

»Und was ist mit dieser Freundin, die die Botschaft überbracht hat? Lebt sie noch?«

»Ich denke, ja.«

»In Deutschland?«

»Vermutlich. Hannah, aber selbst wenn, was ändert das jetzt noch?«

Hannah stand auf, schwankte einen Moment auf dem Felsen, verlor beinahe das Gleichgewicht, aber Sofia hielt schnell ihre Hand. Es ging hier schließlich gute fünf Meter in die Tiefe, und beinahe wäre sie wieder abgerutscht, ins Meer gefallen. Wenn Sam das gesehen hätte. Mit einem Mal spürte sie, wie sehr sie diesen Mann vermisste und liebte. Wie sehr er bereits zu ihr gehörte. Aber jetzt ging es um ihren Vater. Um ihr Bild von ihm. »Es würde etwas ändern. Ich könnte wieder voller Liebe an ihn denken. Im Moment, seit ich weiß, was er euch angetan hat, fällt es mir schwer.«

Sofia seufzte. »Das verstehe ich. Ich hatte Zeit, meinen Frieden mit ihm zu schließen. Du nicht. – Weißt du was? Ich denke, ich finde die Telefonnummer dieser früheren Freundin heraus. Sie hat einen seltenen Namen und meine Mutter hatte lange Kontakt mit ihr. Sie hat alle ihre Freundinnen in ein Telefonbüchlein geschrieben, ich weiß, wo es ist.«

»Ach, Sofia, du bist so wunderbar.«

»Warte. Noch ist nicht sicher, ob wir ihre Nummer herausfinden. Aber ich versuche mein Bestes.«

»Das ist schon mehr als genug.«

Die beiden Schwestern genossen noch eine Zeit lang den Blick über die Bucht, dann hielt Hannah nichts mehr auf diesem Felsen, sie bat Sofia, nach dem Telefonbuch ihrer Mutter zu suchen.

* * *

Sofia lebte in einem kleinen Apartment im Nachbarort, mit Blick auf das Meer. »Es ist einfach eingerichtet, aber das macht mir nichts, solange ich jeden Morgen und Abend nach der Arbeit das Meer sehe.«

»Das habe ich mir auch immer gewünscht.« Hannah betrachtete die in ihren Augen geschmackvolle Einrichtung, während Sofia eine Kommode durchwühlte.

»Sie ist ein Erbstück meiner Mutter, hier drin habe ich alles aufgehoben, was mir wichtig erschien. Es bleibt so wenig von einem Menschen, wenn er stirbt. Am liebsten hätte ich alles mitgenommen. Aber in meiner kleinen Wohnung ist leider kein Platz, einen Keller habe ich nicht.«

»Ja, das ist traurig, so ging es mir nach dem Tod meiner Eltern auch.«

Sofia horchte auf. »Hast du trotzdem ein wenig von Vater behalten können?«

»Ein bisschen schon. Ich zeige es dir gern, wenn du mich in Berlin besuchst.« Denn das hatten die Schwestern bereits fest vereinbart. Sofia wollte sehen, wo Hannah und ihr Vater all die Jahre gelebt hatten, in welchem Straßencafé sie zusammengesessen hatten, in welchem Park sie spaziert waren.

Eine Schneiderpuppe stand neben Sofias Bett. Auf dem Tisch lagen Zeichnungen von Kleidern. Hannah wollte nicht neugierig sein, aber sie musste sie sich ansehen.

Da wurde sie von Sofia überrascht. »Was machst du da?«

»Entschuldige.« Hannah legte die Zeichnungen rasch zurück.

»Nein, schon in Ordnung. Es sind nur ein paar Versuche.« Sofia schnalzte wieder mit der Zunge, wie jedes Mal, wenn sie nervös wurde.

Hannah schüttelte den Kopf. »Sie sind gut. Ich meine, sie sind ein Anfang.«

Sofia lächelte. »Ein Anfang, das klingt gut.«

Die Schwestern sahen sich warm an. Dann zog Sofia ein etwas zerfleddertes kleines Telefonbuch hinter ihrem Rücken hervor. »Hier ist es.«

Sie setzte sich zu Hannah und blätterte die handschriftlich beschriebenen Seiten durch. Endlich fand Sofia die Nummer der gesuchten Freundin, sie hieß Carmela. Während Sofia wählte, saß Hannah angespannt neben ihr und knetete die Hände. Hatte ihr Vater wirklich gewusst, dass er eine Tochter hier hatte, und sich nicht um sie gekümmert, noch nicht einmal für sie bezahlt? Hatte sie sich in diesem Mann wirklich so sehr getäuscht? Sie musste es noch einmal von dieser Zeitzeugin hören. Sie spürte, dass es ihr Grundvertrauen in Männer in ihrem tiefsten Inneren zerstört hatte. Ihr Vater, der wichtigste Mann in ihrem Leben, hatte ein dunkles Geheimnis, hatte sie und ihre Mutter all die Jahre belogen.

* * *

Zurück am Café, fanden Hannah und Sofia die frischgebackenen Freundinnen Greta und Lucia im angeregten Gespräch vor, und sofort durchströmte Hannah ein tiefes Glücksgefühl, zwei so liebe Freundinnen und jetzt auch noch eine große Schwester zu haben. Zuerst hatten sie Carmela, die Freundin von Sofias Mutter, nicht erreicht. Daraufhin hatten sie sich auf Sofias Bett gesetzt und zusammen Fotoalben von Sofia als kleines und heranwachsendes Mädchen angesehen. Sofia trug geflochtene lange Zöpfe und hatte zwar nicht ihr, Hannah, ähnlich gesehen, jedoch ihrem Vater im Gesicht, ganz eindeutig im Profil. So gern hätte Hannah damals mit diesem Mädchen gespielt. Die beiden Schwestern tranken einen Tee zusammen und erzählten sich Erlebnisse aus ihrer Kindheit.

Dann kam der Rückruf von Carmela und Hannahs Herz klopfte bis zum Hals. Sofia teilte dieser Frau ihr Anliegen mit und die Freundin der Mutter stockte. Totenstille am anderen Ende der Leitung. Schließlich brach Carmela in Tränen aus und offenbarte Sofia stockend, damals gelogen zu haben. Sie hatte nie mit Hannahs und Sofias Vater gesprochen, hatte ihn von Weitem in Berlin mit seiner kleinen Familie beobachtet, aber dann als gute Freundin entschieden, dass es besser für ihre Freundin, Sofias Mutter, sei, wenn er es nicht wusste. So liebevoll, wie dieser Mann mit seinem Baby umgegangen war, sei sie sich sicher gewesen, dass er Sofias Mutter ihr Kind wegnehmen würde. Und da Sofia ihr Ein und Alles gewesen war, musste Carmela das verhindern. Später hatte sie mit ihrer Entscheidung gehadert, aber irgendwann habe es kein Zurück gegeben. Und mit den Jahren hatte sie es geschafft, nur noch selten daran zu denken. Sie hatte es gut gemeint, wollte ihre Freundin schützen.

Sofia hatte sich sehr aufgeregt und Carmela am Telefon wüst beschimpft, dass diese einfach aufgelegt und alle weiteren Anrufversuche abgeblockt hatte.

Hannah konnte es kaum fassen. Ein riesiger Stein plumpste ihr vom Herzen. Ihr Vater hatte es doch nicht gewusst. Sie hatte sich in diesem lieben Menschen nicht getäuscht.

Die Schwestern redeten lange über Carmelas Verrat, über die Tragik dieser Lüge, über ihren Vater, der sich über eine weitere Tochter so gefreut hätte. Freundinnen, die sich zu sehr in das Leben einer Freundin einmischen, können auch Negatives bewirken. Ratschläge zu geben, war in Ordnung, aber die Entscheidungen sollte eine Frau selbst treffen.

Schließlich beschlossen die Schwestern, die Vergangenheit Vergangenheit sein zu lassen, ihre Zeit zusammen zu genießen. Gemeinsam fuhren sie mit Hannahs Mietwagen in Lucias Café, um ihr und Greta von den Neuigkeiten zu berichten.

Greta und Lucia konnten es nicht fassen. »Was für eine Mistkuh!«

»Sie hat euer Leben zerstört!«

»Das nun nicht, aber sie hat uns sehr viel genommen.«

»Das Schicksal sucht sich seinen Weg. Wie gut, dass ich mir diese Zeitschrift gekauft habe.«

»O ja.« Hannah dachte daran, wie anders ihr Leben die letzten Tage hätte verlaufen können. Wäre sie nicht auf die WhatsApp hin nach Mallorca geflogen, säße sie jetzt frustriert als Single im kühlen Berlin. Der März in Berlin konnte sehr frisch und ungemütlich sein.

Hannah sah Greta an und registrierte, wie niedergeschlagen sie plötzlich wirkte. Gerade hatte sie sich noch mit ihnen echauffiert, doch jetzt war ihr Gesicht zusammengefallen wie eine Blume ohne Wasser.

»Greta, was ist mit dir? Du siehst traurig aus. Ist etwas passiert?«

Greta zierte sich zunächst, doch dann erzählte sie ihnen von Yann, der gleich seine Sachen aus dem Strandhaus holen würde, beendete ihre Erzählung aber mit der Anekdote über Clooney und musste jetzt selbst lachen.

Hannah und Lucia gingen auf Greta ein, sagten, dass Yann, soweit sie das beurteilen konnten, nicht zu der starken Greta zu passen schien, und Greta fühlte sich getröstet, bestätigt und aufgehoben. »Eine Runde Cappuccino und Mandelkuchen?«, schlug Lucia vor.

»Und wie gern.«

Sofia hakte bei Hannah nach. »Nimmst du Sams Angebot denn jetzt an, den Orangenhain zu bewirtschaften? Oder doch eher das andere in Berlin? Ich würde es verstehen.«

Greta horchte auf. »Moment, welches andere Angebot?«

Hannah erzählte ihr von der Mail der Berliner Designerin, und Greta, die diese natürlich kannte, wusste sofort, dass es sich um Hannahs Traumjob handelte. »Wie cool ist das denn, bei Mara Malin? Mensch, Hannah, du könntest ganz groß rauskommen.«

»Das ist auch nicht sicher, das weißt du. Du kennst die Branche. Und selbst wenn, kann es nur ganz kurz sein. Oder erst in fünf bis zehn Jahren.«

»Sicher ist nichts im Leben.«

»Auch nichts in der Liebe«, fügte Sofia hinzu. Und es klang, als habe auch sie schon einige leidvolle Erfahrungen hinter sich. Sie war momentan Single, das wusste Hannah bereits aus ihren Gesprächen.

Hannah seufzte jetzt nur.

Lucia stand auf, um den Kaffee und Kuchen zu holen, Sofia bot an, ihr zu helfen, und folgte ihr.

Greta sah Hannah an, wie sehr sie dieser Konflikt belastete. »O weh. Du Arme. Wenn du bei Mara Malin zögerst, scheint es dich ja ganz schön erwischt zu haben mit Sam.«

»Ich glaube, ich habe noch nie so viel für einen Mann empfunden, um ehrlich zu sein. Und das in der kurzen Zeit.«

Greta streichelte ihr über den Arm.

»Man kann noch nicht mal sagen: Herz oder Verstand, denn dein Herz hängt ja auch an dem Job, mir kannst du nichts vormachen.«

»Das ist ja das Problem. Ach, Greta. Vielleicht bin ich ganz kurz ein Sternchen am Modehimmel. Und dann? Die Branche ist so schnelllebig. Das stört mich immer mehr.«

»Das wusstest du vorher. Natürlich. Das macht auch den Reiz aus. Alles kann passieren, muss aber nicht.«

Hannah betrachtete Greta nachdenklich. »Stimmt, ich wollte keinen Job, bei dem ich weiß, was bis zur Rente passiert. So ein Leben wollte ich nie, auch wenn es vielen Sicherheit gibt, was ich verstehe.«

»Also sagst du den Job zu?«

Hannah sah aufs Meer. »Ehrlich gesagt, hat mich unsere Branche die letzte Zeit auch gelangweilt. Auf eine andere Art. Verstehst du, was ich meine?«

»Sehr sogar. Geht mir auch manchmal so. Aber nicht so extrem wie dir.«

»Du arbeitest ja auch als Make-up-Artistin und nicht ewig als ›Assistentin von‹.«

»Das stimmt. Aber das würde sich ja bei dir jetzt ändern. Ich könnte höchstens noch zum Fernsehen, Film oder ans Theater wechseln, aber dort sind die Leute nicht viel anders. Jetzt könntest du endlich als Designerin arbeiten.«

Hannah blickte sie an. »Nichts ist sicher und nichts für die Ewigkeit. Danke, dass du mich daran erinnert hast. Deshalb muss ich mich nicht für die Ewigkeit entscheiden. Weißt du was, ich sage Mara Malin ab. Ich nehme mir ein Jahr Auszeit. Um zu sehen, was das zwischen Sam und mir ist. Vor allem will ich Sofia kennenlernen und für Lucia da sein, wenn das Baby kommt, ihr hier im Café helfen. Ich hoffe, du verstehst das?«

Greta lächelte ihre Freundin an. »Logisch, auch wenn es öde wird ohne dich in Berlin. Aber ich komme dich ganz oft besuchen, das ist eine Drohung.« Die Freundinnen lachten. In dem Moment kamen Lucia und Sofia mit Mandelkuchen und Cappuccino für alle zurück.

»Und?«, hakte Lucia sofort neugierig nach.

»Ich möchte bei der Geburt und danach dabei sein. Ich will sehen, wie die Orangenblüten wachsen, in diesem Café arbeiten, und ich will Zeit nachholen, auch wenn sie nicht nachzuholen ist. Zeit mit meiner Schwester.«

Ehe Lucia und Sofia, die überwältigt wirkten, reagieren konnten, hörten sie Elenas Stimme. »Lucia, hast du noch ein Stück Mandelkuchen für Pablo und mich?«

Lucias Großmutter stand Hand in Hand mit ihrem Pablo da und die beiden Alten sahen wirklich herzig zusammen aus.

»Hannah bleibt! Zumindest ein Jahr!«, rief ihr Lucia zu. »Ist das nicht wundervoll?«

Elena ging sofort zu Hannah, die kleine alte Frau schloss Hannah in die Arme und drückte sie an ihren Busen. »Wie schön, ich freue mich so. Man muss sich im Leben nicht immer für ewig entscheiden. Nicht einmal eine Hochzeit ist heutzutage bis ans Lebensende, bei den meisten zumindest nicht. Ich hatte nicht nur einen Ehemann, ich weiß, wovon ich spreche. Nur mit Pablo, denke ich, könnte ich es bis zum Lebensende aushalten.« Sie zwinkerte den anderen zu. »Hannah, du weißt, du warst immer wie eine Enkelin für mich. Du gehörst einfach zur Familie.«

»Danke, liebe Elena, ganz lieben Dank. Darf ich dir meine Schwester Sofia vorstellen? Meine Halbschwester, um genau zu sein. Mein Vater wusste nichts von ihr, aber er scheint es gespürt zu haben, so sehr, wie er diese sonnige Insel liebte. Ich bin überglücklich, sie gefunden zu haben.«

»Und ich erst«, erwiderte Sofia.

Mit Tränen in den Augen nahm die kleine alte Frau Sofias Hände in die ihren. »Sofia, Sie wissen gar nicht, was das für unsere Hannah bedeutet.« Sie presste ihre Lippen aufeinander.

»Großmutter«, sagte Lucia plötzlich, und man sah ihr an, wie angespannt sie sein musste. »Würde es dich freuen, Urgroßmutter zu werden? Auch wenn ich keinen Vater dazu habe?«, fügte sie schnell hinzu.

Elena fasste erschrocken nach Pablos Hand, der sie sofort tätschelte. Einen Moment wirkte es, als fiele Elena in Ohnmacht. Dann ging ein Strahlen über ihr Gesicht. »Und wie mich das freuen würde. Wie kannst du nur etwas anderes denken?« Überglücklich schloss sie Lucia in die Arme.

Greta, die sich irgendwie auch zu dieser kunterbunten Familie gehörig fühlte, kamen die Tränen vor Rührung. Das Leben konnte so schön und kunterbunt sein. Hannah beobachtete liebevoll ihre Freundin Greta, die jetzt zu einer fremden Frau in ihrem Alter blickte, die Greta charmant anlächelte. Ziemlich eindeutig, fand Hannah, und beobachtete, wie die Frau Greta mit Blicken anflirtete und Greta darauf einging. Das Leben konnte so viel bieten, man musste nur die Augen und Ohren offen halten dafür, dachte Hannah und ein glückliches Lächeln schlich sich auf ihr Gesicht. Sich zu entscheiden, fühlte sich unglaublich befreiend an. Wie oft hatte sie sich gequält mit Entscheidungen. Man sollte es einfach tun, nicht hadern und positiv in die Zukunft sehen.

17. Kapitel

Hannah und Sam standen Hand in Hand am Fuß von Sams Orangenhain und Sam erklärte ihr die Welt der Orangen. Hannah musste sich stark konzentrieren, seinen Worten zu folgen, zu sehr war sie allein vom Klang seiner Stimme abgelenkt, zu stark war das, was sie fühlte. Erleichterung, Liebe, Erfüllung. Juna, seine Ex, war nicht nach Mallorca gekommen, sondern Frau Henning hatte es sich nur eingebildet. Die arme alte Frau. Ihre Demenz schritt stetig voran, wie Sam von ihrem Arzt erfahren hatte und auch hautnah erlebte. Lange würde es nicht mehr dauern, dann könnte es sein, dass Frau Henning Sam nicht mehr erkannte. Hannah wollte sich mit Sam zusammen um sie kümmern, sie besuchen, ihr vorlesen, ihr selbst gebackenen Orangenkuchen bringen. Juna hatte sich offenbar auf eine größere Reise nach Südamerika begeben und konnte die nächsten Wochen nicht nach Mallorca kommen.

Hannah war stolz auf sich, dass sie ihre aufkeimende Eifersucht in den Griff bekommen hatte. Unendlich froh darüber, dass sie Sam in ihrem tiefsten Inneren ganz offenbar vertraute.

Seine große Hand in ihrer fühlte sich richtig an. Die reifen Orangen hingen in der Sonne und zarte weiße Blüten schaukelten im Wind. Ihr Duft vermischte sich mit seinem und Hannah wurde beinahe schwindelig.

»Hannah? Hörst du mir überhaupt zu?«

»Was? Ja, die Orange ist, äh, was genau ist sie?«

Sam lächelte. Dieses Lächeln, bei dem sich diese Grübchen bildeten. »Wo bist du, Hannah?«

»Hier. Bei dir.« Sie stellte sich auf die Zehenspitzen und gab ihm einen Kuss. Dann löste sie sich.

»Die Orange stammt aus China oder Südostasien und ist eine Kreuzung aus Mandarine und Pampelmuse. Die süße Orange wurde von portugiesischen Seefahrern nach Europa gebracht«, wiederholte Sam.

»Sag ich doch.« Dann hakte Hannah ungeduldig nach: »Du findest meine Idee also gut?«

»Was? Welche? Die für das Café?« Er ließ sie zappeln.

»Sam.«

»Zu gut. Ich frage mich, warum ich nicht darauf gekommen bin.«

»Weil erst ich kommen musste.«

Er lachte. »So ist es.«

Hannah hatte vorgeschlagen, verschiedene Produkte aus Orangenblüten und Orangen in Lucias Café anzubieten. Orangenkuchen, Orangenblütentee, Orangeneis und vieles mehr. Um sich hervorzuheben aus der Menge der Kioske, die konventionelle Ware wie Cola und Eis anboten. Allein der sagenhafte Blick aufs Meer schien nicht zu reichen. Ansonsten würde das Café besser laufen.

»Ist ja auch in meinem Interesse, dass der Laden brummt, schließlich bin ich euer Chef«, neckte Sam sie.

»Das hättest du wohl gern.«

»Stimmt, mir gefällt es, dich herumzukommandieren.«

Hannah knuffte ihn lachend. »Wehe. Lucia und ich sind die Chefinnen, du nur ein stiller Teilhaber. Also sei auch still.«

Das hatten Sam und Lucia ihr angeboten und Hannah hatte überwältigt eingewilligt.

Statt einer Antwort küsste er sie. Seine vollen, weichen Lippen fühlten sich warm an und sein Atem ging schneller.

Diese Frau machte ihn verrückt. Am liebsten würde er ihr hier und jetzt die Kleider vom Leib ziehen. Aber genau in dem Moment kam ein älteres Pärchen vorbeispaziert. Sie bewunderten die Orangenblüten, die Frau schwärmte von einem Orangenblütenhonig, den sie kürzlich in Sóller gekostet hatte.

»Komm.« Sam zog Hannah an der Hand in seinen Orangenhain, zu der kleinen Wiese in der Mitte, auf der ein paar leere Orangenkisten standen. Diesen Ort konnte man von dem kleinen Weg unten nicht einsehen. Er legte seine Hände um ihre schmale Taille, küsste sie erst sanft, dann immer leidenschaftlicher. Sein Herz pochte so schnell wie bei einem Teenager. Normalerweise wäre ihm das peinlich, aber nicht vor Hannah. Seit er sie besser kannte, wusste er, dass sie Menschen so nahm, wie sie waren, dass sie einfühlsam und sensibel war, sich nie über jemanden lustig machen würde. Er legte sie ins Gras, bemühte sich, sie nicht zu erdrücken. Ihre Brüste berührten seinen Oberkörper, fühlten sich so weich und gut an. Ihre Hände fuhren über seinen Rücken, ihr Begehren wurde immer stärker, wie seines, und so streiften sie sich beide die Kleidung vom Leib, fühlten sich, spürten sich und gaben sich ihrer Liebe hin.

Im März war der Boden zwar noch nicht gerade warm, aber die Sonne strahlte.

Hannah genoss den warmen Wind auf ihrer nackten Haut, betrachtete Sam neben sich. Das kleine Café hatte sie alle zusammengeführt. Vielleicht war es ja wirklich ein magischer Ort, ein Ort, der Menschen zu ihrem Glück verhalf? Sie freute sich sehr auf die nächste Zeit, die vor ihr lag. Die Zeit mit ihrer

Halbschwester, ihrer Freundin Lucia und natürlich mit Sam. Greta musste zwar bald wieder nach Deutschland abreisen, aber sie plante, ganz oft wieder auf diese Insel zu kommen. Hannah wollte in dieser Auszeit und bei der Arbeit im Café für sich selbst herausfinden, was sie die nächsten Jahre machen wollte. Was sie erfüllte, ihr Spaß machte und sie ernährte. Dank Lucia und Sam hatte sie diese Gelegenheit, sich auszuprobieren, bekommen. Nicht viele Menschen bekamen diese. Hannah wusste das, fühlte sich dankbar und glücklich.

Sie drehte ihren Kopf zu ihm, betrachtete sein Gesicht, seine Bartstoppeln, seine Lippen. Im Leben gab es keine Garantie, für nichts. Man musste manchmal einfach den Mut aufbringen, etwas zu wagen. Veränderungen taten meistens gut, und Hannah wusste jetzt, dass es möglich war, ein neues Leben anzufangen, wenn das bisherige nicht so spielte wie erhofft. Und diese Insel, der Orangenhain und das kleine Café schienen die perfekten Orte dazu. Wie zur Bestätigung schlug Sam plötzlich die Augen auf, beugte sich zu ihr und legte seine Stirn auf die ihre.

Fisch auf mallorquinische Art à la Sam

Zutaten für 4 Personen:

750 g Kartoffeln
7 EL Olivenöl
Salz
Pfeffer
1 große Zwiebel
2 Knoblauchzehen
3–4 rote Paprikaschoten
4 Stiele Thymian
1 TL edelsüßes Paprikapulver
1 TL Anissamen
1⁄4 l trockener Weißwein
8 Rotbarbenfilets (à ca. 100 g)
2 EL Mehl
1⁄2 Bund Petersilie

Zubereitung

Man nehme die rohen Kartoffeln, schäle sie und schneide sie in dünne Scheiben. Dann erhitze man 2 EL Öl in einer großen Pfanne. Die Kartoffelscheiben darin goldbraun braten, anschließend mit Salz und Pfeffer würzen und in einer großen Auflaufform gleichmäßig verteilen.

Nun die Zwiebel und die Knoblauchzehen schälen. Die Paprikaschoten putzen und waschen und alles fein würfeln. Den Thymian waschen, die Blättchen abzupfen. 2 EL Öl in einer Pfanne erhitzen, Zwiebel, Knoblauch und Paprikawürfel darin ca. 5 Minuten andünsten. Mit Thymian, dem edelsüßen Paprika, Anis, Salz und Pfeffer würzen. Wein angießen. Alles aufkochen und offen ca. 5 Minuten köcheln lassen.

Jetzt werden die Fischfilets gewaschen und trocken getupft. Mit Salz und Pfeffer würzen, dann in Mehl wenden, überschüssiges Mehl leicht abklopfen. 3 EL Öl in einer Pfanne erhitzen, den Fisch darin pro Seite ca. 2 Minuten braten.

Die Fischfilets auf die Kartoffeln legen und das Paprikagemüse darauf verteilen. Im vorgeheizten Backofen (E-Herd: 175 °C / Umluft: 150 °C / Gas: Stufe 2) ca. 15 Minuten backen. Petersilie waschen, klein schneiden und den Fisch damit bestreuen. Dazu passen sehr gut ein Salat und ein weißer Landwein.

Hannahs selbst gemachte Orangencaipirinha

Zutaten:

5 cl Cachaça
1 cl Lime Juice
1 dicke Scheibe Orange
1 Scheibe Zitrone
2 Barlöffel weißer Rohrzucker
Crushed Ice
1 Scheibe Zitrone zum Garnieren

Zubereitung

Etwas Cachaça in ein gekühltes Caipiglas geben. Die Orangen- und die Zitronenscheibe in der Mitte durchschneiden, ebenfalls in das Glas geben und mit einem Stößel leicht zerdrücken. Zucker darüber und noch einmal leicht drücken. Cachaça und Lime Juice dazugießen und verrühren.

Mit Crushed Ice auffüllen und vorsichtig umrühren. Mit einer Scheibe Zitrone garnieren. Einen Trinkhalm dazu und servieren.

Mallorquinischer Orangenkuchen von Lucia

Zutaten für 4 Personen:

4 große unbehandelte Orangen
4 große unbehandelte Zitronen
300 g Zucker
300 g Butter
200 g Mehl
200 g gemahlene Mandeln
5 Eier
1/4 l Weißwein
2 EL Honig
4 EL Puderzucker und Puderzucker zum Bestäuben
Einige Scheiben einer unbehandelten Apfelsine und einer unbehandelten Zitrone für die Dekoration

Zubereitung:

Die Orangen und Zitronen gut waschen, dann von je einer Frucht die Schale abreiben. Anschließend alle Früchte mit einem großen Messer filetieren, dabei in jeweils einem Schälchen den Orangen- und Zitronensaft auffangen.

Nun eine Springform mit rund 24 Zentimeter Durchmesser einfetten und mit Mehl bestäuben. Den Backofen auf 200 Grad vorheizen. Die Butter schaumig rühren. Die Eier trennen, dann zwei Drittel des Zuckers und die Eigelbe unter die Butter rühren. Das Mehl auf den Teig sieben, die gemahlenen Mandeln darübergeben und alles gründlich mit dem Mixer verrühren. Die abgeriebene Schale der Zitrone und der Orange gleichmäßig einrühren.

Jetzt das Eiweiß mit dem restlichen Zucker steif schlagen und vorsichtig unterheben.

Den fertigen Teig in die Springform geben und etwa 50 Minuten im Ofen backen. Mit einem Holzstäbchen testen, ob der Kuchen gar ist.

Aus dem Ofen nehmen, ein paar Minuten ruhen lassen, dann aus der Springform lösen und auf einem Gitter auskühlen lassen.

In zwei kleinen Töpfen je einen Esslöffel Honig schmelzen und mit je 1/8 Liter Wein aufkochen lassen. In den einen Topf die Orangen-, in den anderen die Zitronenfilets geben. Je zwei Esslöffel Puderzucker in die beiden Töpfe sieben, einrühren und zu Konfitüre einkochen.

Den erkalteten Kuchen mit einem großen, scharfen Messer zweimal quer durchschneiden. Die beiden oberen Teigplatten abheben und auf der unteren die Zitronenkonfitüre verteilen. Dann die mittlere Platte wieder aufsetzen und darauf die Orangenkonfitüre verteilen. Zum Schluss die oberste Platte aufsetzen und Puderzucker über den Kuchen sieben.

Wer will, dekoriert noch ein paar Orangen- und Zitronenscheiben darauf.

Vielen Dank an eine liebe Bloggerin, Susi von Susis Leseecke, für diesen Tipp!

Buen apetito!